잭과 천재들 1

와이즈만
청소년문학
01

잭과 곧 천재들 1

Jack and the Geniuses

지구의 끝, 남극에 가다

빌 나이 · 그레고리 몬 지음
남길영 옮김

와이즈만 BOOKs

한국 독자들에게

우리들의 친구, 잭, 아바 그리고 매트와 함께하는 모험의 세
계에 온 것을 환영합니다. 이 책의 주인공들은 여러분이 일
상 속에서 만나거나 함께 어울리는 그런 친구를 바탕으로 해
서 그려진 인물들입니다. 그들 중 한 명은 여러분과 많이 닮
아 있기도 해서 평소 여러분이 느끼던 것과 똑같은 감정을
느끼기도 하죠.

그들도 바로 여러분과 똑같이 이 지구에서 자라나고 있습
니다. 우리의 지구는 나의 먼 할아버지 세대가 가족을 꾸리
고 살아가던 시절에는 10억 명도 안 되는 수의 사람들이 살
았지만, 오늘날 지구 전체의 인구는 거의 75억 명에 달합니
다. 여러분이 자라서 가정을 꾸릴 즈음이 되면 90억 명의 사

람들이 지구에서 살아가게 될 것입니다.

그들 모두는 한국에 살고 있는 여러분이 그렇듯, 이곳에서 일도 하고 휴가도 즐기고 가정을 꾸리기를 원할 것입니다. 그들은 또한 세계 곳곳의 소식을 접하고, 세상 돌아가는 일들을 알고 싶어 하며, 세계의 일원으로 살아가기를 바랄 것입니다.

이 책에 등장하는 잭, 아바 그리고 매트를 따라 모험을 나서서 세상 곳곳을 누비다 보면, 그 친구들의 기발한 아이디어와 놀라운 발명품들을 만나게 됩니다. 만약 그들의 아이디어나 발명품이 현실이 된다면 세상에 큰 변화를 가져올 수도 있겠죠. 짠 바닷물에서 깨끗한 물을 얻을 수도 있고, 그 어떤 자연에 해를 끼치지 않는 깨끗한 방식으로 전기를 만들어 낼 수도 있고, 위성을 통해서 인터넷을 연결할 수도 있을 것입니다. 한국에서 아주 멀리 떨어져 있는 곳 그 어디와도요. 물론 이 책에는 공상 과학적인 부분들이 많이 나오긴 하지만, 그것들은 실제 과학과 발견을 근거로 한 것이며, 가까운 미래에 실현될 수도 있는 것들입니다.

잭, 아바, 매트 그리고 행크 박사는 궁극적으로 탐험가들입니다. 그들은 실제 세상을 경험해 보고 자연을 이해하고 싶어 하는 사람들이죠. 여러분이 탐험을 한다면, 그 장소가 뒷산이든 혹은 저 멀리 달이 되든, 두 가지 일이 일어납니다. 하나는 '스스로' 발견을 하게 된다는 것입니다. 예전에는 본 적이 없거나 또는 알지 못했던 뭔가를 직접 발견할 것입니다. 다른 하나는 여러분이 '경험을 얻게 된다'는 것입니다. 그것은 소소한 사건일 수도 있고 때론 진기한 모험이 될 수도 있지만, 새로운 경험은 언제나 신나는 일입니다. 이 책에서 잭, 아바, 그리고 매트는 다양한 종류의 발견을 하고, 때론 거칠고 엉뚱한 모험을 하기도 합니다. 한국에 있는 친구들도 상상력에 날개를 달고 그 친구들과 함께 즐거운 모험의 세계로 날아가기를 바랍니다. 그리고 언젠간 여러분의 실제 삶에서도 모험을 떠나고, 이 지구에 사는 모든 이들에게 도움이 되는 뭔가를 발견해서 세상을 변화시키는 주인공이 되기를 바랍니다.

빌 나이, 그레고리 몬

목차

일러두기

1. 옮긴이의 역주는 본문에 * 표시로 처리했습니다.

2. 거리, 면적, 무게 등의 단위 표기는 국제 도량형 표기법을 따랐으나, 막연한 거리감을 표현할 때는 원문의 마일을 그대로 사용했습니다.

3. 이야기 속에 나오는 발명품들은 실제 현실에 바탕을 둔 기술이며 부록에서 자세히 소개하고 있습니다.

피자 표창의 공격

어두운 골목길, 프레드는 명령을 기다리며 우리 머리 위를 맴돌고 있었다. 프레드에게 달린 네 개의 회전 날개가 마치 잠자리의 날개처럼 윙윙거렸다. 아바는 금이 가 있는 낡은 스마트폰의 화면을 톡톡 두드리더니 화면 아래에서 위쪽으로 천천히 손가락을 끌어 올렸다. 프레드가 좀 더 높이 날아올랐다.

"자, 이제 슬슬 시작해 볼까?" 아바가 물었다.

"좋아." 내가 말했다.

꾸부정한 자세로 서 있던 매트가 나를 건너다보더니 고개를 살짝 갸우뚱거리며 물었다.

"잭, 너, 이거 정말 법적으로 문제없는 거 맞아?"

아니, 문제가 있다. 당연히 문제가 된다. 내가 이미 확인한 바로는, 이런 종류의 일은 분명히 법에 어긋나는 일이다. 그렇지만 동네 사람들은 아직 일어나지도 않은 시간이었다. 그러니 붙잡힐 일도 없고, 무엇보다 맞은편 건물에서 대체 무슨 일이 벌어지고 있는 것인지 알아내야만 했다.

"물론, 완전히 문제없지." 나는 거짓말을 했다.

"나만 믿어."

프레드가 선회하며 앞으로 살짝 기울어지는가 싶더니 목표 지점을 향해 날아갔다. 아, 프레드가 로봇이라는 얘기를 아직 안 했었군! 프레드는 카메라 장착은 기본이고 전자 두뇌와 모터까지 있는 플라스틱 육면체로 된 로봇이다. 네 개의 팔에는 빙글빙글 돌아가는 소형 팬이 붙어 있다.

아마 딱 보면 그냥 보통의 드론이라고 생각하겠지만, 그건 올해 열두 살 된 나의 여자 형제 아바가 직접 제작한 거다. 그것도 우리 집 주방 한 켠에서. 심지어 쓰다 남은 부품들을 이용해서 만들었다. '프레드(FRED)'라는 이름은 아바가 직접 지었다. 매트는 그 이름이 날아다니는(Flying) 로봇(Robotic) 전자(Electronic) 드론(Drone)에서 첫 글자를 따왔을 것이라 추측했지만, 아바는 맹세코, 그냥 '프레드'라는 이름이 좋아서 붙였을 뿐이라고 우겼다.

그 무렵 아바는 모터를 장착해 엄청나게 빠른 속도로 달릴 수 있는 스케이트보드도 만들어 '페드로(Pedro)'라는 이름을 붙였고, 말하는 토스터 '밥(Bob)'도 만들어 냈다. 몇 주 전 나는 페드로의 빠른 속도 덕분에 속이 꽉 찬 쓰레기봉투 더미 위로 보기 좋게 날아가 공중회전을 하기도 했다. 불쌍한 밥은 실수로 들어간 참깨 씨 몇 알에 불이 붙는 바람에 폭발을 하고 말았다. 그건 정말 애석한 일이었다. 밥이 구워 내는 겉만 살짝 익힌 베이글은 예술에 가까운 맛이었는데, 참 아쉽다.

프레드가 한층 더 높이 오르자, 매트와 아바는 재빨리 노트북 화면 앞으로 다가갔다. 그때 나는 살그머니 골목을 빠져나와 드론 프레드가 건너편의 기묘한 건물로 접근하는 것을 지켜보았다.

우리가 현재 살고 있는 곳은 뉴욕시의 이스트강 건너편 브루클린, 윌리엄스버그인데, 이곳 주변은 늘 새로운 아파트와 빌딩들이 세워지고 있다. 새로 건축된 건물들은 대부분 외양이 비슷한데 작년에 지어진 이 건물만은 분명히 뭔가 기묘한 분위기를 풍겼다.

10층 높이의 빼빼 마른 건물의 외관은 반사 유리로 장식되어 있고, 건물 꼭대기 층은 태양열 판이 링처럼 둘러져 있는데 그건 마치 첨단 기술을 장착한 헤어밴드처럼 보였다. 이 건축물에는 앞문도, 뒷문도, 옆문도 안 보였고, 아예 입구가 없었다! 창문도 열려 있는 걸 본 적이 없고, 외관의 유리

는 거울처럼 반사되서 안을 들여다볼 수 없게 되어 있다. 건물 3층에 발코니가 있기는 한데, 과연 사람이 나와서 있는 걸 본 적이 있었던가? 꽃무늬 가운을 걸친 노부인이 나와서 커피를 마시고 있었나? 골이 진 민소매 셔츠를 걸친 대머리 아저씨가 털이 수북한 겨드랑이를 북북 긁으며 기지개를 켜고 있었나? 꼬마가 나와서 애완용 라마의 털을 땋아 주고 있었나? 아니, 아니다. 저 발코니에 생명체가 나온 것을 한 번도 본 적이 없다.

그래서 우리는 저 기묘한 건물 안에서 과연 무슨 일이 벌어지고 있는지 궁금증을 갖기 시작했다. 매트의 표현을 빌리자면 우리는 가설을 세우고 있는 것이었다. 나는 그 건물이 세계 정복이라는 음모를 꾸미는 억만장자 악당의 본부이길 바랐다. 아바는 세계적으로 이름을 날리는 최고의 스파이들의 비밀 사무소일 수도 있다는 의견을 냈다. 그러나 늘 그렇듯, 매트는 논리적인 말만 했다. 그는 몇몇 회사가 그곳에 컴퓨터 보안 시설을 들여놓은 것 같다고 했다.

몇 개월 간 그 건물을 지켜보고도 단 하나의 단서도 못 찾고 있는 것이 답답해서 나는 아바에게 프레드를 이용해 보자고 제안했다. 나는 아바의 동의를 구하기 위해 그녀에게 뇌물도 주고, 간청도 했다. 한번은 징징대며 우는 척을 하기도 했다. 결국 그녀는 마음을 돌려 허락했고, 드디어 우리의 비밀 요원, 프레드는 공중으로 날아올라 그 건물의 3층 발코니를 향해 갔다.

아바의 노트북 화면에는 드론의 카메라를 통해 전송되는 장면이 보여졌다. 그러니까 우리는 프레드의 눈을 통해 그곳을 관찰할 수 있었다.

아바는 보다 가까이에서 발코니를 보기 위해 스마트폰으로 프레드를 조종해서 전방으로 이동시켰다. 그 장면을 숨죽여 지켜보고 있던 나는 깊은 한숨을 내쉬었다. 거기엔 스파이 망원경이나 제트팩(1인용 비행 장비*) 착륙장 같은 것은 없었고, 회전 포탑 위에 설치된 레이저 총도 보이지 않았다. 물론 애완용 라마도 없었다.

"내가 말했잖아. 저건 데이터 센터야." 매트가 말했다.

아바가 내가 있는 쪽으로 고개를 돌리며 설명을 시작했다. "음, 저기가 바로 회사들이 서버를 저장하고 있는 곳이란 말이지… 그 회사들이라는 게….

"나도 알아." 솔직히 말하면, 천재 수준의 형제자매가 있다는 것은, 더군다나 그들이 매번 나를 가르치려 든다면 정말 왕짜증 나는 일이다.

아바의 노트북 화면에 뭔가 번쩍하고 나타났다.

"잠깐, 저게 뭐였지?" 아바가 물었다.

나는 다시 인도 위로 뛰어가 길 건너편을 응시했다. 프레

16

드가 안 보였다. 건물 발코니에 나 있는 유리문이 열려 있었다. 그 문이 열린 것은 처음인 것 같은데 사람은 보이지 않았고, 건물 안쪽도 제대로 보이지 않았다. 프레드가 추락했나? 건물이 있는 쪽 바닥에는 추락한 프레드의 잔해 같은 것은 보이지 않았다. 숨을 죽이고 귀를 기울여 봤지만 프레드의 날개 소리 하나 들리지 않았다.

나는 다시 골목 안으로 돌아왔다. 아바의 어깨 너머로 프레드의 카메라 화면이 점점 어둡게 변해 가는 것이 보였다. 노트북에서 잡히던 신호마저 깜빡거렸다.

"프레드!" 아바가 소리쳤다.

"뭐야? 무슨 일이야?" 내가 물었다.

"나도 모르겠어," 그녀가 말했다. "건물 안에서 누군가 프레드를 낚아챈 거 같아!"

내 심장이 두방망이질 치기 시작했다. 아바는 몇 개월을 공들여서 프레드를 만들었다. 그녀는 정말 많은 노력을 기울였고 또 그만큼 여러 번 좌절했다. 한두 번 눈물을 보이기도 했다. 그녀는 원래 절대 울지 않는 사람이다. 어쨌든 그녀는 끝까지 매달려서 프레드를 만들어 냈고 그렇게 만든 프레드가 처음 날아올랐을 때는 기뻐서 어쩔 줄 몰라 했었다.

그런데 지금 그녀의 분신 같은 프레드가 사라졌고, 그 모든 일은 나 때문에 벌어졌다. 아바는 그녀답지 않게 노트북

17

의 뚜껑을 확 닫아 버리더니 배낭에 넣고는 씩씩대며 골목을 벗어났다. 그녀는 잔뜩 화가 나서 입을 씰룩거렸다.

"잠깐만!" 내가 말했다. "어디를 가는 거야?"

"프레드 가지러 가."

나는 그녀를 따라 도로 건너편으로 갔다.

"뭘 어쩔 셈인데?"

그녀는 양손을 깍지 끼고 손가락 마디를 꺾었다.

"소리를 지를 거야, 고함을 친다고! 소리를 내야 그쪽에서도 듣고 반응을 할 거 아니야."

"이러다가 온 동네 사람들 다 깨우겠어."

"어쩔 수 없지. 난 어쨌든, 프레드를 찾을 거야."

나는 범퍼가 움푹 들어간 차량 두 대가 주차되어 있는 공간 사이를 빠져나가며 발코니를 올려다보았다.

"내가 먼저, 뭔가를 해 볼게."

"현관문 같은 건 없는 것 같아." 몇 걸음 뒤에서 우리를 따라오고 있던 매트가 말했다. "그냥 가서 문을 두드리는 건 불가능해. 알지?"

문을 두드릴 생각은 없었다. 건물을 기어오를 참이었다. 나는 나무와 함께했던 경험이 많다. 3학년과 4학년 때 수양 가족을 피해 뒷마당 참나무 위에 숨어서 많은 시간을 보냈었다. 나는 보통 아파트 문이 잠겨서 안으로 못 들어갈 때만 건물 벽을 타고 올랐다. 그런데 이번만은 좀 예외적인 상황이었다. 나는 아바를 앞질러서 건물의 외벽을 찬찬히 살펴보았다. 건물 위쪽으로 갈수록 살짝 경사가 져서 똑바로 올라가야 하는 상황은 아니었다. 하지만 네모난 모양의 창문들을 붙잡으면 충분히 올라갈 수 있을 것 같았다. 그러다가 만약 누가 나를 보고 소리라도 지르면 어쩌지? 별일이야 있을까 싶었다. 나는 그저 장난감 로봇을 돌려받으려는 아이에 불과하다고 생각했다.

매트는 양손을 허리춤에 딱 붙이고 건물 벽에 등을 대고 서 있었다. 나는 신발 끈을 다시 동여매고 매트의 어깨를 꼭 잡고 두 발을 그의 손 위에 올리고는 힘껏 일어섰다. 열다섯 살인 나의 형, 매트는 이미 웬만한 어른보다 키가 컸기 때문에 내가 딛고 올라설 만큼 사다리 역할을 톡톡히 했다. 건물 벽을 타고 올라가는 것은 예상보다 쉬웠다. 다행히 창문틀은 손으로 잡을 정도의 깊이는 되는 것 같았다. 문제는 창문 유리였다. 밖에서는 안을 볼 수 없는 구조로, 그 표면이 마치 보이지 않는 기름으로 코팅을 한 것 마냥 이상하리만치 미끄러웠다.

"왜, 무슨 일이야?" 아바가 물었다.

내가 유리에 관해 이야기를 하자 매트가 손가락으로 유리창을 문질러 보더니 코밑에 갖다 대어 보고는 혀끝에 몇 번

19

찍었다.

"이거, 흥미로운걸." 매트가 말했다. "냄새도 없고, 맛도 안 느껴진단 말이야." 매트는 몇 걸음을 움직여 다른 창의 유리를 몇 번 두들겼다. "모든 창문 유리가 어떤 물질로 코팅이 되어 있는 것 같아."

"왜 창문 유리에 코팅을 한 거야?" 아바가 물었다.

"글쎄. 사람들이 외벽을 타고 오르는 것을 막기 위해서 그런 거 같아." 매트가 말했다.

"고마워." 내가 말했다. "이제 뭔지 알았으니 올라가 볼게."

나는 천천히 움직이며 창틀을 붙잡고 있는 손가락에 집중했다. 그러다 1층과 2층 사이에서 잠시 쉬었다.

"얼마나 더 올라가야 할 것 같아?" 내가 물었다.

"3미터." 매트가 말했다.

"음, 농구대 링 정도의 높이쯤 되는 것 같아." 아바가 매트의 말을 풀어서 설명해 주었다. "조심해, 잭. 천천히 움직여."

"근데, 좀 서둘러야겠어." 매트가 말했다.

골목 어귀로 차량 한 대가 들어와 우리가 있는 쪽으로 다가왔다.

"당황하지 마. 그냥, 자연스럽게 행동해!" 아바가 말했다.

그녀가 억지 미소를 지어 보였다. 매트도 아바를 따라 미소 띤 표정을 만들었다. 난감한 건 나뿐이었다. 새벽 여섯 시, 댓바람부터 건물 유리벽을 기어오르며 취할 수 있는 자연스런 행동은 대체 뭐란 말인가?

다행히 차는 속도를 늦추지 않고 그냥 지나갔지만, 동네는 잠에서 깨어나 아침을 맞을 준비를 하고 있었다. 배달 트럭들이 덜컹대며 도로 위를 지나다니고 있었다. 건너편에 독일 식품점 주인이 가게 문을 여느라 문에 달린 종이 달랑거리며 소리를 냈다. 나는 서둘러야 했다.

발코니에서 팔뚝 길이 정도 떨어진 곳에 있는 창문틀을 짚기 위해 나는 오른손을 뻗었다. 그런데 그만 손가락이 미끄러지고 말았다. 나는 흔들리지 않고 유리창을 짚으려 안간힘을 써 봤지만 나의 오른손은 마치 빙판 위의 하키 퍽처럼 맥없이 미끄러졌다. 그나마 짚고 있던 왼쪽 손가락들도 힘이 풀리고, 벽에 대고 있던 발도 미끄러졌다. 다음 순간 나는 등을 바닥으로 향한 채, 날개 없는 새마냥 공중에 떴다.

나의 착륙 지점은 사각형의 넓은 콘크리트 맨바닥이었다. 나는 맨손으로 머리를 감싸 쥐고는 두 눈을 꼭 감아 버렸다.

매트와 아바가 비명을 질렀다.

그러나 그들의 외침은 '쉭' 하는 굉음 속에 묻혀 버렸다.

'이러다 바닥에 끔찍하게 떨어지고 말겠구나'라는 생각이 드는 순간, 나는 뭔가에 부딪혔다. 콘크리트 바닥 위로 떨어져 나뒹구는 대신, 공중으로 튕겨 올랐다. 나는 꼭 감았던 두 눈을 뜨고 아래를 내려다보았다. '쉭' 하는 굉음은 쿠션 같은 물체가 펼쳐지면서 났던 소리였나 보다. 그 쿠션이 튕겨 오르며 멈추자 나는 그 물체가 뭔지를 파악하려 했다. 그건 마치, 유치원 때 생일 파티장에서 보았던 공기 주입식 소파와 비슷했다. 피부에 닿는 느낌은 아주 부드러웠고, 약간 빛이 나기도 했다. 나는 그 쿠션 같은 물체에서 구르다시피 내려왔다.

매트와 아바의 눈은 마치 골프공처럼 휘둥그레졌다.

"어머, 이거 실화니?" 아바가 물었다.

"내가 널 받으려 했었는데." 매트도 말을 이었다.

매트가 떨어지는 나를 맨손으로 받아 내려 했다니, 정말 황당한 생각이다. 쿠션 같은 물체에 다시 바람이 빠지며 접히자 우리 셋은 잽싸게 뒤로 물러섰다. 그 물체가 다시 납작해지는 데는 몇 초밖에 안 걸렸다. 그리고 납작해진 쿠션은 마치 건물이 스파게티 가닥을 후루룩 단숨에 집어삼키듯, 건물 1층 창문 밑에 난 작은 투입구로 빨려 들어갔다.

아바는 할 말을 잃은 채 멍하니 그 모습을 넋 놓고 쳐다보았다. 쿠션은 우체통 투입구로 우편물이 툭 떨어지는 순간보다 더 빠르게 사라졌다. 쿠션이 후루룩 말려 들어가고 나자, 매트는 등을 구부리고 열린 투입구를 내려다보았다. 그러나 매트가 안을 들여다보기도 전에, 금속 차단막이 미끄러지듯 내려와 투입구를 닫아 버렸다. 골절상, 아니 어쩌면 더 심각한 부상을 입을 수도 있었던 상황에서 나를 구해 줬던 그 물체는 갑작스런 출현만큼이나 순식간에 사라졌다.

매트는 양손으로 자신의 머리칼을 움켜쥐고 당기며 말했다. "이건, 내가 바라던 상황이 아닌데."

"왜, 뭐가 문제야? 완전, 대박 사건이잖아." 내가 말했다.

"누군가 우리를 지켜보고 있는 게 틀림없어." 매트는 고개를 돌려 잠시 주변을 살피더니, 길 건너 골목 쪽을 노려보았다. "저기, 저 카메라 보이지? 비상계단 쪽에 말이야. 저거 전에도 있었던 거니?" 그는 음료수 깡통 크기에, 위에는 렌즈가 부착된 까만 물체를 가리켰다.

쳇, 저런 방범 카메라 같은 걸 누가 그렇게 신경을 쓰고 다닌단 말인가? 난 방금 전, 9미터 높이 건물에서 떨어졌고, 마법 쿠션 덕분에 겨우 목숨을 건진 직후란 말이다!

"계속 저기 있었다면, 내가 알아챘었겠지." 아바가 말했다.

그런데 그 방범 카메라에서 갑자기 두 개의 까만 날개가 펼쳐지더니 비상계단 위를 미끄러지듯 내려가 모퉁이에 주차되어 있던 낡은 승합차 지붕 위로 날아갔다. 그 모습이 마치 기계로 만든 매 같았다. 까만 카메라는 높이 솟구치듯 날아올라 도로를 건너 우리들 머리 위쪽으로 다가왔다. 그리고는 고도를 조금 낮추더니 기묘한 건물의 발코니를 향해 수직으로 떨어졌다.

"와우."

"우리, 여기를 벗어나자." 매트가 말했다. 그는 내 셔츠의 뒷자락을 잡아끌었다.

"너희 둘은 가." 아바가 말했다. "나는 프레드를 찾을 거야."

그녀는 건물을 따라 걸으면서 또 다른 입구가 없는지 살피고, 몇 군데를 두드려 보기도 했다. 그녀는 창문 하나를 '쑥' 밀어 젖혔다. 매트도 고개를 돌려 어깨 너머로 흘낏 보았다. 매트의 성격으로 봐서, 그는 검은 차량이 부르릉거리며 몰려와 골목 어귀에서 '끼익' 소리를 내며 멈추고는, 검은 선글라스를 쓴 비밀 요원들이 우르르 내리기라도 할까 봐 걱정했을 것이다. 아니 어쩌면, 그런 상황이 벌어질까 걱정하고 있던 사람은 나였을 수도 있다.

"이미 찾아봤지만, 문 같은 건 없었잖아." 나는 아바에게 그 사실을 상기시켰다.

"음, 혹시, 우리가 뭔가를 놓쳤을지도 모르지." 그녀는 매트를 보며 눈썹을 살짝 추켜올렸다.

"어떻게 할 거야? 날 도와줄래, 아니면 겁먹은 고양이마냥 거기 그렇게 서 있을래?"

"알았다고." 매트가 되받아쳤다.

매트가 다른 방향에서 건물을 살펴보려고 도로를 건너갈 때, 나는 뭔가 좀 더 쉬운 방법이 있지 않을까 생각했다. 만약, 우리가 정중하게 요청을 해 보면 어떨까? 나는 주머니 크기의 스프링 수첩을 꺼내, 건물 주인에게 간단하지만 진심을 담은 사과의 글을 얼른 적은 뒤 그 장을 찢어 냈다. 인도 끝, 연석에 커다란 청포도 알만 한 크기의 아스팔트 덩어리가 눈에 들어와, 메시지를 적은 종이로 그걸 감싸서 발코니를 향해 휙 집어 던졌다.

조그만 돌덩이가 내 손을 벗어나는 순간, 나는 내 계획을 접었어야 했나 하는 의구심이 들었다. 창문을 깨고 날아든 사과 메시지는 그다지 효과가 있을 것 같지는 않았다. 나는 두 눈을 질끈 감고 잔뜩 웅크린 채, 와장창 유리창이 산산조각 나는 소리를 기다리고 있었다. 다행히도, 내가 쓴 사과 메시지가 안전하게 안착한 모양이었다.

도로 위에서. 실은 세 번째 시도 만에 성공한 것이었다. 한 장의 유리창도 깨뜨리지 않고 말이다.

아바가 건물 앞쪽으로 다시 왔다. "너, 방금 뭘 한 거야?" 그녀가 물었다.

"아무것도 아냐." 나는 거짓말을 했다.

"얘들아," 우리 쪽으로 길을 건너오며 매트가 말했다. "이리 와 봐. 들어가는 방법을 알아낸 것 같아."

"뭐? 어떻게?" 아바가 물었다.

우리는 파란색 작은 승합차가 요란한 소리를 내며 도로를 지나갈 때까지 기다렸다. 매트는 우리를 건너편 골목으로 데리고 갔다. "난 말이야, 토끼들을 생각해 봤어."

"토끼라고?" 내가 물었다.

"그래, 토끼. 정확히 말하면, 토끼 굴이야. 토끼는 적으로부터 자신을 지키기 위해 굴에 여러 개의 출구와 입구를 만들어 두지만, 주요 서식지 바로 옆에는 구멍을 안 만들잖아."

"형, 설마 저 건물에 토끼들이 살고 있다는 생각을 하는 거야?" 내가 물었다. 나는 말을 뱉자마자 그 말들을 마치 실패처럼 다시 감아 들일 수 있다면 좋겠다고 생각했다.

"아냐, 잭, 말도 안 돼. 고도의 지능을 가진 거대 토끼들이 저 건물을 장악하고 있다는 그런 말이 아니야."

나는 자꾸 거대 토끼들이 상상됐지만 더 이상 생각하지 않으려 했다. 그러나 마음처럼 되지 않았다. 거대 토끼들도 당근을 즐겨 먹을까? 거대 토끼들도 한 블록 밖에 있는 식당에서 부리토(토르티야에 콩과 고기 등을 넣어 만든 멕시코 요리*)를 주문해서 먹을까? 그들도 턱시도 같은 옷을 입을까? 그럴 거야. 그들도 분명 폼 나는 이브닝 파티 의상을 좋아할 거야.

아바는 너무도 당연하다는 듯이 매트가 하려는 말을 이해하고 있었다. "그러니까, 건물 출입구가 도로 맞은편인 여기에 있다는 거지?" 그녀가 말했다. "그런데, 어디야?"

"음, 토끼들은 굴 입구를 나뭇잎이나 덤불로 덮어 위장을 하잖아. 그리고 그런 것들은 주변에 들판이나, 잔디밭이나 언덕에 흔하게 있는 것들이잖아."

나는 매트와 아바가 무슨 얘기를 하고 있는지 정말 이해할 수 없었다.

"저, 대형 쓰레기통 말이야?" 아바가 손으로 가리키며 자신의 짐작이 맞는지 물었다.

"빙고! 바로 그거야." 매트가 말했다. "저런 쓰레기통은 골목 어귀에서 쉽게 볼 수 있지." 그는 얼른 쓰레기통 옆으로 가더니 쓰레기통에 손가락을 갖다 대고는 툭툭 두드렸다. "봐, 페인트가 거의 안 벗겨졌잖아. 이건 분명히, 그냥 쓰레기통이 아니야. 이게 만약 엘리베이터라면 어떨 거 같아?"

나는 쓰레기통의 검은 뚜껑을 열었다. 끔찍한 쓰레기 냄새가 코를 찔렀다. 그 악취는 상한 햄 샌드위치와 우유가 뒤섞여서 썩는 냄새 같았다. "틀렸어. 이건 분명히 쓰레기통이 맞아."

매트의 어깨에 맥이 살짝 풀려 보였다. "정말, 쓰레기통이라고?"

"잠깐." 쭈그리고 앉아 있던 아바가 말했다. "여기, 쓰레기

27

통 밑쪽에 레일이 있어. 이 아래에는 전기 모터 같은 게 달려 있잖아. 그런데 이걸 어떻게 작동시키는지 알 수 없네.”

아바는 쓰레기통 바닥면을 손가락으로 쓸어 보았다. 매트는 뚜껑 주변을 살펴보더니, 쓰레기통 측면에 새겨진 로고를 손으로 문질렀다.

“H-W-I가 무슨 약자야?” 내가 물었다.

“나도 모르겠는데.” 매트가 말했다. “그렇지만 여기 ‘i’를 자세히 봐 봐.”

소문자 ‘i’에 찍힌 점은 사실은 네모 모양의 투명 플라스틱으로, 뒤쪽에 붉은 버튼이 달려 있었다. 매트와 아바는 얼어붙은 듯이 서서, 이제부터는 뭘 해야 할지도 모르겠고, 또 그럴 힘도 없다는 표정을 지어 보였다.

자, 그런 때가 바로 내가 나서야 할 시점이다. 천재들과 함께 지내다 보면, 보통은 내 자신이 별로 쓸모없다는 생각이 들기 마련이다. 그래서 내가 주로 하는 역할은 계획을 세우고, 전략을 짜는 것이다. 가끔은 그들이 피하고 싶은 상황이 오면 내가 나서서 설득을 하기도 한다. 그렇지만 그런 정도만으로는 왠지 충분치 않은 것 같아서, 위험을 감수하고 나서는 사람이 나다. 그 위험 감수라는 것이, 가령 페드로 같은 고속 스케이트보드를 타고 운전 테스트를 하는 것을 의미하기도 하고 때로는 어떤 위험이 도사리는 줄도 모른 채, 교묘하게 숨겨진 버튼 같은 것도 자신 있게 '꾹' 눌러야 하는 것을 뜻하기도 한다.

나는 손톱을 이용해 어렵사리 플라스틱 덮개를 열었고, 엄지손가락으로 붉은 버튼을 누름과 동시에 깜짝 놀라서 뒤로 펄쩍 물러섰다. 쓰레기통이 골목 벽을 타고 내 왼쪽으로 미끄러지듯 이동하더니 뒤이어 도로 위로 커다랗고 네모난 구멍이 드러났다. 구멍 안쪽에는 알루미늄 재질의 계단이 이어져 있었다. 매트와 내가 갑작스럽게 펼쳐진 상황에 놀라서 서로를 응시하는 사이, 아바는 얼른 계단 아래쪽을 유심히 쳐다보았다.

"내가 데리러 갈게, 프레드." 그녀가 외쳤다.

"잠깐 기다려!" 매트가 말했다.

말린다고 해서 우리 말을 들을 아바가 아니었다. 아바는 이미 계단 아래로 내려가고 있었다. 그녀의 부츠 굽이 금속 재질의 계단 위를 내딛는 소리가 들려왔다. 매트도 그녀의 뒤를 따라 내려갔다. 세 계단쯤 내려가던 매트는 발을 헛디뎠는지, 바닥으로 굴러 떨어질까 얼른 계단 난간을 부여잡았다. 어휴, 어리버리, 우리 형, 매트! 매트는 지난 겨울, 발이 10밀리미터나 더 늘어났고, 그래서인지 긴 팔과 다리를 주체 못해 허우적거렸다. 그가 발에 걸려 비틀거리면 나는 보통 웃음을 터트리고 매트는 그 즉시 나를 노려본다. 그러면 나는 양팔을 들어 올리며 말하곤 한다. "내가 뭐? 난 아무 짓도 한 게 없는데!"

내부의 공기는 시원했지만, 약한 표백제 냄새가 났다. 계단 아래 우리의 발치로 희미한 빛이 보였다. 계단을 반쯤 내려갔을까, 쓰레기통이 미끄러지듯이 다시 제자리로 이동하여 도로에 난 출구를 닫아 버렸다. 덜컥 겁이 난 나는 거의 반사적으로 뛰어오를 뻔했다. 그러나 아바는 별다른 반응을 보이지 않았기에, 그 순간 내 자신이 극도의 공포감을 느꼈다는 것을 인정할 수밖에 없겠다.

계단이 끝나는 곳에 거대한 에스컬레이터가 나타났고, 거기서부터는 전부 암흑이었다. 우리는 잠시 멈추어 섰다. 나는 그 와중에도 스타일을 구기지 않으려 신경을 쓰며 마치 가죽 재킷에 검은 선글라스를 착용한 전투기 조종사마냥 멋지게 보이려 애썼다.

"잭, 너, 화장실 가고 싶니? 오줌이라도 지릴 것 같은 모양새잖아!" 매트가 말했다.

아, 어깨에 잔뜩 힘을 주고 강한 남자인 척 했건만 정작 겉으로 드러난 내 표정은 겁먹은 생쥐 꼴이었나 보다.

"지금, 우리 저 밑에까지 내려가려는 건 아니지, 그치?" 매트가 아바에게 물었다.

"안 내키면, 둘은 여기서 기다려도 돼." 아바가 말했다.

몇 번 깊은 숨을 들이마시며 호흡을 조절하고, 형과 나는 아바를 따라나섰다. 우리 등 뒤로 희미한 불이 켜지더니 우리들 앞을 밝게 비추었다. 아바가 뒤를 돌아다보더니 엷은 미소를 지어 보였다. "센서 등이네. 가까이 가면 센서가 전구를 작동시켜."

에스컬레이터는 두세 층 정도 내려가더니 멈추었고, 우측에는 또 다른 에스컬레이터가 있었다. 공기 중에 먼지가 보였고, 금속 냄새가 느껴졌다. 우리가 바닥에 닿자, 매트는 도로에서 약 30미터 깊이까지 내려왔을 거라고 했다. 세 걸음 정도 떨어진 곳에 네모난 승강장이 드러났다. 그곳의 공기는 내가 어깨를 떨 만큼 춥게 느껴졌다. 우리들 바로 앞에는 평범해 보이는 문이 하나 있었다. 우리 셋 중 어느 누구도 움직이지 않았고, 나는 눈썹을 살짝 치켜뜨며 매트와 아바를 쳐다보았다. 그들도 몸을 떨고 있었다.

아, 다시 내가 나설 차례였다!

나는 힘을 실어 문을 밀고 안으로 들어섰고, 문은 우리 뒤에서 닫혀 버렸다. 바닥에 카펫이 깔린 그 공간은 육각형 모양이었다. 편안해 보이는 짙은 푸른색의 소파가 방의 삼면에 걸쳐 놓여 있었다. 한쪽 벽에 문이 나 있었고, 그 앞으로는 기다란 책상이 놓여 있었다. 우리 왼편으로는 튼튼해 보이는 철제 문이 있었고, 그 옆으로는 개 그림이 걸려 있었다.

내 생각에 그 개는 슈나우저 같았다.

나는 문을 향해 걸어갔다. 발끝에 닿는 카펫은 부드러웠고, 새로 깐 것 같은 냄새가 났다.

"회사 이름이나 뭐, 그런 건 안 보이네, 그치!" 아바가 고개를 끄덕이며 말했다.

"어쩌면, 정말 스파이들의 본부일 수도 있을 것 같아. 아바." 내가 말했다.

나는 개 그림 아래쪽 바닥에 쌓인 파일 뭉치들과 편지, 그리고 두툼한 카탈로그들을 훑어보았다. 각 우편물에는 'H.W.I' 계열의 여러 회사들 중 하나의 주소가 적혀 있었다. 시가전이라도 펼치듯 늘어서 있는 수십 통의 봉투들 가운데 누런색 봉투에만 발송인의 이름이 적혀 있었다. 그 봉투는 구겨지고 군데군데 찢어지기도 했고, 여기저기 반점처럼 흙이 묻어 있었다. 보낸 사람의 이름은 안나 도나텔리였고, 발송지는 안타르티카(Antarctica)였다. "이것 좀 봐." 내가 말했다. "북극에서 온 편지야."

매트가 내 쪽으로 걸어왔다. "안타르티카면 남극이잖아." 매트가 말했다.

가끔은 나의 천재 형제자매가 그냥 내가 실수를 해도 좀 내버려 두면 좋겠다.

매트는 벽 가까이에 머리를 대고 측면에서 개 그림을 살펴보았다. 매트는 찡긋 미소를 지으며 손을 뻗어 액자의 아래쪽을 들어 올렸다. 액자가 들어 올려지자 금속 재질의 홈통 같은 것이 드러났다.

"우편물을 받기에는 딱 안성맞춤이군." 아바가 언급했다.

책상 뒤쪽에 있던 문이 '슥' 하는 소리와 함께 열렸다. 나는 재빠르게 아바와 매트의 등 뒤로 숨으며 저항할 태세를 갖췄다. 우리는 잔뜩 긴장한 채, 기다렸다. 아무 일도 일어나지 않았다.

"안녕하세요?" 매트가 소리쳤다. "방해를 해서 죄송한데요, 저희는 물건을 찾으러 왔거든요. 그러니까 저희 여동생의…."

키가 큰 붉은색의 바퀴 달린 로봇이 방 안으로 들어서자, 매트의 목소리는 점점 기어들어 갔다. 아바와 함께 산 지가 벌써 2년째인 나는 그것ー머리와 팔 두 개, 눈에는 카메라를 장착한 그 기계ー이 휴머노이드 로봇임을 한눈에 알 수 있었다. 그렇지만 전에 아바가 보여 줬던 휴머노이드 비디오에서는 그렇게 생긴 로봇은 본 적이 없었다.

매트는 다시 천천히 말을 이어 가며 로봇이 알아들을 수 있도록 또박또박한 어조로 사과를 했다.

단조로워서 감정이라고는 전혀 실리지 않은 목소리로 로봇이 물었다. "여기서 뭘 하고 있나? 여기는 개인 소유의 사적인 공간이다."

아바가 생글생글 미소를 지으며 말했다. "그러니까 대화를 나눌 수 있는 거지? 와, 정말 대단한걸… 이렇게 함부로 들어와서 정말 미안한데, 내가 물건을 잃어버렸어. 그러니까, 그게 말이지…."

"여기서 뭘 하고 있나? 여기는 개인 소유의 사적인 공간이다." 로봇은 좀 더 속도를 낼 뿐, 같은 말을 반복하고 있었다.

"프로그램에 뭔가 이상이 생겼나 봐." 아바가 말했다.

"아니면 정말 화가 났거나." 내가 계단 쪽으로 나 있는 문을 향해 뒷걸음질하며 의견을 냈다. 나는 문의 손잡이를 돌려 보았다. "흠, 문이 잠겼군."

책상 뒤쪽에 있던 로봇이 세 개의 커다란 바퀴를 굴리며 우리를 향해 다가왔고 내뱉는 말의 속도는 점점 더 빨라졌다. 로봇의 가슴에 있는 붉은빛이 깜빡거렸다.

"아바, 저 로봇이 왜 저러니? 저 불빛의 의미가 뭐야?"

매트가 물었다.

"나도 몰라. 내가 그걸 어떻게 알아?" 아바가 답했다.

"내 생각에, 저렇게 번쩍이는 것은 말이지, 우리가 빨리 출구를 찾아서 빠져나가는 게 좋다는 의미야." 내가 말했다.

매트가 옆 걸음질로 강철 문으로 다가가 문틀 옆에 있는 둥근 버튼을 눌렀다.

로봇의 가슴에서 나오는 번쩍이는 빛은 더욱 강렬해졌고, 그것이 내뱉는 단어들이 뒤엉켜서 흘러나왔다.

"무얼너여기하나…."

천천히 '삐그덕' 소리를 내며 철문이 열리자 낡은 엘리베이터가 드러났다. 매트는 나를 낚아채서는 던지듯이 엘리베이터 안으로 밀어 넣고, 바로 아바의 셔츠 등짝을 잡아끌면서 안으로 당겼다.

"엘리베이터 안으로 들어와, 어서, 빨리!"

휴머노이드 로봇의 가슴 부위의 한쪽 덮개가 열렸다.

엘리베이터의 문이 닫히고 있었다. 어찌나 천천히 닫히는지, 마치 마당을 기는 달팽이처럼 느렸다. 그 사이 로봇은 덮개가 열린 공간 안쪽에서 뭔가를 꺼내더니 우리를 향해 던졌다. 나는 그것을 피해 몸을 숙였고, 그 누리끼리한 덩어리는 내 등 뒤 나무 문양의 엘리베이터 벽면 위로 후두둑 흩어졌다. 그때까지도 엘리베이터 문은 반도 채 닫히지 않은 상태였다. 로봇은 점점 더 우리 가까이 다가왔다. 로봇이 매트의 가슴 쪽으로 뭔가를 던졌다. 매트가 소리를 지르며 바닥에 주저앉았다.

아바가 부츠 뒷굽으로 엘리베이터의 문을 세게 찼다. 그제야 엘리베이터 문이 '쾅' 소리를 내며 닫혔다. 엘리베이터의 흔들림은 심했지만, 위로 올라가고는 있었다. 매트는 셔츠에 묻은 누런 덩어리들을 떼어 내서는 엘리베이터 벽면의 나무 판넬 위로 던져 버렸다.

"형, 괜찮아?" 내가 물었다.

매트는 얼른 벽에다 몸을 기댔다. 아바는 매트보다 더 당황하고 놀란 빛이 역력했다. 내가 서 있는 뒤쪽 벽면에도 그 누런 덩어리들이 붙어 있어서 나는 그것을 만져 보려 손을 내뻗었다.

"잭, 안 돼. 독성 물질일 수도 있어."

나는 좀 더 몸을 숙여 코를 가까이 대고 냄새를 맡아 보았다. 아주 익숙한 냄새가 났다. 나는 벽에 묻은 그 물질을 조금 벗겨서 작은 덩어리 하나를 씹어 보고는 이내 뱉었다. 우리 가족 중에 그나마 요리랑 가장 친한 사람이 바로 나다. 그리고 그 특정 물질은 내가 가장 자신 있게 만드는 음식 중 하나의 기본이 되는 것이다.

"이거, 피자 도우야." 내가 말했다.

"그럼, 저게 피자 표창, 뭐 그런 거였어?" 매트가 물었다.

아바가 뭐라고 답을 하려는데, 철커덕거리는 소리를 내며 엘리베이터가 멈추었다. 엘리베이터 문이 열리고 우리가 내린 곳은 어떤 상점 안이었다. 벽에는 온통 선반들이 줄지어 달려 있었다. 우리는 오이 피클이 담긴 유리병들, 마요네즈 통, 사우어 크라프트(독일식 김치*)가 들어 있는 플라스틱 용기들, 그리고 흰 식빵 덩어리들에 빙 둘러싸였다. 매트는 손등으로 내 어깨를 툭 쳤다. 그는 숨을 크게 한번 내뱉고는 미소를 지었다. "봐, 내 말이 맞지? 토끼 굴처럼, 드나드는 출구가 아주 여러 개가 있잖아."

상점의 다른 쪽에 나무로 된 출입문이 덜컹대는 것이 보였다. 아바가 살짝 밀어서 문을 열었고, 우리는 식료품점의 뒤편으로 들어섰다. 그곳은 커피 볶는 냄새로 가득했다. 계산대 뒤에는 독일 출신의 식료품점 주인이 긴 콧수염을 하고, 머스터드 얼룩이 묻은 앞치마를 두르고 서 있었다. 그는 미처 썰지도 않은 식빵 덩어리를 손에 들고 우리를 향해 흔들며, 고함을 질러 댔다. 우리는 부리나케 도망쳤다. 식료품점의 앞문을 빠져나와 골목을 지나 모퉁이를 돌아 내달렸다.

우리 형, 매트는 운동선수 같은 체격을 가지고 있으면서도 달리기에는 영 소질이 없다. 그 정도의 거리면, 평소 최소한 두 번은 걸려 넘어졌을 테지만, 이번만큼은 달랐다. 거의 네 블록은 족히 넘게 뛰었는데도, 다행히 걸려 넘어지지 않았다. 거칠게 나오는 숨을 고르며, 매트가 물었다. "대체, 세상에, 그 모든 일이… 어떻게 벌어진 거지?"

나도 너무 놀라서 어떤 답도 해 줄 수가 없었다. 건물에서 추락하는 나를 구해 줬던 구조 쿠션, 하늘을 나는 방범 카메라, 비밀의 공간으로 연결되어 있는 쓰레기통, 로봇의 피자 표창 공격, 솔직히 나는 아직 대체 무슨 일이 일어나고 있는지를 제대로 파악하지 못했고, 내 심장은 흥분과 두려움이 섞여 마구잡이로 두방망이질을 치고 있었다. 그러나 나의 누나, 아바는 감정 따위는 어디 다른 동네에 두고 온 모양이다. 그녀의 얼굴에는 긴박했던 탈출의 짜릿함은 이미 사라지고 없었고, 남은 것은 실망감뿐이었다. 그녀는 두 눈을 살짝 감은 채 입술을 앙다물었다. 매트 형과 나는 그 아침에, 기이하고도 터무니없는 모험에서 살아 돌아왔다는 흥분에 사로잡혀 있었지만, 아바는 잃어버린 친구를 끝내 찾아오지 못한 실망감에 빠져 있었다. 모두 다 내 탓이었다. 그러니 내가 나서서 드론, 프레드를 되찾아올 방법을 생각해 내야만 했다.

특별한 초대

자, 이쯤에서 내 소개를 할까 한다. 내 이름은 잭이고 지금까지 양부모님이 네 번 바뀌었다. 그분들 중 부모 역할을 제대로 하신 분은 안타깝게도 없었다. 마지막 양부모님은 스크램블드에그(달걀을 풀어 버터, 우유를 섞어 부드럽게 휘저으며 볶아서 몽글몽글하게 만든 계란 요리*) 하나도 제대로 못 만드는 분들이셨다. 매트와 아바, 그리고 나는 법적으로 맺어진 형제자매로, 한 방울의 피도 섞이지 않았다. 그건 우리들의 외모만 봐도 알 수 있다. 매트는 짧은 검은 머리에 올리브 빛 피부를 갖고 있고, 코는 아래로 갈수록 끝이 휘어지는 모양을 하고 있다. 회색빛의 볼록한 두 눈은 마치 망원경같이 보이고, 작년에 키가 한꺼번에 너무 많이 자란 탓

에 애초에도 별로 없었던 생김새의 균형과 조화가 더 부족해
졌다. 열다섯 살이 넘으면서, 그는 발에 걸려 넘어지는 일도
잦았고, 물컵도 잘 쏟고, 어깨가 넓다 보니 복도를 지나가다
가도 이리저리 잘 부딪히기도 했다.

아바는 나와 동갑이지만, 키는 나보다 몇 센티는 더 크다.
커피 빛을 닮은 피부와 동그스름한 얼굴, 그리고 기다란 속
눈썹을 갖고 있으며, 웨이브 진 갈색 머리를 언제나 하나로
묶고 다닌다. 아바의 긴 두 눈과 눈부시게 밝은 미소는 그 어
떤 사악한 어른들의 마음이라도 녹일 수 있었다. 그녀는 걸
어다닐 때면 언제나 굽 높은 부츠의 뒤꿈치를 세우고 걸어서
바닥에 구두 굽이 부딪치는 소리도 거의 내지 않았다. 그녀
의 작은 손은 여기저기 상처가 보이는데 그것은 놀라운 기계
장치들을 만드는 과정에서 얻은 것들이다.

나로 말할 것 같으면, 음, 백지장처럼 하얀 피부에, 짙은 갈
색 눈썹 그리고 단정한 금발을 갖고 있는데, 아바는 내가 너
무 자주 머리를 빗는다고 말한다. 나의 치열은 완벽하게 고
르다. 음, 사실을 말하자면, 그렇지 않다. 내 치열은 들쑥날쑥
해서 고르지 않다. 그리고 내 몸은 매트의 근육질 몸과는 달
리 근육이라곤 찾아볼 수 없다. 그도 그럴 것이, 내 나이는
고작 열두 살이다. 내 몸에도 곧, 근육이 생겨나길 바란다.
외모에 관한 설명은 이쯤에서 접겠다.

여기서 가장 중요한 것은, 나의 형제자매가 천재들이란 사실이다. 그들은 언제나 주목을 받기 때문에 여러분도 그 이름을 들어 봤을지도 모른다. 베스트셀러가 된 시집, '외로운 고아들'이 사실은 나의 아이디어였음을 아는 사람은 많지 않다. 물론, 그들의 시는 정말 활기 넘치지만, 좀 진부하고 단순한 것도 사실이다. 어쨌든, 우리는 돈이 필요했고, 아바와 매트는 운율에 맞춰 시를 잘 썼기에 나는 이 책이 팔릴 것이라는 느낌이 팍팍 왔다. 비탄에 빠진 고아들의 이야기는 대부분의 엄마들이나 할머니들의 마음을 쉽게 감동시키기 마련이다.

시에 관심이 안 생긴다고?

그렇다면 여러분은 강아지에게 심폐 소생술을 해 주는 아이가 나오는 동영상을 본 적이 있을 것이다. 그 아이가 바로 나다. 그 동영상이 천오백 만 회의 조회수를 기록했다. 시청해 주신 모든 분들께 감사드린다. 그 모든 일들은 우리의 설정이었다. 그 강아지는 그냥 잠을 자고 있었을 뿐이다! 그러나 그 동영상은 우리를 홍보하는 데 놀라운 역할을 했다.

그리고 우리들은 더 이상 고아가 아니다. 우리를 '독립한 청소년들'이라 불러 주길 바란다.

몇 년 전 아바와 매트, 그리고 나는 같은 양부모에게 입양되었다. 아바와 매트는 둘 다 명석한 머리로 인정을 받고 있었고, 마치 연못 한쪽에서 다른 한쪽으로 돌이 옮겨 가듯 학년마다 월반을 하고 있던 터였다. 그러던 어느 날 저녁, 내가 아이디어를 냈다. 우리의 양부모인, 앨리스와 밥이 그날도 어김없이 외출을 해서 우리끼리 저녁을 때우고 있는 중이었다. 즉석식품, 마카로니에 치즈를 얹고, 핫도그 몇 쪽을 저녁으로 만들어서 반쯤 먹다가 내가 매트와 아바를 힐끗 쳐다보며 물었다. "어른들 없이 스스로 돌보며, 우리끼리 살 수는 없을까?"

처음에 매트는 그것이 법에 어긋나는 일이라고 했다. 나는 정말 불법인지 재차 물었다. 아바도 나와 같은 질문을 매트에게 반복적으로 던졌다. 매트는 몇 분 정도 가만히 벽을 응시하더니, 자리에서 일어나 문을 열고 밖으로 나갔다. 그리고 이틀 동안 그 지역 로스쿨의 도서관에 틀어박혀 있었다. 양부모는 매트가 없어진 것도 몰랐다. 그리고 매트가 돌아왔다. 그는 마치 불과 몇 분 전에 우리에게 질문을 받았던 사람처럼 답을 했다. "불법 아니야, 확실해. 기회를 만들 수 있을 것 같아."

결국 우리는 몇 번에 걸쳐 집에서 법정을 오갔고, 유능한 변호사들을 고용했고, 그 유능한 변호사들 비용에 필요한 돈을 벌기 위해 저급한 시집을 냈고, 대중들의 호감을 얻기 위해 설정한 강아지를 등장시킨 동영상을 찍었고, 아바는 가짜 눈물을 흘리며 사람들에게 호소하는 연기를 펼치는 등 여러 우여곡절을 겪어야만 했다. 그리고 결국 우리는 양부모들을 우리 생활에서 떼어 낼 수 있게 되었다. 여러분은 우리를 두고 양부모들과 헤어졌다는 표현을 쓸 수도 있겠다. 모든 신문에서 우리를 '젊은 두 명의 천재와 그의 형제'라고 묘사해 주는 것도 좋았지만, 나는 그 모든 일이 이렇게 잘 풀렸다는 사실이 너무 흥분되고 신났다.

사회 복지 센터에서 '민'이라는 분이 매주 찾아와 우리가 잘 지내는지 살피고는 있지만, 전반적으로 우리는 우리끼리 잘 살고 있다. 매트는 대학 과정의 수업을 듣고 아바와 나는 홈스쿨링을 하며 온라인으로 수업을 받고 있다. 나는 성적이 좋은 편이지만, 결코 나 스스로 똑똑하다는 생각을 하지는 않는다. 그건 아마 내가 너무 잘난 천재들과 함께 생활해서 인 것 같다.

어쨌든, 우리는 이제 우리 힘으로 브루클린의 작은 아파트에서 살고 있는 중이며, 지난번 식료품점에서 위협적으로 우리를 향해 식빵을 흔들어 대던 그 독일인 주인을 피해서 달아난 후 3일 동안, 아바의 잃어버린 드론을 되찾기 위한 방법을 고심했다. 나는 약 세 차례에 걸쳐서 아바 몰래 매트와 그 기묘한 건물 내부로 잠입하려 했으나, 그 쓰레기통은 단단히 잠겨서 꿈쩍도 않았고, 식료품점의 아저씨도 내가 입구로 다가갈 때마다 우그러진 머스터드 통을 들고 나를 위협했다.

아바와 매트도 나를 영 탐탁하지 않아 하는 눈치가 역력했다. 그도 그럴 것이 나는 드론을 띄워서 염탐을 하는 일이 불법이 아니라고 우겼는데, 그들이 내가 거짓말을 했단 것을 알게 됐기 때문이다. 드론으로 다른 누군가의 창을 엿보는 것은 분명히 법을 어기는 일이며, 이것은 또한 우리가 정한 '독립한 청소년'의 규칙 중 하나인 언제나 완벽에 가까운 행실을 해야 한다는 점에 어긋나는 일이기도 했다.

이쯤 되고 보니, 우리가 잃게 되는 것이 단순히 집에서 만든 로봇 하나가 아니라, 어쩌면 더 중요한 것일 수도 있겠다는 생각이 들었다. 아마 분명히 수일 안에 복지 센터의 민이 찾아올 것이고, 우리가 뿔뿔이 흩어져서 각자 다른 양부모 가정에 보내질 거라는 말을 하겠지. 난, 아마도 캐나다 어디선가 아스파라거스를 재배하는 양부모 집으로 보내질지도 모를 일이었다. 그분들은 어쩌면 물을 아껴야 한다며, 변기 물을 하루 딱 한 번만 내리는 그런 사람들일지도 모른다.

내 머릿속은 온통 일들이 그렇게 꼬이고 말겠다는 생각으로 가득했다. 그런데 그 일이 있은 지 72시간이 지났는데도 우리 집을 찾아오는 사람은 아무도 없었다. 집 전화도 울리지 않았다. 문득, 우리의 신변 자체가 안전한 건지 의문이 들기 시작했다.

그러던 중, 토요일 저녁 여섯 시가 약간 지난 시간에 부엌에 있던 매트가 소리를 질렀다. 우리 집 부엌은 작업장에 가까웠다. 물론 전자레인지나 냉장고도 있고, 또 나의 전용 커피메이커도 조리대 뒤편으로 자리를 잡고 있다. 그런데 오븐은 아바가 쓰리디(3D) 프린터로 변신시켜 놨고, 싱크대 선반과 서랍들은 대부분 부품들로 채워졌고 식탁은 컴퓨터와 회로판들이 차지했다. 아바와 매트는 아바의 노트북을 앞에 두고 서 있었다.

"왜, 무슨 일이야?" 내가 물었다.

"헨리 위더스푼 씨가 방금 너한테 이메일을 보내왔어."

나는 어깨를 살짝 으쓱이며 물었다. "그게 누군데?"

"과학자야. 발명도 하고, 저명한 공학자이기도 해. 그리고 헨리 위더스푼 산업(Henry Witherspoon Industry)의 대표로 있어. 로켓, 로봇, 전기 자동차, 우주 망원경 등 여러 분야에 관련된 일을 하고 있어."

"저 사람이 바로 진공 코 세척기 발명도 도왔잖아."

아바는 내 눈높이에 맞는 대화법을 잘 알고 있다. 나는 몇 개월째, 그 진공 코 세척기를 갖고 싶어 했지만 너무 비쌌다. 작동 원리는 간단하다. 티슈 대신 사인펜 뚜껑 크기만 한 그 세척기를 콧구멍에 갖다 대면 자동적으로 이물질을 빨아들인다.

"근데, 왜 그 사람이 나한테 이메일을 보냈어?"

매트는 양팔을 활짝 벌렸다. "왜냐면 그건 말이야, 우리가 침입하려고 했던 그 건물이 바로 그 사람 거니까!"

"어휴, 저런."

팔짱을 낀 채 아바가 나를 쳐다보았다. "그리고 말이야, 네가 그 사람한테 메모 같은 것을 남긴 것 같은데, 그랬니?"

"음, 그렇기는 한데… 혹시 그 사람 화가 많이 났어?"

"아니, 그런 게 아니라, 그 사람이 우리를 저녁 식사에 초대를 했어."

"음, 그러면 옷이라도 갈아입고 가야겠네." 내가 말했다.

한 시간이 지나서 우리 형제들은 다시 골목 안 쓰레기통 앞에 서 있었다. 우리는 이미 예정된 시간보다 늦었는데 그건 전적으로 내 탓이었다. 우리가 저녁 식사에 초대를 받는 것은 흔히 있는 일이 아니었으므로 나는 좀 더 공을 들여서라도 적당한 옷을 골라 입고 싶었다. 그게 그렇게 별난 행동이었을까? 나의 형제들은 내가 참 별나게 군다고 했고, 그럼에도 나는 아랑곳 않고 시간을 끌다가 마침내 파란 단추가 달린 셔츠를 골라 체크무늬 나비넥타이를 매고 청바지에 까만색 운동화를 신었다. 그 나비넥타이는 새 거라서 손에 익지 않아 일곱 번의 시도 끝에 제대로 묶을 수 있었다.

"이쪽 입구는 수리 중인데." 우리 바로 뒤에서 어떤 목소리가 들려왔다.

우리 셋은 동시에 뒤를 돌아보았다. 그곳에는 큰 키에 호리호리해 보이는 한 남자가 서 있었다. 그의 한쪽 어깨에는 가죽 가방이 느슨하게 매달려 있었고, 눈가에는 잔주름이 있었다. 희끗희끗한 머리와 숱이 많지 않은 턱수염은 비슷한 길이로 짧게 다듬어져 있었다. 그가 입은 티셔츠 깃에는 단추가 달려 있었고, 한가운데는 흘려 쓴 방정식이 보였다. 그는 차례로 우리들을 한 사람씩 손으로 가리켰다.

"너는 아바, 너는 매트, 너는 존. 맞지?"

"네, 맞아요." 아바가 대답을 했다. "그럼, 아저씨는 헨리 위더스푼 박사님?"

"정답." 그가 웃으며 말을 했다. "오, 이런, 그래도 초면인데, 내가 인사도 없이 다짜고짜, 하하, 미안, 미안."

"저는 그냥 잭이라고 불러 주시면 돼요." 나는 손을 내밀어 악수를 청하며 말했다. "제 형은 매튜라고 불리는 걸 더 좋아해요." 형의 표정이 살짝 일그러졌다. 형은 그렇게 불리는 걸 상당히 싫어한다. "만나 뵙게 돼서 영광입니다. 위더스푼 박사님."

우리는 악수를 했다. 그런데 그의 손이 어찌나 크던지 내 손을 덮고도 남을 정도였다. "나는 그냥 행크라고 부르면 돼." 그가 말했다. "그 나비넥타이, 아주 멋진걸, 잭. 나도 한 때는 그런 전문직 종사자 같은 옷을 즐겨 입었었지." 내가 뭐라고 답을 하기도 전에 그는 뭔가 생각이라도 난 듯 눈을 반짝였다. 그는 기다란 손가락을 가방에 넣더니 조심스럽게 아바의 드론을 꺼냈다. "이거 네가 만든 거니?" 그는 프레드를 들어 보이며 아바에게 말했다.

아바는 아랫입술을 지그시 깨물며, 드론을 잡으려 손을 내뻗었다. 그 순간 나는 숨을 죽였다. 그때까지 우리를 대하는 그의 태도는 나쁘지 않았다. 그러나 그 행크 위더스푼이라는 사람이 과연 우리의 친구가 될지, 또는 적이 될지는 바로 그 순간에 판가름 날 것이었다. 참, 고맙게도 그는 순순히 프레드를 바로 아바에게 건네주었다. 바짝 긴장을 하고 있던 나는 갑자기 밀려오는 안도감으로 마치 몸이 붕 뜨는 것만 같았다.

"걱정할 거 없어." 그는 말을 이어 갔다. "HR-4가 인시목 (鱗翅目, 절지동물 곤충강의 한 목*) 실험에서 주로 사용하는 그물을 이용해서 저 드론을 잡았거든. 그건 나비들에 관한 실험이야. 물론, 너희들은 인시목이 뭐에 관한 연구인지 알고 있었겠지만." 그는 프레드의 프로펠러 중 한곳을 가리켰다. "저건 컴퓨터에 있던 팬들을 변형해서 만든 거지?"

"네, 맞아요." 아바는 거의 기어드는 목소리로 말했다. "날

개의 크기를 줄로 다듬어서 좀 축소시켰어요."

"이야, 폐기된 기계를 정말 기발하게 사용했구나. 함부로 버리지 않으면 뭐든 알뜰하게 잘 쓰이는 법이지. 네가 만든 가이던스 소프트웨어 코드도 아주 훌륭했어. 너희들이 냈던 그 '순진한 모범생들의 시집' 뭐, 하여튼 그 시집보다는 훨씬 그럴듯했어." 그는 나를 향해 고개를 돌렸다.

"물론 그 강아지를 살리려던 너희들의 노력은 가상했고 꽤 감동적이기는 했지만…."

내가 말을 하기 전에 아바가 먼저 물었다. "HR-4가 뭔데요?"

"조수 로봇 견본이야. 너희들이 이미 만났던 걸로 알고 있는데. HR-4가 너희들에게 피자를 대접하려 했잖아."

"우리를 공격했다는 게 더 맞는 표현 같은데요." 내가 말했다.

어느새 내 앞으로 온 매트가 헨리 위더스푼 씨의 셔츠에 그려진 기다란 글자를 가리켰다. "그건 아인슈타인의 일반 상대성 이론의 방정식이네요."

"너희들 정도라면 이게 뭔지 알 수도 있을 거라고 기대는 했었지. 매튜, 열다섯 살 치고는 제법이네. 음, 나는 물론 네 나이 때, 이미 대학 과정을 끝내기는 했었지만 말이야. 뭐, 어쨌든 그 정도면 나쁘지 않아."

자기 자랑이 섞인 듯한 행크 박사의 칭찬에 매트의 얼굴에 엷은 미소가 스쳤다. 매트는 곁눈질로 쓰레기통 측면에 있는 로고를 가리켰다.

"H-W-I가 헨리 위더스푼 산업의 약자 맞나요?"

"정답이야. 또 맞혔네,"

아바는 혹시 망가진 곳이라도 있는지 프레드를 구석구석 꼼꼼히 살피고 있었다.

행크 박사에게 칭찬을 들은 매트는 어찌나 활짝 웃는지, 누가 보면 아인슈타인한테 직접 칭찬이라도 받은 줄 알 지경이었다. 그즈음 누군가 나서서 명확히 상황 정리를 좀 할 필요가 있었다.

"그러니까 워더스푼, 아니 행크 박사님." 내가 말했다. "지금 상황에 대해서 좀 설명을 해 주시겠어요? 박사님께서는 건물 안을 엿보고 있던 저희 드론을 붙잡으셨고, 돌에 묶어서 던진 제 메모도 읽으셨지요. 그런데 왜 저희들을 저녁 식사에 초대하셨어요?"

행크 박사는 미소를 지었다. "자, 일단 안으로 들어가자. 그리고 난 후 본격적으로 모든 얘기를 해 보자."

우리는 그를 따라 골목길을 벗어나서 식료품점 안으로 들어섰다. 상점의 대형 유리 진열장을 통해 독일인 주인 아저씨가 마치 총질을 할 태세를 갖춘 카우보이마냥 머스터드 병을 치켜들고 있는 모습이 보였다. 그는 우리 옆에 있는 행크 박사를 발견했는지, 얼른 몸짓으로 밀실이 있는 쪽을 가리켰다.

"엔슐디궁. (Entschuldigung, 실례합니다*)" 아바가 미소를 지으며 말했다.

독일인 주인은 두꺼운 눈썹을 치켜 올리며 아바를 향해 아주 가볍게 고개를 살짝 숙였다.

"너 독일어 할 줄 아니?" 행크 박사가 물었다.

"배우는 중이에요." 아바가 답을 했다.

아마도 아바는 일주일 이내에 유창한 독일어를 구사할 것이다. 쳇, 독일어로 '잘난 척'에 해당하는 말은 없나?

"저 사람이 박사님을 위해 일하는 사람인가요?" 매트가 물었다.

"프란츠, 저 친구? 아니, 아니야. 내가 이 건물의 주인이니까, 저 사람은 그냥 자기 가게의 공간을 이용할 수 있게 편의를 봐주는 거야."

밀실 안으로 들어선 행크 박사는 두루마리 휴지 한 통을 빼더니 그 자리에 드러난 버튼을 눌렀다. 우리는 모두 말없이 엘리베이터에 올라타고 아래로 내려갔다. 행크 박사는 얼른 엘리베이터에서 내려 책상 뒤에 있는 문을 밀고 방 안으로 들어가 우리를 향해 손짓을 했다. "어서들 와, 우리 과학

놀이터에 온 걸 환영한다!!"

건물 안은 하나의 커다란 방으로 되어 있었고, 그 방은 지금껏 본 적이 없는 그런 공간이었다. 우리가 서 있는 층은 도로보다 한참 낮은 높이였고 우리 위로 솟아 있는 천장의 높이는 얼핏 봐도 10층은 족히 되어 보였다. 천장 유리창으로 빛이 흘러 들어왔다. 내부의 공기는 습하고 무거웠다. 서너 마리의 새들이 짹짹거리며 우리 머리 위로 원을 그리며 높이 날아다녔다. 층으로 분리되어 있지 않은 대신에 벽에는 승강대들이 이어져 있었다. 승강대들은 대형 침대만 한 크기로 나선형으로 뻗어나가면서 천장 가까운 곳까지 설치 되어 있었다. 거인이라면 커다란 계단 삼아 걸어 올라갈 수도 있을 성싶었다. 그런데 보통 사람이 어떻게 저렇게 생긴 곳을 이용해 한 층, 한 층 이동할 수 있을지 도저히 알 수 없었다.

행크 박사는 우리를 데리고 다니며 그 공간 여기저기를 부지런히 보여 주었다. 1층은 대략 축구장 크기의 반 정도는 되어 보였다. 우리가 서 있는 맞은편 좌측에는 6미터 깊이의 수정처럼 맑은 풀장도 있었다. 물에는 소형 잠수함이 떠 있었다. "저건 노틸러스호를 재현한 거야." 잠수함을 향해 손가락을 튀기며 행크 박사가 말했다. "근데, 누수가 좀 생기고 있어."

한쪽 모퉁이에는 4미터가 넘는 높이로 조성된 인공 언덕

이 조형 바위와 흙으로 덮여 있었다. 행크 박사는 그 언덕에 대해서는 설명을 않은 채, 어딘가를 가리켰다. 그곳은 벽을 통해 안이 들여다보였고, 바닥에는 60센티 정도의 깊이로 붉은 흙이 깔려 있었다. 안에서는 바퀴와 태양열 판을 부착한 로봇 한 대가 작은 바위에 반복적으로 부딪치고 있었다. "저건 내가 만든 화성 시뮬레이션 실험실이야." 박사가 말했다. "우주 항공기를 타지 않고도 화성 표면에 가깝게 다다를 수 있는 실험을 하고 있지."

미니 경주 트랙이 실험실 의자와 캐비닛, 중앙의 작업대 주변으로 설치되어 있었다. 나는 조금 앞으로 걸어가 운동화 앞코로 트랙의 가장자리를 눌러 보았는데 고무같이 느껴졌다.

"모두 재생 타이어로 만들었어." 박사가 말했다. 그는 트랙의 가장자리에 무릎을 살짝 구부리고 앉아 주먹으로 표면을 꾹꾹 눌러 보이더니 눈을 치켜뜨며 소형차가 있는 쪽을 가리켰다. 골프 카트의 반만 한 크기의 그 소형차는 우리를 향해 오고 있었다. "이 트랙 내부에는 미세한 압력도 감지할 수 있는 센서가 있거든. 그래서 자동차의 위치나 속도도 알 수 있지."

내 뒤에 서 있던 매트가 한마디 했다. "그러니까 이게 최첨단 스마트 도로인 거죠?"

행크 박사는 얼른 걸음을 옮겨 매트의 등을 가볍게 두드리며 말했다. "바로 그거야!"

매트는 그새를 놓칠세라 오른손을 슬쩍 허리께로 내려서는 한 건 해냈다는 듯 주먹에 힘을 주어 보였다. 그건 그의 역사상 가장 소심한 잘난 척이었다. 매트한테 밀리기 싫었기에 나도 뭔가 기발한 말을 한마디 보태고 싶었으나 도저히 떠오르지가 않아서 실패하고 말았다.

아바는 천장 쪽을 가리키며 질문을 했다. "저게 다 드론인 가요?"

"응, 맞아. 네가 관심을 가질 줄 알았어. 기술적으로 말하면 '날개치기 비행기'지. 날개를 상하로 움직이며 새처럼 나는 드론들이야."

원을 그리며 날고 있는 드론들 바로 밑의 몇몇 계단 위로는 잎이 무성한 크고 작은 나무들이 자라고 있어서 마치 나무 위의 집처럼 보였다. 그중 닫혀 있는 두 곳은 유리창에 뿌연 물방울이 서린 것으로 보아 온실인 것 같았다. 다른 세 곳은 강철 원통들과 튜브, 그리고 여러 장비들이 빽빽이 들어차 있었다.

아바는 우리를 향해 이동하는 소형 자동차를 가리켰다. "저게 자율 주행차인가요?" 아바가 물었다.

"그래, 저건 기본적으로 진짜 자동차의 축소판이야. 저 차량이 자율적으로 모든 결정을 내려. 그러니까 운전자가 전혀 필요치 않아."

트랙의 다른 쪽에는 축소 모형들의 폐품 처리장이 있었
다. 몇 개의 폐타이어들, 옆으로 드러누워 있는 거대한 눈 치
우는 기계, 한가득 쌓여 번쩍이는 알 수 없는 물질들, 그리고
거대한 투석기—바위 같은 것을 성벽을 향해 발사하는 일종
의 기계—가 널려 있었다. 그러나 바위가 있어야 할 그 자리
에는 마네킹이 덩그러니 놓여 있었다. 매트가 반짝이는 천을
가리켰다.

"지난번 쿠션이 저 천으로 만든 거죠, 그렇죠?"

"맞아. 작업반을 고용해서 매주 건물 외벽 유리창을 청소
할 계획을 세웠었거든. 그래서 작업 중에 혹시 모를 추락 사
고를 막기 위해 설치해 두었지." 행크 박사가 설명했다. "그
런데 자가 세척 장치를 만들고 나서는 유리창 청소 작업반을
부를 필요가 없어졌어. 그래서 실제로는 그 쿠션을 한 번도
시험할 기회가 없었거든. 그러니 잭에게 고맙다고 해야겠다.
근데 잭, 너도 나한테 고마워해야 될 것 같은데. 그때 콘크리
트 바닥에 그냥 떨어졌으면 큰일이 날 뻔 했잖니. 하하."

내가 뭐라고 입을 떼기도 전에 매트가 끼어들었다.

"유리창이 자가 세척을 한다고요? 창문에 무슨 코팅 같은
게…."

"그래, 맞아. 먼지나 오염 물질이 유리창 표면에 들러붙지

않아. 그리고 약간의 비만 내려 준다면 깨끗하게 닦이거든. 그리고 그 쿠션은 음, 특수 물질을 생산하는 회사가 그 물질을 적용한 제품을 만들어 달라고 나를 고용했었거든. 그 구조용 쿠션이 나의 초기 아이디어 중에 하나야.”

“그 물질이 또 어디에 쓰였어요?” 아바가 물었다.

“그 회사의 주요 목표는 공기 주입으로 팽창하는 간이 주택을 만드는 거야. 그리고 공간에 대해서 말하자면, 음….”

행크 박사는 미니밴 크기의 두툼한 삼각뿔 모형이 있는 쪽으로 서둘러 자리를 옮겼다. “지금 여기 있는 건, 화성의 우주 비행사들을 위한 원형 캡슐이야. 그건 당연히 축적 모형이기는 하지만, 이런 물건을 봤다는 얘기를 누구한테도 하면 안 된다. 알지?” 박사는 천천히 몸을 돌리며 여러 장치와 기계, 그리고 차량들로 가득 찬 주변을 가리켰다. “주위를 죽 둘러봐. 저기 금속 다리들이 보이지? 저 다리들은 소방관들이 착용하면 화재가 난 건물의 출입문을 걷어차고 들어갈 수도 있어. 혹은 너희 같은 아이들이 착용하면 크게 힘을 들이지 않고도 산에 오를 수도 있지.” 행크 박사는 그의 어깨 너머로 보이는 구석에 있는 인공 언덕을 가리켰다. “사실 저기 보이는 언덕은 로봇 다리들을 시험하기 위해서 만든 거야.”

모든 것들은 참 흥미로웠고, 그래서 우리는 행크 박사가 하는 말을 한마디도 놓치지 않고 마치 모든 걸 빨아들일 기세로 몰입하고 있었다. 그사이 그 공간을 유심히 살피던 나는 내 인생을 바꾸고도 남을 뭔가를 발견했다. 내가 21세기 최고의 발명품이라고 믿고 있는 장치가 '클러터벅 상'이라는 표시가 붙은 채 작업대 위에 놓여 있었다. 그 코 세척기는 윤이 좔좔 흐르면서도 아주 단순미가 넘치는 장치인데, 바로 그 물건이 흑발의 곱슬머리 가발과 사각팬티, 쓰레기통 크기의 금속 육면체, 그리고 다른 물건들과 뒤섞여서 그곳에 있었다.

나는 잽싸게 그 진공 코 세척기를 집어 들었다.

"해 봐, 한번 직접 써 봐." 행크 박사가 말했다.

그때 내 코는 살짝 막혀 있었다. 나는 그 놀랍고도 멋진 장치를 한쪽 코에 갖다 대고 한껏 기대를 안고 기다렸다. 장치 안쪽에 윙윙 소리를 내는 소형 모터의 힘은 실로 너무 강력해서 마치 외계인이 빨대로 나의 뇌를 빨아들이는 느낌이었다. 나는 코에 대고 있던 세척기를 얼른 떼어 냈다. 그 즉시 장치가 멈추었다.

"그게 처음에는 조금 따끔거리는데, 직접 해 보니까 느낌이 어때?"

나는 코를 한번 훌쩍여 보았다. 일순간에 촉촉한 공기가 코 안을 가득 메운 것처럼 상쾌했다. 갑자기 흙냄새, 금속 냄새, 고무 냄새, 각종 냄새가 느껴졌다. '놀라움' 그 자체였다.

그리고 나는 테이블 쪽을 가리키며 물었다.

"이게 다 뭐예요?"

"내가 개발하고 있는 몇 가지 소소한 아이디어들이야. 대부분은 매해 열리는 클러터벅 상의 이전 출품작들이지. 난 거기 심사위원이기도 해. 행크 박사가 '클러터벅 상'이라는 표지를 가리키며 말했다.

"근데 여기 사각팬티는 대체 뭐하는 거예요?" 나는 팬티를 집어 들며 물었다.

"자가 건조 속옷이야. 여기 버튼을 누르면 허리 밴드에서 압축된 공기가 공급되면서 옷이 곧바로 마르는 원리야."

행크 박사는 자신이 만든 오작동 로봇 친구가 들어서자 뒤를 돌아보았다. "오, 좋아! 마침 여기 HR-4가 너희들의 피자 주문을 받으러 왔네." 행크 박사가 말했다. "매튜? 아바? 너희들 피자 먹을 거지? 설마, 피자를 안 좋아하는 건 아니겠지?"

"저건 뭐하는 거예요?" 매트가 아주 안락하게 보이는 커다란 가죽 의자를 가리키며 물었다. 그건 그냥 일반 의자처럼 보였다. 그런데 의자가 움직였다. 그것도 아주 빠르게.

행크 박사는 작업대 위에 있던 노트북을 끌어다가 두 번째 손가락으로 키보드를 두드렸다. 그러자 의자는 더욱 속도를 올려 곧장 공간을 가로질러 이동하다가 경주 트랙에 걸려 팅

겨나갔다. 그런 다음 HR-4 로봇의 다리에 충돌한 후, 다시 화성 시뮬레이터의 벽에 부딪혀 '쾅' 하는 소리와 함께 작동을 멈추며 옆으로 고꾸라졌다. 쓰러진 의자 하단의 네 귀퉁이 덮개 아래로 유모차 바퀴 크기의 바퀴가 드러났다.

행크 박사의 볼이 살짝 붉어졌다. "그냥, 뭐 사소한 오작동이야." 박사가 말했다. "저 의자는 내가 친구를 위해 만든 거야. 그 친구가 집 안에서 이동할 수 있도록 만든 거야."

"그 친구 분, 몸이 마비가 되었나요?"

"아니, 그냥, 돈이 아주 많아. 그리고 아주 게으르기도 해. 그런데 아쉽게도 저 의자가 자꾸 오작동하네."

"제가 좀 살펴봐도 될까요?" 아바가 물었다.

행크 박사가 어깨를 으쓱했다. "그래, 좋을 대로 하렴."

매트는 계단을 가리키며 물었다. "저기 위쪽에는 어떻게 올라가세요?"

행크 박사가 얼굴이 밝아졌다. "오, 이제야 궁금해졌구나. 물어봐 줘서 고마워! 물론 사다리가 있지. 그런데 내가 훨씬 효율적인 시스템을 설치했어." 행크 박사는 투석기를 가리키더니 자신의 스마트폰 화면을 몇 차례 톡톡 두드렸다. 잠시 후 투석기가 수직으로 올라오자 사람 모양을 한 마네킹이 공중으로 발사되었다. 공중으로 날아가던 그 마네킹은 방향을 바꾸어 획 돌더니 계단의 가장자리에 배를 부딪혔다. 마네킹 비행사가 5층 높이에서 추락하여 방 한가운데의 철제 캐비닛 지붕 위로 떨어지자 박사의 표정이 어두워졌다.

아무도 입을 떼지 않았다.

"이런, 아주 실망스럽네." 결국 박사가 침묵을 깼다. "지난번 실험 때는 완벽하게 작동을 했는데 말이야."

우리가 미처 어떤 반응을 보일 틈도 없이, 머리 위로 날아다니던 새들이 점점 크게 울어 대기 시작했다. 공중에서 뭔가가 박살이 났다. 행크 박사는 재빠르게 팔을 뻗어 우리들을 뒤로 밀어냈다. 천장을 맴돌던 드론 중 하나가 '쉭' 소리를 내며 바닥으로 곤두박질쳤다. 드론 로봇이 바닥에 부딪히며 폭발하자 수백 개의 플라스틱과 금속 파편들, 그리고 전기 회로들이 흩어졌다. 아바는 놀라서 제대로 숨을 쉬지 못했다.

행크 박사는 누워 있는 구동 의자를 들어 다시 바퀴에 맞춰 끼우고 의자 방석 위에 털퍼덕 앉았다. 그는 몸을 앞으로 조금 숙여 손등으로 머리를 받친 자세로 잠시 있었다.

"나 혼자서는 이 모든 일들을 다 할 수가 없어." 그는 말했다. "너무 많아."

"뭐가 그렇게 많아요?" 내가 물었다.

구동 의자가 다시 움직이기 시작했다. 놀란 박사는 의자의 팔걸이를 꼭 잡았다.

61

"오, 죄송해요!" 아바가 컴퓨터의 키보드를 두드리며 말했다. "제가 끌게요."

행크 박사가 의자에서 벌떡 일어서며 양손을 내저었다. "너무 많아. 모든 게 말이야! 완성시켜야 할 발명품들이 너무 많아. 시험해야 할 장치들도 너무 많고."

"조수를 몇 분 고용하시면 안 되나요?" 매트가 물었다.

행크 박사는 미소를 지었다.

"왜요? 뭐가 잘못 됐나요?"

"매튜, 하하, 그게 말이야, 바로 내가 너희들에게 말하고 싶었던 거야! 예전에는 일을 도와주던 조수들이 있어서 큰 도움이 됐었지. 그래서 지금보다도 훨씬 많은 발명품을 만들고 집중도 잘할 수 있었어. 그런데 말이야. 그 사람들이 항상 정보나 아이디어를 빼서 달아나 버리는 거야. 마지막으로 일했던 조수는 내가 만든 디자인 하나를 훔쳐서 거의 백만 달러를 받고 팔아 치웠어. 그나마 다행인 것은, 그게 그다지 고액이 아니었기에…."

"그게 고액이 아니라고요?" 내가 물었다.

"절대 고액이 아니지. 그 아이디어의 가치는 최소한 그보다 열 배 이상은 되는 거였거든." 행크 박사가 말했다.

아바가 내 발목을 슬쩍 찼다. 내가 또 무슨 실언이라도 했나? 그랬을 수도 있다. HR-4 로봇이 요란한 소리를 냈다.

나는 순간 움찔하며 피자 반죽이 날아오면 얼른 손으로 쳐낼 요량으로 손을 번쩍 들어 올렸다.

매트가 말했다. "그래서, 박사님께서 하시려는 말씀은….'

"자, 우선 피자부터 먹고 하자." 행크 박사가 제안했다. 로봇은 가슴 쪽에 달린 투입구의 문을 열고, 완벽하게 잘 구워진 피자를 꺼내서는 마치 원반 던지듯 박사에게 던졌다. 우리들의 저녁 식사는 박사의 머리 위를 스치듯 지나서 비어 있던 접시 위에 원을 그리며 내려앉았다.

행크 박사는 머리 위에 떨어진 빵가루를 털어 내며 그 피자를 유심히 살폈다. 그러고는 어깨를 으쓱하더니 서랍에서 칼을 꺼내 삐뚤빼뚤한 네모 모양으로 조각냈다. "자, 다시 하던 이야기로 돌아가서… 어디까지 얘기를 했었지?"

"조수 얘기요." 매트가 피자를 한 조각 집으며 말했다.

행크 박사가 나를 쳐다보았다. 피자 표창에 대한 기억으로 내가 움찔 놀란 표정을 짓고 있었던 게 틀림없다. "어서 먹어, 잭. 우연인지, 내가 오늘 아침 일찍 실험이 있어서 이 테이블을 살균 소독했거든. 너희들이 집에서 식사 때 이용하는 접시보다 아마 더 깨끗할 거야."

나는 얄팍한 조각을 하나 집어 들었다. "계속 말씀해 보세요." 내가 말했다.

"응, 그래, 그래서 말이야, 내가 제안을 하나 할게." 박사가 말했다. "내가 민이라는 사람을 미리 만나서 상담을 해 봤는데…."

우리 셋은 모두 깜짝 놀라서 서로 당황스런 눈빛을 주고받았다. "민 선생님과 말씀을 나누셨다고요?" 내가 물었다.

그는 자신의 얼굴 앞에서 양손으로 손사래를 쳤다. "아니 아니, 걱정할 필요 없어. 너희들에 관해서 그 어떤 이야기도 따로 하지는 않았다. 어쨌든 그녀는 매우 매력적인 분이었어. 아주 똑똑하기도 하고." 박사는 슬쩍 우리의 시선을 피했다. 알 듯 말 듯 한 미소가 그의 얼굴에 번졌다.

"저… 행크 박사님?"

"뭐? 아, 그래. 그래서 알다시피 내가 그녀랑 이야기를 했는데, 너희들이 말했듯이 나는 이 실험실에서 도와줄 사람이 좀 필요하잖아…."

"네, 박사님은 아주 많은 도움이 필요하신 것 같아요." 아바가 말했다. 그녀는 고갯짓으로 부서진 드론을 가리키고 손으로는 쓰레기 더미 쪽을 가리켰다. "이 안에 왜 눈 치우는 기계까지 갖다 두셨어요?"

행크 박사는 눈을 크게 치켜뜨고는 오래된 괘종시계의 추처럼 고개를 왔다갔다 흔들었다. "그건 말하자면, 이야기가 아주 긴데… 그래, 좋아. 확실히, 어쩌면 내가 도움이 많이 필요한 것 같구나. 그런데 내 생각에는 너희 셋이 나를 도와

줄 수도 있을 것 같은데. 아바, 너는 십 대 치고는 재능이 뛰어나잖니. 네가 만든 드론은 그야말로….”

“프레드요.” 아바가 박사의 말을 끊고 한마디 보냈다. “그 드론의 이름은 프레드예요.”

“음, 그래. 그건 진짜 인상적이었다. 민이 네가 만든 스케이트보드를 찍은 비디오도 내게 보여 줬는데….”

“페드로예요.” 내가 말했다.

행크 박사가 소리 내어 웃었다. “페드로라고? 똑똑하게 잘 지었네. 어쨌든 나는 네가 와서 이 부서진 새 모양의 드론이나 구동 의자, 그리고 휴머노이드 로봇, HR-4의 완성을 도울 수 있는지 알고 싶은데.”

“해리요?” 아바가 말했다.

“저 로봇을 해리라고 부르면 좋겠니?”

“기계들도 사람이랑 같아요. 그러니 진짜 이름을 붙여 주는 게 맞아요.”

“좋아. 알았다. 해리, 그 이름 괜찮네.” 행크 박사는 손가락으로 자신의 턱을 톡톡 치다가 나의 형을 가리켰다. “매튜, 나는 네가 일단 한발 물러서서 문제를 신중하게 풀어 나가는 그 방식이 아주 마음에 든다. 너는 딱 관찰자 유형이야. 그건 정말 중요한 거거든. 너도 알다시피, 기초 자료가 없으면 우리는 이론을 세울 수가 없잖니. 건물 외벽 유리창에 자가 세

65

척 코팅은 완벽하게 시험이 끝났다고 말할 단계가 아니거든. 그래서 다음날 네가 혹시 배탈이라도 나지 않았길 바랐다. 하여튼, 정말 깊은 인상을 받았어. 나는 보안 응용 설계까지는 생각을 못 하고 있었거든. 결국은 그 코팅제 때문에 잭이 끝까지 올라오지 못한 거지, 그치? 오, 그리고 또, 내 우체통을 찾아낸 것도 상당한 능력을 보여 준 셈이야. 토끼 굴의 개념을 여기에 적용시켰었지."

"우리가 하는 그 모든 이야기를 들으셨어요?" 매트가 물었다. "저희들의 이야기를 엿듣고 계셨나요?"

"아니, 그때 듣고 있었던 건 아니야. 너희들이 처음 이 곳을 방문했던 날, 사실 나는 여기에 없었어. 그렇지만 나중에 보안 카메라 중 한 대의 비디오를 재생해서 봤거든. 그런데 매튜, 나는 네가 문제를 통해 네 생각을 펼치는 방식에 깊은 인상을 받았단다. 나는 아이디어를 같이 궁리해 내고, 장애물은 피할 수 있게 도와주고, 어쩌면 프로젝트 몇 개쯤은 즉흥적으로 만들어 낼 수도 있는 그런 사람이 필요하거든. 자, 어떠니? 그 일을 네가 할 수 있겠니?"

매트는 기뻐서 어쩔 줄 모르겠는지 아무리 애를 써도 얼굴 가득 번지는 미소를 감추지 못했다. 차라리 기쁨에 들떠 펄쩍펄쩍 뛰며 박수라도 치는 편이 더 나을 뻔했다.

"해 볼 수는 있을 것 같아요." 매트가 답했다.

"오, 잘됐다." 행크 박사가 말했다. "여기서 해야 할 일들은 물론, 모두 다 그럴듯한 일만 있는 건 아니야. 심부름 같은 일도 해야 하고. 우편물 분류 작업도 있어. 전화도 받고 이메일에 대한 답변도 해야 하거든."

행크 박사가 딱히 나를 쳐다보지는 않았다. 매트나 아바도 마찬가지였다. 그러나 나는 분명히 알고 있었다. 그다지 신나지 않는 그런 허드렛일들이 누구에게 맡겨질지를 말이다. 그리고 매트와 아바의 얼굴에 어쩔 수 없이 번지는 미소를 보니, 그들이 박사가 제공하는 그 절호의 기회를 마다하고 여기를 걸어 나갈 리는 없어 보였다. 그들의 머릿속은 이미 박사와 함께하는 일들로 가득할 것이다. 그렇지만 나는 여전히 의문이 있었다. "좋아요, 그럼 급여는 얼마나 주실 건데요?" 내가 물었다. 우리는 시집으로 번 돈을 투자해서 넉넉한 생활을 했지만 공짜로 일할 사람이 누가 있겠는가?

"급여?" 행크 박사가 미소를 지어 보였다. 박사는 내가 농담을 한다고 생각했던 모양이다. 이내 아바와 매트도 박사를 따라 함께 웃는 바람에 상당한 급여를 받을 수 있는 기회를 날려 버리고 말았다. "좋은 얘기야, 잭. 아주 똑똑하구나. 내가 너희들을 돌보는 민이라는 분과 이야기를 나누었는데 내 지도를 받으면 너희들이 혜택을 받을 수 있다고 했어. 나를 돕는 일이 일종의 대안 교육이 될 수 있다고 하더라. 물론,

일들이 다 예상대로 흘러가리라는 보장은 없어. 그래서 내가 제안하는 것은 2주간의 시험 기간을 갖자는 거야. 너희들 생각은 어떠니? 2주 정도 일을 해 보고 그러고 나서 지속 여부를 결정하는 거야."

내가 미처 깊은 숨을 들이마실 틈도 없이 아바와 매트가 신이 나서 소리쳤다. 그 두 사람 중 어느 누구도 이 일에서 내가 누릴 수 있는 혜택은 별로 없다는 것을 알지 못하는 눈치였다.

어쨌든, 최소한 시험 기간은 거치는 거니까, 그래도 다행이다 싶었다.

3
클러터벅 상

 시험 기간은 한 주 만에 끝이 났다. 우리는 성공적으로 시험 기간을 마쳤다. 아니, 솔직히 말하면, 나의 형제들이 해냈다. 나는 하는 수 없이 그들에게 묻어간 것 뿐이었기에, 6개월 이후에는 그만둘 준비를 해야겠다 싶었다. 아니다, 그만둘 작정을 했다.

그러나 아바는 마치 천국에 와 있는 듯 보였다. 구동 의자는 완벽하게 작동했고, 행크 박사의 도움으로 의자의 성능을 업그레이드시켜서 단순히 가고 싶은 방향으로 몸을 기울이기만 하면 굴러가도록 만들었다. 아바는 프레드에 새로운 모터와 날개를 장착시켰다. 아바의 작은 드론은 이제 공중회전과 급회전을 할 수 있고, 그녀는 자신만의 로봇 잠수함도 제작하고 있다. 아바는 그 잠수함에 '쉘리'라는 이름을 붙였고, 약 60미터 깊이까지 잠수를 할 것으로 기대하고 있다.

매트는 그야말로 더없이 즐거워했다. 대부분의 시간을 연구실에서 보내며 행크 박사와 새로운 문제들에 관해 이야기했다. 매트도 역시 화성 시뮬레이터에 관한 작업이나 로봇 다리 제작 등, 다른 일들도 했다. 그 투석기가 여전히 안정적으로 작동되지 않았기에 행크 박사는 안심하고 피자를 구울 수가 없었다. 그러니 휴머노이드 로봇이 사람들을 향해 피자 표창을 날리는 일도 더는 일어나지 않았다. 종합적으로 보면, 나의 천재 형제들은 성공적으로 잘 해내고 있었다. 지금 우리 형, 매트의 신경을 거슬리는 유일한 일은 행크 박사가 여전히 형을 '매튜'라고 부르고 있다는 사실이다. 헤헤, 그 점에 관해서는 형의 이름을 애초에 그렇게 소개했던 내 자신이 참 자랑스럽고, 한마디로 통쾌했다.

하지만 연구실에서 맡고 있는 내 역할에 대해서는 조금 덜 자랑스러웠다. 연구실은 아주 근사한 장소였다. 이미 정비가 잘 되어 있는 장소이기는 했지만, 내가 온 이후로는 바닥도 테이블 상판들도 언제나 깨끗하고, 널려 있던 잡동사니들도 모두 치워졌다. 박사님이 시키는 심부름에 관해서라면, 나는 눈치껏 너무 잘 해내고 있었다. 세탁소의 노부부는 내 이름만 대면 알 정도였고, 전자 부품 가게에서도 내 이름은 통했다. 나는 행크 박사가 애용하는 네 블록이나 떨어져 있는 커피점에서 더블 카푸치노를 주문하여 우유 거품을 사그라뜨리지 않은 채 15분도 안 걸려서 들고 온다(그렇게 온전한 카푸치노를 들고 올 수 있는 비결은 빨대로 몇 모금 빨아 먹는 것이다. 그러나 행크 박사에게 말하지 마시길). 행크 박사 앞으로 오는 이메일에 답장을 보내는 일은 내가 하는 잡다한 일들 중 가장 귀찮은 일이다. 이메일의 절반 정도는 내가 알지 못하는 내용들이어서 혹시 중요한 내용인지 매트에게 확인을 요청해야만 했다. 그러나 나는 그 일을 흥미를 갖고 꾸준히 했다. 때때로 발신자들에게 잘못된 주소로 이메일을 보냈다고 알리며, 내 자신이 마치 미시간주 어느 교외의 꽃집에서 일하는 직원인 양 답장을 보내기도 했다. 그중 어떤 사람은 실제 장미꽃 다발을 주문하기도 했다.

아바와 매트가 연구실에 얼마나 도움이 되는 인재들인지에 관한 행크 박사의 칭찬은 끊임없이 이어졌다. 실제로도 우리의 활약으로 박사의 일은 진척이 빨랐다. 박사는 잠도 안 자고 쉬지도 않는 것 같았다. 언제나 한 번에 열 가지 정도의 프로젝트를 진행하면서 전 세계를 돌아다녔다.

박사는 한 주는 모스크바에 머물다가 또 그다음 주는 상하이에 있었다. 남극으로 가는 일정도 예정되어 있었다. 어쨌든 연구실에서는 모두가 만족하고 행복했다. 나만 빼고. 나는 점차 열두 살짜리 비서이자 집사로 자리를 잡아 갔다. 그런 일을 하는 것 자체가 문제는 아니었다. 단지, 나는 뭔가 좀 더 큰 그림을 그리고 있었다. 블록버스터 영화의 주인공이나 NBA와의 계약 체결 같은 것 말이다(내 키가 무럭무럭 커질 것이라는 계획 하에서의 일이다). 뭐 소규모의 국가를 운영하는 일이라도 나는 잘 해낼 수 있겠다는 생각을 했단 말이다. 그런 내가 책상 정리나 하고 이메일에 답장 다는 일을 한다? 음, 이젠 사양하겠다. 무엇보다도, 내가 갖고 있던 엑스 박스(비디오 게임 콘솔*) 조종 장치 두 대를 모두 잃어버려서 게임도 못 하니 무료해서 견딜 수가 없었다.

나는 이제 그만두겠다는 말을 하려 마음을 먹고 있었다.

11월 어느 금요일 오후, 나는 박사에게 편지를 쓰려고 자리를 잡고 앉았다. 연구실 한쪽에서는 아바가 망치질을 하고 있었다. 나는 도저히 집중을 할 수가 없어서 평소에 행크 박사가 쓰는 묘책을 나도 써 보기로 했다. 몇 주 전부터 지켜봤는데, 행크 박사는 어떤 프로젝트에 깊이 몰입할 때마다 버켄스탁 샌들을 신고 재즈를 들으며, 손가락을 스틱 삼아 드럼 치듯 턱뼈를 톡톡 두드리곤 했다. 손가락으로 턱뼈를 두드리는 모습은 조금은 특이하게 보였다. 그러나 음악은 꽤 근사하게 들렸기 때문에 나도 슬쩍 헤드폰을 끼고 그가 즐겨 듣는 재즈 음악 중 하나를 선곡하고는 펜을 손에 집어 들었다. 아직 '친애하는'이라는 단어도 채 적지 못하고 있었는데, 어느새 행크 박사가 내 바로 맞은편에 와서 털썩 앉았다.

"뭘 쓰고 있니?" 박사가 물었다.

나는 어물거리며 말을 더듬었다.

박사는 주먹을 쥔 손으로 책상을 몇 번 톡톡 두드리더니, 집게손가락을 들어 나를 가리켰다. "잭, 그런데 말이다. 내가 너에 대해서 계속 생각을 하고 있거든."

"저에 대해서요?"

"맞아. 뭐 그렇다고 심각하게 무슨 생각을 했다는 건 아니고, 그저 조금. 근데 조금 생각을 하다 보니 말이야, 너 정도의 빠른 두뇌 회전이라면 현재 여기서 하는 일이 너한테는 분명히 지루하겠다는 결론에 이르렀거든. 내 생각이 맞지?"

잠시 머뭇거리다 나는 고개를 끄덕였다.

"그래서 말인데, 내가 이미 말한 것 같기도 하고, 일요일에 남극으로 떠난다고 말했었지?"

"아니요, 말씀 안 하셨는데요."

"안 했다고?"

"네, 저는 그 이야기를 박사님이 보내신 이메일에서 읽었어요. 클러터벅 상 관련한 거 맞죠?"

"그래, 맞아." 박사가 말했다.

억만장자인 J.F. 클러터벅─엄청난 인기를 끌었던 냄새 안

나는 양말을 만든 천재 발명가―이 세계가 당면한 문제를 해결하기 위해 해마다 경연 대회를 열고 있다. 클러터벅 씨는 세계를 고약한 냄새 풍기는 양말에서 해방시킨 것만으로는 만족할 수 없었던 모양이다. 그는 환경 오염, 기아 그리고 더 많은 문제들을 해결하고자 결심했다. 그가 주최하는 경연 대회의 방식은 상당히 간단하다. 그가 목표 과제를 발표하면 참가자들은 1년 안에 출품작을 완성하면 되는 것이다.

참가자들에 대한 설명도 있었는데, 누구든지 특정한 문제를 가장 잘 해결하는 기계 장치나 시스템을 발명하거나 발견하면 수백만 달러 상금의 주인공이 되는 것이다.

행크 박사는 클러터벅 씨를 위해 대회의 심사를 맡고 있는 터라, 우리는 이전 수상자들에 관해서도 익히 들었다. 한국 출신의 한 여성이 해양에서 플라스틱 물질을 걷어 내는 장치를 개발해서 오염 방지 분야에서 수상을 했었다. 미네소타에 살고 있는 한 과학자는 남은 식재료를 이용해서 건강한 밥상으로 재탄생시키는 시스템으로 기아 해결에 도움이 되어 상을 받기도 했다. 나는 그 수상과 관련해서는 그다지 깊은 인상을 받지는 않았었다. 행크 박사의 연구실에도 시제품이 하나 있는데, 그 기계에 들어가면 모든 음식이 고깃덩어리와 캐슈너트를 혼합한 것과 같은 맛, 그리고 치과에서 이를 뽑고 입안에 넣어 주는 거즈 같은 맛이 났다.

행크 박사의 이메일을 읽으면서 최근 대회는 바닷물의 소금을 여과해서 안전한 식수로 만드는 것이 도전 과제라는 것을 알았다. 전에는 잘 알지 못했었는데, 세계에는 식수를 마음 놓고 마시지 못하는 사람들이 수백만 명은 있는 것 같다. 그 사람들은 오염이 되어 세균이 득실거리는 물을 마실 수밖에 없다. 최근 클러터벅 상에 출품된 깨끗한 식수를 위한 발명품들은 남극에서 시험을 거쳐 그 승자가 가려질 예정이다. 그런데 내가 도저히 이해할 수 없는 것은 시험 장소를 왜 그렇게 멀리 잡았느냐는 것이다.

"왜 하필 남극일까요?" 내가 물었다. "주최측에서는 박사님을 타히티같이 좀 더 흥미로운 곳으로 가게 할 수는 없었나요?"

"지구 끝자락인 그곳에는 식수가 절대적으로 부족하지." 행크 박사가 설명을 했다. "그곳에서는 아주 비싸면서도 비효율적이기 짝이 없는 기계를 이용해서 모든 식수를 얻고 있거든. 그러니 그곳은 새로운 기기를 시험하는 데는 아주 완벽한 장소가 되는 거지. 게다가 나는 늘 남극에 꼭 가 보고 싶었거든. 그래서 그런 생각들을 클러터벅 씨에게 이야기를 했었지. 친구 한 명이 이번에 거기서 연구를 하고 있기도 하고 해서 이래저래 잘됐다 싶었어. 녀욱이 그 친구 말이 자기가 아주 획기적인 발견을 했다고 하더라고."

"그분 성함이 안나 도나텔리죠, 그렇죠?"

박사의 눈이 커졌다. "아니, 네가 그걸 어떻게 알았니?"

그 이름은 우리가 프레드를 되찾으러 이 건물에 들어왔던 날 발견한 봉투에 있던 이름이었다. 뿐만 아니라 행크 박사는 최근 그녀에게서 여러 통의 이메일을 받기도 했다. "그 여자 분이 보낸 이메일들이요." 내가 말했다. "그분은 편지 끝에 독특한 모양의 이모티콘을 입력해서 보내시잖아요."

"후후, 안나는 참 독특하고도 비상한 사람이지. 너희들도 그녀를 만나면 좋아하게 될 거야."

나는 으쓱해야 할지, 아니면 감정이 상해야 할지 분간하기 어려웠다. 행크 박사의 시선은 천장에 머물러 있었고, 나는 박사의 말이 다 끝난 건지 알 수 없어서 기다리다가 마침내 한마디했다. "박사님께는 흥미로운 일이 되겠네요."

"당연히 그렇겠지! 엄청 흥미로울 거야. 남극은 그야말로 과학 연구의 낙원과 같은 곳이거든." 그는 다시 테이블을 툭툭 두드렸다. 그러더니 앞으로 몸을 숙여 작은 목소리로 속삭였다. "너도 나랑 함께 가게 될 거 같은데."

"네? 저도요?" 나는 애써 담담한 척했지만 얼굴에 피어오르는 미소를 감출 수가 없었다. "진짜로, 저도 가요?"

"너희 셋 다 가는 거야."

그럼 그렇지, 당연히 박사는 우리 셋을 의미했겠지. 그런

데 나는 왜 그가 나만 데리고 간다는 착각을 했는지 참, 알
수가 없다.

박사의 어깨 너머로 연구실 한쪽 구석에서 아바와 매트가
머리 위를 맴돌며 날고 있는 로봇 새들을 응시하고 있는 모
습이 보였다. 저 천재들은 자신들에게 무슨 일이 펼쳐질지
아직은 모르고 있었다. 그들은 실험을 한다며 로봇 새들을
일주일에 한 마리씩 부숴 먹고 있었다.

"쟤네들한테도 물어보셨나요?"

행크 박사는 다시 의자 등에 기대며 양손을 맞잡았다. "아
니, 너한테 먼저 물어보는 거야." 박사가 말했다. "학교는 크
게 문제될 건 없지, 그렇지?" 나는 어깨를 으쓱해 보였다. 숙
제는 온라인을 통해 얼마든지 할 수 있다. "홈스쿨링의 가장
큰 장점은 말이지, 어디든 너희들의 집이 될 수 있다는 거야.
자, 네 생각은 어떠니, 잭? 이 문제에 관해서는 네가 결정하
렴. 네가 주도해서 결정을 내리는 거야. 우리 넷이서 지구의
끝, 저 밑바닥, 남극에서 몇 주를 함께 보내는 거, 어때?"

나는 아무 말도 하지 않았다. 그러나 딱히 말을 할 필요가
없어 보였다.

"너, 웃고 있는 거 맞지? 그 미소는 '예스'라는 의미니? 그
럼 함께 가는 거니?"

"아, 글쎄요. 제 말은, 그러니까, 할 일이 되게 많을 것처럼

들리기는 하는데요. 현재 박사님께서 저희들에게 따로 급여를 주고 계시지는 않잖아요. 약간의 보너스를 좀 주시는 건 어떻게 생각하세요?" 내가 물었다. "예를 들어 근사한 상품권이랄까, 뭐 그런 건 어때요?"

행크 박사는 너무 재미있다는 듯 테이블까지 치며 큰 소리로 웃었다. "이런 종류의 경험은 값으로 매길 수 있는 게 아닌데, 하하!"

나는 동의할 수 없었다. 그런데 내가 반응을 보이기도 전에 박사는 내 형제들에게 큰 소리로 남극 여행 소식을 알렸다. 만약 어떤 어른이 뜬금없이 "우리는 남극으로 떠난다!"고 말하는 소리를 들으면, 보통 아이들이 그렇듯, 처음에는 그들도 영문을 몰라 좀 당황하는 기색을 보였다. 그러나 행크 박사의 설명을 들은 나의 형제들에게 더 이상 설득 따위는 필요 없었다.

"무얼 가져가면 될까요?" 아바가 물었다.

"가져간다고? 무슨 의미니? 그야 물론 옷가지지. 방한복…."

"아니, 아니, 그게 아니라요," 아바가 말했다. "제 말은 어떤 프로젝트를 가져가실 건가 해서요."

"쉘리는 가져가야 하고, 그거 말고는, 뭐 네가 생각하기에 필요하겠다 싶은 것들을 챙겨라. 이미 몇 가지 대형 기기들은 내가 우리보다 먼저 도착하도록 미리 부쳤어."

어깨 너머로 상황을 지켜보던 매트는 그때서야 안도의 한
숨을 뱉었다.

"그럼 투석기는 안 가져가는 거네요. 그나마 다행이에요."

"투석기? 허, 아니. 안 가져가. 아마, 그 물건을 가져가면,
펭귄들이나 좋아하겠지."

"그럼, 박사님이 이미 보내신 물건들은 어떤 거예요?" 아
바가 물었다.

"글쎄, 알다시피 남극은 기계들에게는 그다지 적합한 장
소가 아니란 말이지. 그래서 뭐, 가령 로봇 다리 같은 장치가
그런 혹독한 환경 속에서 제대로 작동을 할 수 있을지를 시
험해 보고 싶거든. 다른 몇 개의 장치들도 가져가서 시험을
해 볼까 계획 중이야. 그동안 짬짬이 혼자 연구해 왔던 조금
획기적인 기기들이 포함되어 있지."

"조금 획기적이라고요?" 아바가 물었다.

"여가 시간이라고는 없으셨잖아요." 내가 한마디 했다.

"그래, 여가 시간이 없기는 우리 모두 다 마찬가지지. 우리
의 인생은 참으로 짧단다. 어쨌든, 그 얘기는 나중에 충분히
할 시간이 있을 거야. 어서 가서 짐들 챙겨라. 하하, 그러고
보니, 나도 얼른 가서 여행 가방을 싸야겠네."

매트와 아바는 기다렸다는 듯 쏜살같이 각각 연구실 구석

으로 튀어 갔다. 나도 백팩을 집어 들고는 진공 코 세척기와 자동 건조 사각팬티를 챙겨 넣었다. 그러고는 우리 모두 서둘러 집으로 향했다.

집으로 돌아가는 길 내내, 매트는 남극의 지형이 우주의 행성들이나 위성들과 얼마나 비슷한지에 대해서 끊임없이 이야기를 늘어놓았다. 매트는 모든 말을 이렇게 시작했다. "너, 알고 있었니⋯."

그리고, 나는 모르고 있었단 말이다. 그래서 매트가 그렇게 말하는 게 진짜 짜증 났다.

무엇보다 매트를 그토록 신나게 만든 것은 얼음으로 덮여 있는 바다 밑 미지의 세계다. "그게 바로 안나 도나텔리 박사가 연구하고 있는 거잖아." 매트가 말했다. "그분이 얼음 밑에서 생명체를 찾고 계신대." 그는 어마어마한 양의 종이 뭉텅이를 들어 보였다. "행크 박사님이 안나 박사님과 관련된 이 모든 자료들을 보라고 인쇄해 주셨어. 게다가 안나 박사님이 하셨던 인터뷰 내용들도 거의 모두 들어 있어."

아바는 손을 내밀어 엄지손가락으로 인쇄된 종이들을 죽 훑어보았다. "이건, 일종의 종이 낭비야. 재활용이 된다 해도 낭비야." 아바가 말했다.

"인쇄물로 읽는 게 눈에는 더 좋아." 매트가 설명했다.

집에 돌아오자, 아바는 마치 자신의 작업장을 통째로 가방에 넣기라도 할 듯이 물건들을 담기 시작했다. 행크 박사는 드론 프레드와 잠수함 쉘리에 들어가는 여분의 배터리를 챙겨 오라고 제안했다. 혹독한 추위 속에서는 수명이 그리 오래가지 않기 때문에 아바는 눈에 보이는 대로 배터리를 챙겨 담았다. 나는 아바에게 전자 장치만 그렇게 챙겨서는 안 된다고 알려 주어야 했다. 지구 끝, 남극에서는 입을 옷도 필요하다. 아마, 칫솔도 필요할 거다. 하지만 아바는 귀를 기울이지 않았다.

나는 여행 가방 싸는 요령을 세 번째 양아버지에게 배웠다. 나의 입맛을 커피의 세계로 인도한 사람도 그분이다. 그분은 해군에 아주 짧은 기간 몸담고 계신 적이 있었고, 그래서 나에게 옷가지들을 꽁꽁 잘 말아서 하나씩 가방에 넣는 방법을 알려 주셨다.

뿐만 아니라 그분은 나에게 특정 차량을 훔치는 방법까지도 알려 주셨는데, 그로 인해 우리는 부자 관계를 그리 오래 지속할 수가 없었다. 어쨌든, 그때까지 필요한 물건을 다 넣었는데도, 내 가방은 반밖에 안 찼다. 그래서 나는 아바가 안 보는 사이 슬쩍 그녀의 방으로 들어가서 그녀의 옷을 여벌로 챙겨 왔다. 만약의 경우를 대비해서다. 나는 방문을 나서려다 '이건 놓치면 아까운 절호의 기회'라는 판단이 섰다. 그래서 나는 아바가 싫어하는 옷들로 바꿔치기를 했다. 그중에는 아바가 공주 같아 보여서 절대 안 입는 분홍색 털이 복슬복슬한 재킷이랑 앙증맞은 헬로 키티 두 마리가 그려진 운동복도 포함되어 있었다. 나는 말이지, 우리 형제들만큼 명석한 두뇌를 갖고 있지는 못하지만, 그들을 놀리는 데는 천부적 재능이 있는 것 같다.

토요일 오전 아홉 시가 조금 지난 시간에, 기다란 검은색 승용차가 우리 아파트의 작은 현관 앞에 멈추어 섰다. 우리들의 눈은 모두 충혈되어 게슴츠레했다. 모두 잠을 설친 탓이다. 차량 문이 활짝 열리자 나타난 행크 박사의 모습도 그다지 말끔해 보이지는 않았다. 차에서 내리는 그의 발에는 버켄스탁 샌들이 신겨져 있었다. 차량 내부의 오디오에서는 웅얼거리는 소리가 배경으로 깔린 재즈 음악이 흘러나오고 있었는데, 내 추측으로는 그건 아마 키스 자렛이라는 뮤지션의 곡이었던 것 같다. 행크 박사가 가장 좋아하는 뮤지션 중의 한 사람이고, 박사는 그의 음악이 나올 때 이상한 소리를 내며 따라 부르기도 한다. 행크 박사의 후줄근한 모습으로 미루어 보아, 연구에 몰두하느라 잠을 거의 못 잔 것 같았다. 아마 누군가 박사의 모습을 본다면, 마치 눈에 안 보이는 사람이 인형을 조종하듯 박사의 머리 위에서 그의 눈꺼풀을 붙잡아 억지로 눈을 뜨게 하고, 입을 열어 미소 짓게 만들고 있다고 생각할 수도 있을 정도였다.

"안녕, 얘들아." 그는 간신히 입을 떼었다. "자, 지구상에서 가장 황량한 극지방으로 떠나는 우리들의 소박한 휴가에 동참할 준비가 되었니?"

"소박한 휴가라고 말씀하신다면, 저는 준비 완료입니다!" 아바가 말했다. 그녀는 양팔에 가방을 안고 차량의 넓은 뒷좌석에 올라탔다.

그 차의 운전사는 우리 일행을 신속하게 뉴저지의 작은 공항까지 데려다 주었다. 공항의 활주로에는 우리를 태우고 갈 개인 전용 비행기가 기다리고 있었고, 차체가 움푹 들어간 빨간색 혼다 차량 한 대가 이동식 탑승 계단 아래쪽에 주차되어 있었다. 우리는 그것이 누구의 차인지, 그리고 그 차의 운전자가 누군지도 알고 있었다. 우리를 태운 차가 멈추어서자, 아바는 얼른 인사를 하러 달려 나갔다. "저희들이랑 함께 가시는 건가요?" 아바가 물었다.

작고 날씬한 체구에, 칠흑같이 검은 생머리를 하고 푸른빛이 도는 갈색 눈동자를 가진 민이 못마땅한 얼굴로 우리를 쏘아보고 있었다. 행크 박사는 비틀거리며 차에서 내렸다.

"아니." 민이 말했다. "나는 너희들과 함께 안 가. 행크 씨는 이 일을 어떻게 생각하시죠?"

"지난번에 나한테 아이들에게 뭔가 도움이 될 만한 일을 해 주라고 했고." 행크 박사가 말했다. 박사의 말은 밀려 나오는 하품으로 중간중간 뚝뚝 끊겼다. "아이들에게 고마움을 표할 만한, 음, 또 아이들이 여행을 많이 못해 봤다는 말도 해서, 그래서⋯."

"제 말은 아이들에게 선물을 해 주시라는 뜻이었거든요!" 민이 말했다. "아니, 어디를 데려가실 생각이었다면 디즈니랜드가 더 적당한 장소잖아요."

"저는 남극이 더 마음에 드는걸요." 매트가 말했다.

"저도 그래요." 나도 한마디 보탰다. 그러나 사실, 나는 별로 확신이 가지는 않았다. 왜냐면 나는 실제로 한 번도 디즈니랜드에 가 본 적이 없었기 때문이다.

"아이들은 남극에 안 갈 겁니다." 민이 여전히 행크 박사를 쏘아보며 말했다.

"잠깐만요." 아바가 말했다. "지금 무슨 말씀을 하시는 거죠?"

매트와 나도 우리들이 갖고 있던 몇 가지 의문점들을 민을 향해 퍼붓듯이 마구 쏟아냈다.

"이건 완전히 무책임한 일이야." 민이 말했다. "남극은 지구상에서 가장 위험한 장소 중 하나란 말이야. 게다가 너희들은 아직 어린애들이야."

"법적으로는 아니에요." 내가 말했다.

"잭의 말이 맞군요." 행크 박사가 말했다.

민은 나를 향해 혀를 쏙 내밀었다. 어휴, 여섯 살짜리 어린아이가 어른 앞에서 저런 행동을 한다면 참, 픽이나 좋은 인상을 줄 수도 있겠다 싶었다.

"신체적으로는 어린애들 맞아요." 민이 말했다. "그리고, 그게 바로 지금 여기서 문제가 되는 부분이란 말이죠."

나는 그 대목에서 더 이상 참고 있을 수가 없었다. "글쎄요, 사실, 여기서 중요한 것은 법적인 문제인데요…."

"행크 박사님이 우리를 돌봐 주실 거예요." 매트가 말했다.

민이 한껏 눈을 치켜뜬 채 응수했다. "허, 저분이 어디 지금, 누구 다른 사람을 돌봐 주고 말고 할 능력이 되는 사람처럼 보이니?"

행크 박사는 다시 하품을 했다. 이번엔 박사의 눈이 다시 떠지지 않았다.

"어제 너무 늦게까지 일을 하셔서 그럴 뿐이에요." 아바가 말했다.

"저분을 좀 제대로 봐 봐! 지금 너희들 중에 누군가 저분을 여기다 눕혀야 되는 그런 상황 아니니?"

행크 박사가 피곤해서 어쩔 줄 모르겠다는 듯 주저앉자, 매트가 얼른 그의 등을 팔로 휘감으며 가볍게 그를 일으켜 세웠다.

"뭐 별거 아니에요. 박사님은 사실 좀 가벼운 편이에요."

이제 행크 박사는 다시 몸을 쭉 펴고 얼굴을 문질렀다. 그는 한쪽 머리를 툭툭 두드렸다. "그건 모두 말이야, 내 머릿속에 들어 있는 훌륭한 아이디어들 때문이야."

민이 한숨을 내뱉었다. "나는 진짜, 절대⋯."

"저희들은 남극으로 갈 거예요." 아바가 말했다.

"부탁드려요, 민 선생님." 내가 말했다. "저희들을 믿고 맡겨 주세요. 저희들이 잘할 수 있어요."

"여기서라면, 너희들이 물론 잘하겠지." 민이 말했다. "내가 읽은 모든 정보를 종합해 보면, 거기 남극은 완전히 다른 세상이야. 아주 혹독하고 사람이 살기에 전혀 적합하지 않은 곳이야."

"네, 그건 저희들이 알아서 할게요." 매트가 말했다.

행크 박사는 양손을 가슴 앞으로 모았다. "아이들은 안전할 거예요. 제가 약속드릴게요. 그리고 아이들에 대한 소식도 정기적으로 알려 드릴게요."

민은 두 눈을 꼭 감고 머리를 흔들었다. 그러더니 그녀는 뭔가 생각이 났다는 듯, 제트기를 향해 손가락을 튕겼다. "자, 가만있어 보자. 어쨌든 너희들의 여정은 지금 저 개인 전용기까지 타고서 아주 거창하게 시작하는 거네. 저 비행기 주인이 누구니?"

"클러터벅 씨의 비행기예요!" 이미 탑승 계단에 올라서 있던 행크 박사가 대답을 했다. "게다가 이 비행기의 요리사는 진짜 최고랍니다."

"이제 저희가 갈 수 있는 건가요?" 아바가 물었다.

"잭이 말했듯이, 난 정말 너희들을 말릴 수가 없겠다."

아바는 얼른 가볍게 민을 포옹하고 제트기를 향해 엄지손가락을 세워 보였다. "저 비행기에 요리사도 타고 있다고요?"

"그런 거 같구나." 민이 말했다. 그녀는 머리를 앞으로 불쑥 내밀더니 나를 빤히 쳐다보았다. "너희들 정말, 앞으로 어떤 상황에 맞닥뜨리게 될지 알고 가는 거니?"

"그야, 물론이죠." 내가 답을 했다. 나는 그 전날 밤 위키피디아를 열심히 검색해 보았다. 게다가 나는 남극에 관련된 다큐멘터리도 거의 다 볼 뻔했다. 그런데 그 해설자의 말투가 어찌나 졸립던지, 그래서 시작 부분의 자막이 나오는 동안 눈이 스르르 감기고 말았다. "네, 다 괜찮을 거예요."

아바가 탑승 계단을 오르자, 민은 나에게 책이 한가득 들어 있는 천 가방을 건네주었다. "이 책들이 남극에 적응하는 데 좀 도움이 될지도 모르겠다." 그녀가 말했다.

맨 위에 있는 것은 푸른 천으로 감싼 딱딱한 표지의 책이었다. 빛바랜 금색으로 새겨진 책의 제목은 '극한의 동토에 관한 휴대용 도감'이었다. "이것들이 전부 남극에 관련된 책들인가요?"

민은 고개를 끄덕여 보였다. 민은 내 어깨에 한 손을 얹고 살짝 몸을 기울이며 말했다. "저 애들을 따라잡으려 애쓰는 게 얼마나 힘든 일인지 잘 알고 있단다, 잭. 그렇지만, 설령 네 스스로 저 애들을 도저히 넘어설 수 없다고 생각하더라도 말이야," 그녀는 손을 뻗어 그 책의 표지를 톡톡 두드리며 말을 이어 갔다. "너는 언제나 독서량에서는 저 애들을 넘어설 수 있잖아."

"고맙습니다." 나는 기어드는 목소리로 말했다.

민은 내게 어서 올라가라는 듯 계단 위를 향해 손을 내저었다. "항상, 조심 또 조심해라." 그녀가 말했다. "몸 건강히 잘 다녀온다고 약속하는 거다!"

지구의 끝 4

자, 그러니까, 커피가 있다. 바로 우리가 타고 있는 전용 비행기 안에 커피가 준비되어 있다는 거다. 승무원 젠이 우리에게서 음료 주문을 받으며, 나한테는 자꾸 초코 우유나 진저에일(생강을 섞은 청량음료의 일종*)을 마셔 보라고 했다. 심지어 루트 비어 플롯(생강과 다른 식물 뿌리로 만든 탄산음료에 바닐라 아이스크림을 얹어 먹는 디저트의 일종*)을 권하기도 했다. 그러나 나는 내가 원하는 것이 무엇인지 정확히 알고 있었다. 그런데 행크 박사는 마치 아기 곰처럼 코를 골며 잠에 빠져 있으니, 그는 나의 유별난 커피에 대한 집착증을 젠에게 설명해 줄 수가 없었다. 어쨌든 나의 커피 사랑은 세 번째 양아버지와 살던 시절로 거슬러 올라간다. 그는 해도 뜨기 전에 나를 깨워서 삐걱거리는 부엌 식탁에 둘러 앉아 설탕이 든 커피를 함께 마시곤 했다. 그때부터 나는 커피 맛에 빠져들기 시작했다. 나는 이미 커피 마시는 데 익숙해져서 한 잔쯤은 아무런 문제가 없다는 사실을 젠에게 확인시켰다.

"아이들은 커피를 마시면 안 되는데요." 그녀가 말했다.

"커피가 에너지 드링크보다 건강에 더 좋은걸요."

매트가 자신의 아이패드 화면을 급하게 작동시켜 젠에게 보여 주었다. 나는 그게 뭔지 안 봐도 알 수 있었다. 그건 매트가 방금 검색한 커피에 대한 과학적 근거로 나의 주장을 뒷받침할 만한 연구 논문 한 편, 어쩌면 두 편일 수도 있다. 매트가 나를 상대로 매번 그런 식으로 근거를 들이대는 것은 진짜, 도저히, '범'남극적으로 짜증 나는 일이었지만, 매트가 내 편을 들어줄 때만큼은 예외였다. "여기 연구 결과가 있잖아요, 한번 읽어 보세요."

젠의 얼굴에 드러난 표정은 한마디로 '할 말을 잃었다'였다. "그래요, 그럼, 뭐든 좋을 대로 하세요. 너희들 진짜 참, 대단한 아이들이십니다." 그녀가 말했다. 그러나 칭찬의 의미는 아니었다. "그래, 계속 열심히 연구하세요. 그래서 커피는 어떤 걸로 주문하겠어요?" 젠이 내게 물었다.

"어떤 커피가 있는데요?"

젠의 얼굴에 의뭉스런 미소가 어렸다. "손님에게 딱 맞는 커피가 있죠, 시벳 커피콩으로 만든 아주 희귀하고도 비싼 커피랍니다."

약 십여 분 정도가 지나자, 내가 가장 즐기는 음료가 억만 장자들이 마시는 방식으로 내 앞 마호가니 테이블 위에 좍 펼쳐졌다. 개인 전용 제트기 안에서 제공되는 커피는 단순히 종이컵에 담겨 나오지는 않는다. 젠이 들고 온 은쟁반 위에는 영국산 도자기 컵에 담긴 커피와 신선한 우유가 담긴 또 다른 도자기가 있었다. 그 옆에는 황색과 백색의 각설탕이 은제 식기에 가지런히 담겨서 나왔다. 나는 젠에게 고맙다는 말을 전하고는, 아주 신중한 자세로 커피를 마실 준비를 하고, 부드럽게 조금씩 마시며 황홀감에 젖어 들었다.

"야, 잭, 너 아주 어설퍼 보이거든." 아바가 세 잔째 받아든 진저에일을 빨아 마시며 말했다. 그러고는 아바는 행크 박사가 있는 곳으로 다시 눈길을 주었다. 박사는 여전히 코를 골며, 몸은 내 좌석 쪽으로 기대어 있었다. 아바는 짐짓 아닌 척했지만, 그녀의 얼굴에는 묘한 미소가 피어났다. 나는 아바가 왜 그러는지 알 것 같았다. 아바는 전에도 자신이 세운 그 가설을 말하곤 했다. "뭔가, 좀, 이상하다는 생각 안 들어?"

"아바, 또 시작이야? 하지 마."

"그래도 좀 진지하게 생각해 봐. 아니, 민 선생님이 행크 박사님에 관해서 어떻게 그렇게 많은 사실을 알 수 있어? 그리고 박사님은 왜, 민 선생님이 하는 말에 귀를 기울이지 않는 거지? 결론은 하나야. 그 두 사람, 서로 사귀고 있는 거지."

"어, 저게 뭐지?" 내가 창밖을 가리키며 물었다. 아바가 고개를 돌렸고, 나는 그 순간을 틈타, 아바 좌석에 있는 비상 호출 버튼을 얼른 눌렀다. 기내 주방에 있던 젠이 무슨 문제가 생겼나 싶어서 부리나케 달려왔고, 그 사이 나는 내 책들과 음료를 챙겨서 널찍한 다른 자리로 옮겼다. 아바는 호출 버튼을 잘못 눌렀다고 나를 타박하려 했지만, 이미 게임은 나의 승리로 끝났다.

나는 다시 커피에 집중했다. 그 커피는 진짜 원액만 제대로 뽑았나 보다. 왜냐면, 나는 도저히 잠이 오지 않았다. 그래서 '극한의 동토에 관한 휴대용 도감'이라는 책을 마저 읽기로 마음먹었고, 내친김에 우리보다 먼저 남극을 탐험했던 사람들에 관한 다른 책들도 훑어보기로 했다. 내 양쪽 발에 신은 부츠가 남극의 얼음 위를 내딛을 즈음, 나는 남극에 관해서는 전문가가 되어 있고 싶었다. 전문가가 아니라면, 적어도 매트나 아바보다는 좀 더 많이 알고 싶었다. 나에게는 충분한 시간이 있었다. 남극까지 비행기만 네 번은 갈아타야 해서, 거의 3일은 걸릴 예정이었다.

나는 먼저 노트북을 펼쳐서 행크 박사의 친구, 안나 도나
텔리가 박사에게 보낸 이메일들을 훑어보기로 했다. 그녀는
이메일에 춤추는 코끼리바다표범과 하모니카를 연주하는 펭
귄 캐릭터들을 포함한 독특한 이모티콘을 많이 사용할 뿐 아
니라, 상당히 강렬한 메시지를 담고 있어서 나의 눈길을 끌
었다. 그녀는 행크 박사에게 부디 남극으로 와 달라고 거의
간청을 하다시피 하며, 감탄 부호도 아무렇지 않게 남발을
하고 있었다. "당장 와서 내가 발견한 게 무엇인지를 봐야
해! 즉시 비행기를 타고 와! 바로, 지체 없이 출발해! 꼭, 제
발!! 이건 과학, 그 이상의 획기적인 발견이라고!!!!!!"
　일단 나는 행크 박사가 남극으로 가고 있는 중이라는 이
메일을 보냈고, 그에 대한 답장으로 도착한 안나 도나텔리의
이메일에는 아무런 말도 담겨 있지 않았다. 단지 스물네 개
의 느낌표(내가 직접 세어 보았다)와 일곱 개의 춤추는 바다
표범 이모티콘만이 들어 있었다. 느낌표는 그렇게 많이 넣었
으면서도, 그녀는 실제 발견한 것이 무엇인지에 관해서는 그
어떤 단서도 제공하지 않았다. 그래서 나는 바로 노트북을
덮어 버렸고, 민이 준 책을 다시 펼쳤다.
　비행기가 첫 번째 기착지에 도착하자, 나는 클러터벅 씨의
그 멋진 전용기에서 내려야만 했다. 우리와 비행을 함께 했
던 그 승무원은 나에게 가져가라며 진짜 시벳 커피콩 한 봉

93

지를 주었다. 그런데 무슨 이유에서인지 그녀의 얼굴에는 또다시 의뭉스런 미소가 어려 있었다. 그다음 우리가 갈아탄 비행기는 그다지 호화스럽지 않았고, 이후 비행기를 갈아탈 때마다 비행은 더욱 불편하고 힘들어져만 갔다.

우리는 뉴질랜드의 한 작은 공항 터미널에서 마지막 비행기를 갈아타기 위해 활주로를 향해 이동 중이었는데, 불그레한 얼굴에 처진 눈을 가진 어떤 남자가 막 출구를 지나는 우리를 막아 세웠다. 그 남자의 뒤로는 커다란 카트 위에 털 달린 붉은색의 방한복들이 수북이 쌓여 있는 게 보였다. 그는 우리를 보자 짐짓 얼굴을 찡그리더니(순간 박사가 남극에 아이들을 동반하는 것을 달가워하지 않는 사람들이 있다고 귀띔해 줬던 일이 떠올랐다) 옷이 담긴 통의 바닥 깊숙한 곳을 뒤져 코트 두 벌을 꺼내서 아바와 나에게 건네주었다. "자, 어서, 입어 봐." 그가 말했다.

바람은 온화했고, 나의 목덜미 뒤로 부서지는 태양빛은 뜨거웠기 때문에 극한의 기후를 위해 제작된 코트를 입어 본다는 게 낯설었다.

그렇지만 불과 몇 시간 후면, 우리는 지구상에서 가장 혹독한 지역 중에 한 곳에 착륙할 예정이었다. 그래서 나는 지퍼를 죽 올려 봤다. 그 재킷은 그저 따뜻한 정도가 아니었다. 마치 다정한 곰 가족들 사이에 파묻혀 있는 느낌이었다. 가

장 작은 사이즈였음에도 나에게는 다소 헐렁했지만 아바한
테는 잘 맞았다.

"자, 대형 방한복은 네 거다. 네가 입을 원정용 파카야."그
남자가 말했다. "얼음 위에서는 저 옷만 한 게 없어. 물론 비
행기 안에서도 그렇고. 저 파카는 말이야 외부의 모든 걸 막
아 주고 또 내부의 모든 것도 차단시켜 줘."그는 내게 한쪽
눈을 찡긋하며 윙크를 보냈다. 그 말은 내가 특별히 잘 사용
하는, 음 그러니까, 남자들이라는 종족들 사이에서 우리끼리
통하는 비밀 언어였다. 그래서 나는 아주 심혈을 기울여서
내부의 어떤 것을 한방 배출했다. 그리고 잠시 기다렸다. 나
는 뭔가 뜨끈한 열기를 통해 딱 알았다. 직전에 탔던 비행기
에서 초콜릿 쿠키를 몇 봉지나 해치웠으니, 상당히 강한 것
이 배출됐다는 것을 말이다. 그런데 내 코에는 냄새가 올라
오지 않았다. 방귀 비슷한 냄새조차 나지 않았다.

"오, 완전 성능 끝내주는데요."내가 말했다.

"거 봐, 끝내주지?"그 남자가 내 말에 공감을 표했다.

매트가 입은 재킷도 아주 딱 맞았는데, 행크 박사는 무슨
말을 중얼중얼거리며 자신의 방한복의 어깨 쪽을 좀 줄이면
좋겠다는 말을 했다. 우리 넷은 붉은색의 방한복을 걸치고는
스무 명이 넘는 다른 승객들을 따라서 활주로 위를 가로질러
탑승 계단을 올랐다. 남극에서 우리가 도착할 곳은 미국 정

부의 연구소가 있는 맥머도 기지였다. 그래서 남극으로 가는 우리 여정의 마지막 비행기는 미 공군의 거대한 화물 수송기였다. 물론 전용기 수준의 안락함과 서비스를 기대하고 있지는 않았지만, 이 비행기는 애초에 사람이 아니라 탱크를 수송하기 위해서 제작된 기계였다. 그냥, 거대한 금속관에 엄청나게 큰 두 개의 날개와 무지막지하게 큰 네 개의 프로펠러가 달린 것을 상상하면 된다. 모든 승객들은 철제 좌석에 허리를 꼿꼿이 세운 채, 억지로 몸을 끼워 넣고 앉아 있어야 했기에, 공항에서 받은 붉은색 재킷만이 우리의 유일한 쿠션이었다. 대부분의 승객들이 모자를 얼굴까지 뒤집어쓰고 잠을 청할 준비를 했다.

"야, 이거 정말 재미있는걸." 아바가 동그란 눈동자를 굴리며 말했다.

"어, 그래, 짐짝 신세네." 매트가 거들었다.

비행기는 마치 탈수 모드의 세탁기같이 흔들렸고, 엔진에서 나는 굉음은 지상 최대의 헤어드라이어 소리 같았는데, 우리는 아직 출발도 안 한 상태였다. 우리의 통로 맞은편에 앉아 있던 한 여성이 행크 박사를 쳐다보았다. "혹시 선생님께서는⋯."

"네, 맞아요." 아바가 대답을 했다. "제가 대신 사인이라도 받아 드릴까요?"

"아, 아니," 그녀는 마치 세상에서 가장 엉뚱한 질문을 받은 듯한 표정을 지으며 말했다.

행크 박사는 주머니 속의 펜을 꺼내려 향하던 손을 슬쩍 어깨 위로 갖다 올리며 뭉친 근육을 마사지하는 시늉을 했다. "과학자세요?" 행크 박사가 그 여성에게 물었다.

"전, 소방관이에요." 그녀가 답했다.

"온통 얼음 천지인 이곳에 왜 소방관이 필요한 거죠?" 아바가 물었다.

나는 거의 자리를 박차고 벌떡 일어설 뻔했다. 그건 내가 책에서 다 읽었던 내용이었기 때문이다. "나 알아!" 내가 말했다. "기지에는 말이야, 언제나 화재의 위험이 있기 마련이지. 또 구조 작업이나 사람들이 얼음 위에서, 혹은 눈보라 속에 갇히는 등의 비상사태를 대비해서 소방관들이 필요해. 기지에는 과학 연구와 직접적인 연관이 없는 사람들도 상당히 많대. 요리사, 기술자, 그리고 트럭 운전사와 상점을 운영하는 사람도 있어. 기지가 잘 운영되도록 만드는 분들이지."

"제법 잘 알고 있네." 그 여성이 말했다.

"제 이름은 잭이라고 해요." 건너편에 앉은 여성에게 악수를 청하는 손을 내밀며 내가 말했다.

그녀는 나를 향해 손을 내미는 대신 털이 둘러진 주머니 속으로 얼른 푹 찔러 넣었다. "난 잠을 좀 청할까 해." 그녀

97

가 말했다. "로스에 도착하면 보자."

"그건 맥머도 기지의 본부가 있는 로스섬을 말하는 거야." 내가 아바에게 설명했다.

"나도 그건 알아, 그리고 나도 좀 잘 거야."

나는 남극에 대해 아바와 매트에게 알려 주고 싶은 정보가 천 가지도 더 있었다. 우선, 남극의 크기는 알래스카를 제외한 미국 전체의 크기에 맞먹고, 남극 땅의 98퍼센트는 얼음으로 덮여 있다. 만약 남극 땅 전체가 피자라고 가정하고, 그 한 판을 백 개의 조각으로 자른다면, 딱 두 조각을 제외한 나머지는 모두 냉동 피자라는 의미다.

남극의 여름엔 해가 지지 않는다. 태양은 계속 돌면서 지평선 위로 조금 떠올랐다가 다시 아래로 조금 떨어지는 것을 반복하지만 완전히 지지는 않아서 백야가 발생한다. 겨울 동안은 내내 어둠이 계속된다. 좀 엉뚱하고 이상하게 들릴 수도 있지만, 나는 정말로 뱀파이어를 무서워한다. 그래서 백야가 일어나는 초여름에 남극에 가는 것이 진짜 다행스러웠다. 만약 정말 뱀파이어가 존재한다면, 온통 시꺼먼 어둠이 지속되는 남극의 겨울은 그들이 휴가를 보내기에 아주 안성맞춤일 것이다.

남극의 여름이 겨울보다는 좀 더 환한 것은 맞지만, 그렇다고 남극의 날씨 자체가 쾌청한 것은 아니다. 남극에서 좋은 날씨는 우리의 개념과는 좀 다르다. 노출 즉시 동상에 걸리는 걸 막기 위해 얼굴 전체까지 푹 뒤집어써서 가려야 하는 정도의 날씨가 아니면, 남극에서는 좋은 날씨로 통한다. 화씨 15도면(섭씨 약 -10도*) 영하의 날씨인데도 불구하고 훈훈하게 느껴진다. 온도가 화씨 마이너스 100도(섭씨 약 -73도*)에서 폭풍이 일 때 그 바람의 속도는 초속 28미터에 달해서 주변에 있는 모든 눈이 세차게 날리는 통에 눈앞이 하나도 안 보인다. 이런 날씨를 남극에서는 '허비'라고 부른다. 여러분은 절대 허비 속에 갇히고 싶지 않을 것이다.

우리의 목적지인 맥머도 기지는 이름부터 근사하게 들렸다. 그 기지에서 생활하며 일하는 인원이 여름에는 약 천 명 정도, 겨울철에는 수백 명이다. 다양한 과학 연구실과 잠자는 기숙사는 물론이고 연구 센터에 있는 볼링장, 농구장, 영화관 그리고 암벽 등반 같은 시설도 자랑할 만하다. 물론 이 모든 부대시설은 실내에 설치되어 있다. 커피숍도 갖추고 있다.

그 밖에 다른 사항은? 자, 이제부터 내가 주요한 것들만 좀 살펴보겠다. 남극에서는 감기를 '크러드(오물, 알 수 없는 병*)'라고 부른다. 거대 화산인 에러버스산도 있는데, 그 화산의 용암은 분출되는 즉시 결정체로 변한다.

그리고 일찌기 남극을 탐험하는 사람들이 있었는데, 당시 그 탐험가라는 사람들은 너무도 무자비했다. 어떤 탐험대들은 생존을 위해 실제 펭귄을 잡아먹기도 했다. 그들은 그 귀여운 펭귄들을 구워서 스테이크로 먹었다. 물개 수프도 그들의 인기 메뉴였다고 한다.

또 다른 유명한 원정에서 그 탐험대는 남극으로 여정을 시작할 당시 마흔다섯 마리의 개를 데리고 출발했는데, 돌아올 때는 열두 마리뿐이었다고 한다.

계획적이었다.

무슨 말인지 이해가 되는가?

맞다. 바로 그거다!!!

언제나 혹독한 추위가 몰아닥치는 남극에서 햇볕에 타서 탈수증을 얻을 수도 있다. 추위는 우리 피부에 있는 모든 수분을 빨아들일 수도 있다. 눈이 여러분의 눈을 멀게 할 수도 있다. 그리고 남극을 더럽히지 않기 위해 만들어진 참 말도 안 되는 일련의 규칙이 있는데 그것만큼은 모두가 지켜야 한다. 현장으로 조사를 나갈 때는 자신의 볼일을 해결하기 위해 작은 병이나 비닐봉지를 각자 챙겨 가야 한다는 것이다. 운이 좋으면 바구니 형태의 스티로폼 의자를 이용할 수도 있다. 그러나 가끔은, 텐트 안에 있는 다른 사람들에게 잠깐 볼일을 볼 테니 고개를 잠시 돌려 달라고 부탁을 해야 할 때도 있다.

자, 이제는 남극의 얼음 이야기를 해 볼까? 어떤 지역의 얼음은 상당히 두껍고 단단해서 화물 비행기가 착륙을 해도 될 정도다. 우리가 타고 가는 비행기가 착륙하는 곳이 바로 그런 얼음이 있는 곳이다.

깡통 같은 우리의 비행기가 하강했다. 아바는 잠에서 깨어났고, 우측의 창문을 통해서 거대한 백색의 남극이 눈에 들어왔다. 온 세상이 푸른색과 하얀색, 딱 두 가지의 색으로만 압축되었다. 멀리서 보이는 에러버스산은 마치 공기 중에 증기를 뿜아 대는 구름 공장처럼 보였다.

"아마도 비행기가 이런 일을 더 이상 못하게 될 수도 있어." 행크 박사가 말했다.

"이런 일이 뭔데요?" 아바가 물었다.

"얼음 위에 착륙하는 거."

"왜요, 왜 못해요?" 아바가 재촉하며 물었다.

"지구 온난화 때문이지!" 행크 박사가 말했다. "기후 변화로 이 장소가 녹게 될 수도 있어."

날개 달린 구닥다리 깡통 같은 우리의 비행기는 몇 초간 쿵쿵 얼음에 닿는 소리를 내더니 활주로 위로 미끄러지며 착륙했다. 나는 마치 나무판자마냥 경직되어 있었다. 한순간 우리의 비행기가 미끄러져서 얼음 위를 벗어나 저 푸른 바닷속으로 곤두박질치면 어쩌나 하는 상상을 했지만, 우리의 비행기는 바다에서 몇 마일 떨어져 있었다. 나는 내내 두 눈을 꼭 감고 있다가 비행기가 완전히 멈춘 다음, 출입구가 열리고, 내 얼굴에 세찬 얼음 강풍을 한방 맞고 나서야 눈을 다시 떴다.

"우, 우와!" 행크 박사가 말했다. "정신이 번쩍 깨는걸! 이야, 저 파란 창공을 좀 봐. 저 얼음들… 푸른빛을 띠고 있지? 한여름에는 이 얼음 층이 완전히 녹을 거야. 한번 상상해 보렴!"

바깥은 모든 것이 온통 하얗고 푸르러서 아찔하게 밝았다. 눈과 얼음에 반사된 빛으로 눈이 부셨다.

찡그린 채 눈을 가늘게 떠도 빛은 너무 강했고, 세차게 밀려드는 차가운 공기는 마치 거대한 얼음 손이 내 가슴을 감싸 쥐고 있는 느낌이었다. 비행기에서 내리다가 탑승 계단 아래쪽에서 매트가 발에 걸렸다. 그는 눈밭 위로 넘어지며 앞으로 미끄러졌다.

놓치기 아까운 멋진 장면이 연출되었다. 매트는 얼른 추스르고 벌떡 일어서서 붉은 파카에 묻은 눈가루를 급히 털어냈지만, 창피해서 달아오른 그의 얼굴은 빛을 받아서 더욱 붉게 빛났다. 우리는 얼음 위를 지나 맥머도 기지에서는 택시로 통하는, 완전 새빨간색의 육지용 버스, '이반'이라고 이름 붙여진 차량을 향해 걸어갔다. 그 차는 내가 지금껏 보았던 여느 택시나 버스 같은 것이 아니었다. 거대한 바퀴 위에 커다란 붉은 금속 상자가 올라앉아 있는 모양으로, 그것은 마치 쓰레기 운반 트럭과 공상 과학 영화에 나오는 고장난 우주 화물선을 섞어 놓은 듯한 모양이었다. 나는 마음속으로 저 차 뒤에서 두건을 쓴 한 무리의 외계인들이 종종걸음으로 뛰쳐나와 우리에게 전자 제품 같은 것들을 판매하려 들지도 모르겠다는 기대를 슬쩍 하고 있었다. 그러나 한 무리의 외계인 대신 여섯 명의 사람들이 불쑥 나타나더니 손을 흔들며 우리를 환영했다.

초록색 털모자를 쓴 한 여성이 얼른 행크 박사 앞으로 다가섰다. "원더스푼 박사님! 어머나, 세상에, 너무 반갑습니다. 제 이름은 브리트니 키쉬너입니다. 여기에 있는 지구과학자 중 한 사람이에요. 밖이 너무 아름답죠, 안 그래요? 저는 처음 여기 도착했을 때 제가 마치 달에 착륙한 것 같은 느낌이었어요."

"아, 네. 여기는 정말 멋지군요. 참, 저를 그냥 행크라고 불러 주세요."

"네, 그럴게요." 그녀가 말했다. 그녀의 푸른 눈이 반짝거렸고, 발그레한 양쪽 볼에서도 빛이 났다. 붉은빛이 도는 그녀의 갈색 머리 몇 가닥이 눈가에 흘러내렸다. "박사님께서도 저를 똑같이 불러 주시길 바라요."

"네? 박사님더러 선생님을 똑같이 행크라고 불러 달란 말씀이세요?" 아바가 물었다.

"뭐? 아, 아니. 나를 브리트니라고 불러 주시라고⋯ 오, 너, 정말 농담을 잘하는구나."

"네, 아주 코미디언급이죠." 내가 말했다.

"그나저나, 안나는 어디 있는 거죠?" 행크 박사가 말했다. "그녀가 우리를 마중 나올 거라고 기대하고 있었는데요."

"아무도 말을 않던가요?" 브리트니가 물었다.

"무슨 말을요?"

"안나가 사라졌어요."

5
적과의 식사

 나는 곧바로 답을 듣고 싶었다. 대체 무슨 일이
있었던 걸까? 그녀는 언제 사라진 것일까? 사
라진 이유는 무엇일까? 그러나 정작 행크 박사는 전혀 걱정
하는 눈치가 아니었다. 박사는 안나가 언제나 자신만의 방식
으로 일을 해 나가는 걸 즐기는 사람이라고 했다. 몇 년 전,
그들이 떨어진 운석에서 화석을 발견하는 프로젝트를 위해
아프리카의 사막에 있을 때, 안나 박사가 현장에서 캠프까지
혼자 걸어서 돌아가기로 결정을 했단다. 무려 100킬로미터
가 넘는 거리를, 그것도 사막을 횡단하여 가면서, 아무에게
도 알리지 않았다고 한다. 그래서 행크 박사는 감쪽같이 사
라진 이 모든 상황이 지극히 안나 박사다운 행동이라고 확

신했다. 궁금함을 참지 못한 내가 질문 공세를 퍼붓자, 박사는 나중에 모든 것을 논의할 시간이 얼마든지 있다고 했다.

그러나 맥머도 기지로 가는 길에 차가 어찌나 우르릉 덜커덩 시끄럽던지, 우리는 제대로 말을 할 수가 없었다. 그리고 드디어 기지에 도착했을 때도 우리는 이야기를 나눌 수 없었다. 왜냐면, 기지 입국과 관련한 서류들을 작성하고, 클러터벅 상 대회 참가자들도 만나고, 건물 안내도 받고 이런저런 규칙들에 관해서 장황한 설명을 듣느라, 정신없이 바빴다. 식당에 자리를 잡고 나서야 겨우 질문을 할 기회가 생겼다. 식당 안에는 수십 개의 테이블이 놓여 있었다. 공기 중에는 액체 세제 냄새가 풍겼고, 음식은 거의 무색에 가까웠다. 푸른 콩은 갈색에 더 가깝게 보였고 당근은 주황색이라기보다는 노란색에 가까웠다. 나는 그냥 버터가 가미된 일반 국수를 담아서 브리트니 맞은편에 앉았다.

"보통 여기서는 저녁 식사를 위해 옷을 따로 차려입지는 않아." 그녀는 내가 입은 셔츠와 타이에 관심을 보이며 말했다. "그 타이에 새겨진 무늬가 로켓이니?"

나는 고개를 끄덕였다. "네, 맞아요."

매트는 내 바로 옆에 식판을 내려놓으며, 나를 쿡쿡 쳤다. 옆으로 살짝 더 옮겨 앉으라는 신호였다. 음식이 가득 담긴 매트의 접시를 보고는 브리트니가 웃었다.

"미스터 프로스티를 위해서 배를 좀 비워 두는 게 좋을 텐데." 그녀가 말했다.

"그분이 누군데요?" 아바가 물었다.

브리트니는 식당 한구석에 있는 고풍스러운 아이스크림 기계를 가리켰다. 커다란 네모 모양의 멋진 아이스크림 기계에는 번쩍이는 은색 손잡이와 초콜릿과 바닐라 아이스크림이 빠져나오는 흰색 노즐이 붙어 있었다. 나는 미스터 프로스티에게 강력한 끌림을 느꼈고 앞으로 친하게 지내게 되겠다는 생각이 들었다. "그리고, 여기 음식이 마음에 안 들면, 피자를 주문해서 먹을 수도 있어. 배달은 24시간 가능해."

그건 아주 좋은 정보였다. 평소였다면, 나는 피자에 사용되는 소시지가 어느 정도의 품질인지를 물었겠지만, 나에게는 그보다 중요한 논제가 있었다. 모두가 조용히 먹는 데만 몰두를 하고 있는 사이, 나는 들고 있던 포크를 파란색 쟁반 위에 내려놓았다. "자, 이제 안나 도나텔리 박사에 관해서 얘기 좀 해 볼까요?" 나는 행크 박사에게 물었다.

브리트니가 어깨를 한번 으쓱해 보였다. "물론이지. 뭘 알고 싶니?"

"만약 무슨 일이라도 생긴 거라면… 그분께서 어려움에 처해 있다면 어쩌죠?"

"저 애가 하는 말은 그냥 무시하세요." 아바가 브리트니에게 말했다.

"아냐, 진짜야." 나는 계속 말을 이어 갔다. "자, 한번 생각해 보세요. 여기에는 의무적으로 짝을 지어서 이동하는 시스템이 있잖아요, 맞죠, 브리트니 씨?"

"음, 맞아," 브리트니가 말했다. "아무도 절대 혼자 나가는 법은 없지."

"바로 그거예요! 그러니까 안나 박사님은 혼자 나가면 안 되는 거였잖아요. 그건 규칙 위반이잖아요."

"여기는 연구소야. 감옥이 아니라고." 행크 박사가 말했다. "그리고 안나는 규칙 같은 건 그렇게 중요하게 따지는 사람이 아니야."

"여기서 일하는 사람은 실은, 누구든, 그러면 안 되는 건데." 브리트니는 말하는 사이사이 잠시 멈추며 단어마다 강조하여 말했다. 그녀는 아바와 매트를 짧은 순간 응시하다 다시 나에게 시선을 고정시켜 빤히 쳐다보았다. "맥머도 기지의 규칙들은 분명한 이유가 있기 때문에 존재하는 거야. 그건 이해하고 있지?" 그녀의 어투와 표현 방식은 매우 진지했다.

"네, 당연하지요. 저희는 전부 다 이해해요." 내가 우겼다. "그럼, 다시 안나 박사님 얘기로 돌아가서… 아무튼, 뭔가 상황이 이상하지 않나요?" 나는 행크 박사에게 물었다. "왜, 저

109

희들이 도착하기 바로 직전에 사라지신 거죠? 안나 박사님은 박사님이 남극에 오시는 걸 아주 반기셨잖아요." 나는 행크 박사의 남극 방문에 대해 안나 박사가 답장했던 이메일에 느낌표를 스무 개나 썼던 것을 다시 떠올렸다. "그런데 그분이 그냥 사라지셨다고요? 그건 마치, 본인이 파티를 주최하고는 시작도 하기 전에 떠나 버리는 것처럼 말도 안 되는 상황이잖아요."

"하하, 나도 그런 적 있는걸." 행크 박사가 웃으며 말했다. "내 마흔 번째 생일파티 때였지. 아마, 내 기억이 맞다면 말이야. 그게 말이지, 파티가 시작되기 직전에, 뜬금없이 마흔 살이라는 나이가 뭔가 나랑은 안 어울리고… 뭐 그런 생각에 사로잡혔지. 그래서…." 그때 행크 박사는 매트가 입을 벌린 채 음식을 씹어 먹는 모습을 보고 당황하며 못마땅한 표정을 지었다. 박사가 우리를 배려해 주는 것 중 하나는, 우리가 식사 예절을 잘 지키지 못해도 다른 사람들 앞에서 드러내 놓고 우리를 꾸짖지 않는다는 것이다. 우리 사이에는 나름 암호가 있었다. 매트에게는 화성의 위성 중 하나로 암호를 만들어 두었다. "매튜, 포보스(화성의 제1위성*)다. 부탁한다."

나의 형 매트는 얼굴을 붉히며 입을 다물고, 다시 음식물을 씹었다.

우리 옆쪽 테이블에서 작은 소란이 일었다. 큰 키의 한 남자가 역겹다는 듯, 커피를 뱉어 내며 세제 맛이 난다고 우겼다. 브리트니는 살짝 몸을 숙이며 속삭였다. "저 남자 말이 맞아. 여기 커피 맛은 진짜 역겨워."

이건 실망스런 정보였다. 나는 마치 몇 주는 잠을 제대로 못 잔 것 같은 기분이었다. 그래서 정말 잠이 깨는 좀 괜찮은 커피를 너무 맛보고 싶었다. 그렇지만 지금은 맥머도 기지의 커피 맛이나 따지고 있을 때가 아니었다. "다시 안나 박사님 얘기로 돌아가 보죠. 브리트니 씨는 그분을 아세요?"

"음, 알지," 그녀가 말했다. "사실, 그녀와 나는 서로 친구가 됐어. 처음 만나는 날, 내가 바로 지금 아바, 네가 있는 그 자리에 앉아 있었거든. 그 자리에 앉아서 보니 안나가 배식대에 있는 쟁반들을 다시 착착 정리해서 쌓아 놓고 음식을 받아서 내 맞은편에 와서 앉더라고. 그래서 내가 방금 뭘 한 거냐고 물었더니, 그녀의 말이 쟁반들이 제대로 쌓여 있지 않아서 그랬다는 거야. 뭔가 정리가 안 되어 있는 걸 보면 신경이 쓰인다고 했어."

행크 박사가 고개를 끄덕였다. "안나는 진짜 깔끔해. 그녀는 정리 정돈의 여왕이야." 박사도 인정했다.

"안나 박사님이 제 작업대는 제발 보지 않으면 좋겠네요." 아바가 말했다.

나는 브리트니를 향해 고개를 끄덕여 보였다. "그리고 뭐,

다른 얘기는 없나요?"

브리트니 대신 행크 박사가 천장을 응시하며 대답을 했다. "글쎄, 기억을 더듬어 보니, 안나는 완두콩은 안 좋아했어. 물론, 그녀는 연구도 많이 하고 아주 경탄스러울 정도지. 그렇지, 매트?" 나의 형은 자기가 안나 박사에 관해 알게 된 것들을 줄줄 읊어 대고 싶었겠지만, 안타깝게 입에 음식물을 가득 담고 있었다. 그래서 행크 박사는 계속 말을 이어 갔다. "그럼 안나와 함께 일을 하고 계신 건가요?"

브리트니는 손가락을 들어 보이더니, 음식을 마저 씹어 삼켰다. "아니요." 그녀는 숨을 한번 들이마신 후 말했다. "저는 바다 얼음의 상호 작용에 관한 연구를 하고 있어요."

"그게 뭐예요?" 고맙게도 아바가 내가 궁금한 걸 물어봐 주었다.

이제 우리와 안면을 튼 브리트니는 테이블 위로 한 손을 내밀어 쫙 펼치고, 다른 한 손은 주먹을 쥐어 펼친 손가락 위로 쭉 밀어 올리는 동작을 보였다. "자, 한번 가정을 해 보자. 주먹을 쥔 내 오른손이 담수 빙산이고 왼손은 바다 표면이라고 하자. 나는 바로 이들이 충돌하는 장소를 연구하는 거야."

나는 하품이 났다. "오, 죄송해요." 내가 말했다.

매트가 손등으로 내 어깨를 슬쩍 쳤다.

"괜찮아." 브리트니가 말했다. "그건 내 연구가 안나의 연구만큼 흥미롭지 않다는 의미인 것 같네. 아니면, 너한테만 좀 재미가 없을 수도 있고. 자, 그럼 잭, 너는 안나에게 무슨 일이 벌어졌다고 생각하는 거니?" 그녀가 히죽히죽 웃으며 물었다. "너는 그녀가 납치나 뭐 그런 걸 당했다고 생각하는 거니?"

그녀의 표현 방식이 좀 신경에 거슬렸다. 그녀는 마치 초등학교 2학년 아이를 대하는 눈빛으로 나를 쳐다보았다. "아뇨, 그런 건 아니에요. 하지만 전, 안나 박사가 자발적으로 사라진 건 아니라는 생각을 떨칠 수가 없어요. 만약 누군가 그녀로 하여금 기지에서 달아날 수밖에 없게 만들었다면요?"

아바는 맞은편에 있는 브리트니 앞에 자신의 손바닥을 펼쳐 보였다. "진짜, 죄송해요. 잭이 여기 오는 동안 여러 가지 책을 너무 많이 읽어서 그래요."

"너무 많이 읽어서 문제가 될 건 없어." 브리트니가 테이블에서 등을 뒤로 젖히면서 의자를 움직였다. 바닥 끌리는 소리가 났다. "게다가 잭, 나도 좀 궁금한 건 사실이야. 나도 네 추리 게임에 동참할게."

그래, 한 사람이라도 안나 박사의 행방을 궁금해 한다면 일단 그것으로도 충분하다. 그런데 어디서부터 시작해야 하는 걸까? 나는 잠시 생각을 가다듬었다. "그런데 행크 박사님, 그녀의 이메일에 보면 과학, 그 이상의 대단한 뭔가를 발견했다고 했었잖아요. 맞죠?"

"그녀가 뭔가 대단한 발표를 하려는 것 같기는 한데," 행크 박사가 대답했다. "이건 그녀의 전문 분야고, 상당히 확신에 차 있었어. 그리고 과학, 그 이상의 뭔가를 발견했다고 말했지."

"과학보다 더 대단한 건 없어요." 매트가 동의를 구하며 행크 박사를 쳐다보며 말했다. 매트는 요즘 들어 무슨 말을 하면 맞장구라도 쳐 주길 바라는 눈빛으로 박사를 쳐다보곤 했다. 그러나 행크 박사는 신경을 쓰지 않는 눈치였다.

"자, 그럼, 안나 박사가 뭔가 대단한 걸 발견했다, 라고 가정해 보자고요." 나는 계속 밀어붙였다.

"그 대단한 게, 가령 어떤 건데?" 아바가 물었다. "그녀가 연구하던 게 뭐였는데?"

"생명체." 매트가 말했다.

"어떤 종류의 생명체인지 묻는 거니?" 행크 박사가 말했다. 사실 아무도 묻지 않았는데, 박사는 쉬지 않고 말을 이어갔다. 박사는 신고 있던 부츠의 밑창으로 식당 바닥을 몇 차례 굴렀다. "안나는 거의 수십 년에 걸쳐 이 지구상에서 완전 새로운 형태의 생명체들을 찾아내는 연구에 몰두했어. 그녀는 산 정상도 뒤지고 다니고, 사막이나 산호초도 찾아다녔지. 여기 남극이 그녀의 가장 최근 연구지야. 그러니 한번 상상해 봐. 예를 들어 여기 식당의 바닥이 해저면이라고 가정하고, 우리 테이블이 얼음 층이라고 가정하자. 그러면 여기 사이에 있는 것은?"그는 나무 테이블을 몇 번 두드렸다

"물이요."아바가 말했다.

"아주아주 차가운 물이겠죠."매트가 덧붙였다.

"바로 그거야."행크 박사는 손바닥으로 테이블을 쓸 듯이 훑는 동작을 보이다가 후추 병을 넘어뜨렸다. "이 엄청나게 두꺼운 얼음 층이 이 섬과 남극 본토 사이의 로스해 전체를 뒤덮고 있는 거야."이제 박사는 손을 테이블 아래로 내려 원을 그려 보였다. "안나는 바로 여기 얼음과 해저 사이에 숨겨진 세계에 오래도록 관심을 갖고 있었거든. 그녀가 획기적인 발견을 했다고 말했을 때, 나는 그녀가 뭔가 새로운 종을 발견했다는 추측을 했었지."

"그렇지만 안나 박사는 정확히 언급을 하지는 않았잖아요. 그렇죠?"매트가 물었다.

"안나가 마지막 원정에서 돌아올 때 완전히 흥분에 휩싸여서 들떠 있었다고 들었어요."브리트니가 말했다.

"그게 언제였는데요?"내가 물었다.

"월요일. 그리고 나서 어젯밤, 그러니까 화요일 밤에 그녀가 사라졌어."

"자, 봐." 행크 박사가 나를 가리키며 말했다. "그녀가 사라진 지 아직 만 하루도 안 됐다는 거야."

"아, 네네," 내가 말했다. "그렇지만, 만약 안나 박사가 뭔가 놀라운 발견을 했고, 그래서 누군가 그걸 훔치고 싶어 했다거나 뭐 그런 거면 어떻게 되는 거죠?"

"과학자들은 그런 식의 일은 벌이지 않아." 행크 박사가 말했다.

"과학자들도 그런 일을 당연히 벌이죠." 브리트니가 반박했다. "우리들도 다른 사람들처럼 경쟁을 벌이잖아요."

"그럼 브리트니 씨, 당신이 그랬나요? 당신이 훔치셨나요?" 내가 물었다.

매트가 나를 대신해서 사과의 말을 시작했다. "잭은요, 음, 그런 의미가 아니라요…."

"아니, 됐어. 괜찮아." 브리트니가 답을 했다. "그런데 나는 말이야, 안나가 사라진 사건과는 아무런 관련이 없단다."

"관련이 없다는 걸 저희들이 어떻게 알죠?" 아바가 물었다. 행크 박사와 매트, 두 사람 다 아바가 내 편을 들어서 놀란 눈초리였다.

"세 가지 근거가 있지. 첫 번째, 안나는 여성이잖아. 여기서 여성 과학자들은 드물어. 그래서 우리는 서로를 잘 챙겨주는 사이야. 둘째, 안나와 나의 연구 분야는 완전히 달라.

그러니까 내가 그녀의 연구를 훔칠 이유가 전혀 없는 거지."

"그럼, 세 번째 근거는요?" 내가 물었다.

"나는 여기에 없었거든." 그녀가 말했다. "나는 160킬로미터나 떨어진 곳에 있었어. 그리고 너희들이 도착하기 바로 직전에 나도 돌아왔거든."

"좋은 답변이시네요." 아바는 어깨를 으쓱해 보였다.

나도 같은 생각을 했다. 그렇다고 이번 일과 브리트니가 완전히 무관하다고 생각해서 쉽게 넘어갈 마음은 없었다. "네, 좋습니다. 그래서 브리트니 씨, 당신은 이번 일에 깊게 관련 있는 것 같지는 않군요. 그렇다면, 혹시 안나 박사님께 해를 끼칠 만한 사람이 누가 있을까요?"

브리트니는 상체를 뒤로 젖히더니 식당 안을 둘러보았다.

"골든?"

"누가 골든이죠?" 내가 물었다.

브리트니는 유리잔을 기울여 한 방향을 가리켰고, 거기에는 어깨 길이의 금발 곱슬머리의 한 남자가 반복적으로 귀 뒤로 머리를 쓸어 넘기고 있었다. 밝은 오렌지색의 재킷이 그가 앉은 의자에 걸쳐져 있었다.

"그의 진짜 이름은 프랭클린 골딩이야. 그렇지만 여기서는 모두가 그를 골든이라고 불러. 왜냐면 그가 아주 잘나가는 인기남이기 때문이지. 거의 두 달에 한 번 꼴로 과학 잡지의 표지를 장식하고 있거든. 그는 여기 있는 다른 사람들보다는 좀 더 별스런 형태의 생활을 하고 있는 셈이지. 그리고 본인도 자신이 멋지다는 걸 알고 있어. 그리고 저 사람은 옷도 혼자만 달라. 여기 다른 사람들이 다 입고 다니는 그 커다란 붉은색 재킷은 안 입어. 직접 주문 제작한 저 밝은 오렌지색 재킷을 혼자만 입고 다니지.”

“저 재킷은 어깨가 딱 맞는지 궁금하네.”행크 박사가 한마디 했다.

작은 체구에 턱수염을 하고 있는 한 남자가 아이스크림이 담긴 볼을 골딩 앞에 내려놓으며 그의 맞은편에 앉았다. 골딩이라는 과학자는 고맙다는 말도 하지 않았다. 나는 그 인기남이라는 사람이 마음에 안 들었다. 그렇다고 그를 범인으로 지목한다는 의미는 아니다.

“그 밖에 또 관련될 만한 사람이 누가 있나요?”내가 물었다. “안나 박사님 가까이서 연구를 하던 다른 사람이 있었나요?”

“레보킨?”브리트니가 말했다. “그래도 내가 보기에 그는 남에게 해를 끼칠 만한 사람은 아니야.”

“레보킨?”아바가 말했다. “혹시 러시아 사람인가요?”

“응, 맞아. 그의 이름이 예브게니 레보킨인데, 안나와 함께 여기 온 팀의 일원이야.”

"음, 러시아 출신의 범죄자라고?" 매트가 말했다. "뭔가 좀 너무 뻔하지 않아?"

"그 사람도 역시 생물학자인가요?" 내가 물었다.

"글쎄, 내가 보기에는 발명가 쪽에 더 가까울 거 같아. 그는 다이버들이나 안나 같은 수중 연구자들을 위해 획기적인 잠수복을 개발했어." 브리트니가 말했다.

행크 박사는 다시 천장으로 시선을 향했다. "음, 레보킨, 레보킨이라… 어쩐지 이름이 귀에 익는데. 발명가라고 하셨죠? 그래, 맞다. 그 사람, 올해 클러터벅 대회에 출전해서 함께 경쟁을 벌이고 있는 사람일 거야."

"아니, 잠수복이라면, 여기 사람들이 정말 저 얼음물 속에 들어가 수영을 한다는 말이에요?" 아바가 말했다.

행크 박사는 들고 있던 포크로 아바를 가리켰다. 포크 끝에 붙어 있던 국수 가락이 툭 떨어졌다.

"수중에 직접 들어가서 연구하는 것도 여기 연구원들의 연구 방법 중 하나야. 물론, 작은 원격 조종 잠수함들도 사용을 하지. 아바, 쉘리 같은 잠수함이 여기 연구에는 최적이야. 그래도 사람들이 직접 수중으로 내려가야 하는 상황도 있어. 문제는 수온이 너무 낮아서 장시간 다이빙을 할 수는 없다는 거지."

"그런데 저렇게 얼어붙어 있는데 사람들이 물 밑으로 어떻게 내려갈 수가 있지요?" 아바가 물었다.

"어떤 경우에는 수중으로 내려가기 위해서 얼음 층에 드릴로 구멍을 뚫기도 하지." 브리트니가 말했다. "그런데 가끔은 자연 발생적으로 나타나는 구멍이…."

"혹시, 바다표범의 구멍인가요, 그런가요?" 사실, 나는 내 말이 맞다는 것을 확신했다. 왜냐면, 책에서 읽어서 알고 있는 내용이었다. 그러나 나는 좀, 겸손한 척을 했다. "바다표범들이 구멍으로 숨을 쉬러 올라오잖아요. 그렇지만 그 구멍들은 닫힐 수도 있고, 또다시 바로 얼어버리기도 하잖아요."

"바렌사!"

"네, 뭐라고요?" 행크 박사가 말했다.

"빅터 바렌사." 브리트니가 소리를 낮춰 속삭이는 목소리로 반복했다. "저 사람이 여기 남극 얼음 밑으로 십 년째, 다이빙을 하고 있는 사람이에요. 저 사람은 일 년에 몇 회쯤, 아주 짧은 시간이지만, 잠수복을 입지 않은 채 다이빙을 하는데, 과시하려는 목적이지. 저 사람도 안나 실종 사건의 용의선상에 올려놔야 해." 그녀가 말했다.

브리트니는 한 손을 펴서 가만히 테이블 위에 올려놓더니, 두 번째 손가락을 살짝 들어 식당 한구석에 앉아 있는, 검은 눈동자에 동그스름하게 생긴 한 남자를 가리켰다. 그 남자의 두 볼은 마치 부어 있는 듯 보였다. 그의 머리는 짧게 깎은 은발에, 한쪽 귀의 위치가 다른 쪽보다 살짝 위에 붙어 있는 듯 보였다. 그렇든 아니든, 어쨌든 그는 한쪽으로 기대어 있었다.

"왜, 저 사람을 지목하죠?" 내가 물었다.

"저 사람이 모든 다이빙 기록을 보유하고 있었지. 최다 다이빙, 최장 다이빙, 최고 깊이 다이빙 등등 모든 기록을 보유했었어. 여기서는 그야말로 최고의 다이버였지."

아바가 살짝 고개를 돌렸다. "다이버였다고요? 과거형이네요?"

"안나가 오기 전까지 그랬지." 브리트니가 말했다. "내가 듣기로는 레보킨이 새로 만든 잠수복이 굉장하대. 안나가 이 잠수복을 착용하면, 바렌사보다 더 장시간, 그리고 하루에도 더 많이 잠수를 할 수 있거든."

"헨리 위다스핀 씨!"

내 뒷목덜미에서 작은 침방울이 느껴졌다. 나는 왠지 모를 두려움에 움찔하며 소맷부리로 목뒤를 닦아 내고는 돌아보았다. 덥수룩한 허연 턱수염에 은회색의 머리를 한, 어떤 남자가 내 등 뒤에 서 있었다. 그는 행크 박사의 이름을 '위다스핀'이라고 발음했는데, 목을 잔뜩 움츠리고 내는 것 같은 소리였다. 그는 재빨리 손가락 몇 개를 쪽쪽 빨더니 셔츠에 쓱쓱 문지르고는 꿀 냄새를 풍기는 커다란 손을 내밀었다.

행크 박사는 악수를 하는 대신 가볍게 손을 흔들었다. 그럼 그렇지, 행크 박사가 그의 손을 잡을 리가 없지. "저는 그냥, 행크라고 불러 주시면 돼요. 그쪽은 성함이 어떻게 되시는지…?"

"저는 '다니엘 퍼킨스'라고 합니다. '다노'라고 부르세요. 담수 처리 공장을 관리하고 있어요. 저는 DP-1000으로 클러터벅 상에 도전합니다. 필요하면 DP-1000으로 세상 모든 바닷물에서 소금을 제거할 수도 있죠."

"글쎄요, 뭐, 그렇게까지 모든 소금을 다 제거하실 필요는 없을 것 같네요, 퍼킨스 씨! 물론, 당신의 DS-1000은 다른 출품작들과 마찬가지로 면밀히 살펴보겠습니다."

"DP." 그가 말했다. "DP-1000입니다. 그건 세상 어떤 것보다 10퍼센트는 더 효율적입니다. 10퍼센트요!"

어색한 침묵이 이어진 그 순간은, 아마도 가장 긴 시간의 침묵은 아니었을지라도, 가장 강렬한 순간으로 기록될 만했다. 행크 박사의 얼굴은 하얗게 질린 표정이었다. 나는 매트의 쟁반 위로 물컵이라도 넘어뜨려서 그 경직된 분위기를 무마해 볼까도 생각했다. 고맙게도 브리트니가 그 불편하기 짝이 없는 사교의 장을 마무리해 주었다.

"대충 먹었으면 일어나지 그러니, 정리는 내가 할게. 가서 잠을 좀 자 두는 게 좋을 거야." 그녀가 말했다. "다음 한 주는 정말 만만치 않을 테니까. 내일은 바로 현장 훈련부터 시작할 거야."

"일요일을 잊지 마세요." 다노가 말했다.

"일요일이라고요?" 행크 박사가 물었다.

"박사님께서 클러터벅 상의 우승자를 발표하는 날이잖아요."

행크 박사는 하품을 하면서 말했다. "그야, 그렇죠."

다노는 브리트니를 향해 고개를 끄덕여 보이며 말했다. "자, 여기 새로 오신 이 분들은 이곳 기지에서 행복한 야영객이 될 것 같으세요?"

이 사람은 우리를 한 다섯 살 먹은 어린아이로 보고 있는 건가? 나는 아바를 향해 머리를 살짝 흔들었다.

"'행복한 야영객 학교'는 현장 훈련 프로그램을 칭하는 또 다른 이름이야." 브리트니가 설명했다. 그녀가 그걸 말하는 순간, 책에서 읽었던 기억이 났다. "여기, 이 안은 아늑하고 좋잖아. 그렇지만 밖은 몹시 춥고 가혹해서, 완전히 인간이 살 수 있는 환경이 아니야. 알다시피 남극은 지구에서 가장 위험한 지역 중 하나야."

"행복한 야영객 학교 훈련을 받지 않는다면," 다노가 말을 보탰다. "밖에서 단 한 시간도 살아남을 수 없을 거야. 얼음 덩어리가 되고 말걸."

123

그는 어색한 미소를 지었다. 나도 그에게 똑같은 미소를 날려 주고 싶었지만, 그의 말이 완전히 농담만은 아닌 것 같았다. 나는 침을 꿀꺽 삼켰다. 내 접시 위에 남은 국수 가닥을 쳐다보다 문득 민의 말이 옳았을지도 모른다는 생각이 들었다. 민의 말처럼, 우리에게는 디즈니랜드가 더 어울리는 장소였을지도 모른다.

6
무제의
발단

 브리트니는 우리더러 푹 쉬라고 했다. 나는 비
행기를 여러 번 갈아타고 오느라 지칠 대로 지
쳤지만, 잠은 오지 않았다. 식당에서 나오는 길에 영국 출신
의 과학자 두 명이 행크 박사에게 기후 변화에 관한 질문을
했다. 그것은 마치 배고픈 물고기 앞에 통통하게 살이 오른
지렁이가 대롱거리는 것과 같은 일이었다. 행크 박사가 어찌
그 지렁이 미끼를 물지 않을 수 있겠는가. 행크 박사가 이야
기를 시작하자 매트는 가만히 경청했지만, 나는 아바의 팔꿈
치를 잡고 복도 쪽으로 밀었다.

"왜 이렇게 서둘러?" 아바가 물었다.

"우리에게는 다른 임무가 있잖아."

아바가 멈추어 서더니 양손을 들어 올리며 말했다.

"나는 첫날 밤부터 여기서 쫓겨나고 싶지는 않아."

"쫓겨나지 않아, 걱정 마. 게다가 우리를 집으로 돌려보낼수도 없잖아. 여기는 남극이라고."

"그럼, 우리가 해야 할 일이 뭔데?"

"조사. 조사만 하면 돼."

"조사라고? 그게 다야?"

물론, 아니다. 그렇지만 거의 때가 다가왔다. "우리가 가서 안나 박사의 방을 확인해 보는 거야. 그녀의 행방에 관해서 어떤 단서라도 있는지 확인을 하는 거야."

복도 모퉁이를 돌면서 우리는 큰 키에 긴 은발을 한 여성과 부딪힐 뻔했다. 그녀는 비웃듯이 말했다. "아니, 너희들은…."

아바가 얼른 손을 내밀며 특유의 환한 미소를 지었다. "아, 안녕하세요? 제 이름은 아바라고 해요."

"오우 노노, 애교 작전으로 어떻게 넘어가려고 하면 곤란해, 공주님." 그녀는 단호한 어투로 쏘아붙였다. "다른 한 명은 어디 있지?"

자신감 충만했던 아바의 미소가 일순간 꺼져 버렸다.

"한 명은 지금 위더스푼 박사님과 함께 있는데요." 내가 말했다. "죄송하지만, 아주머니는 왜 저희 형을 찾고 계신 거죠?"

"나를 아줌마라고 부르지 마. 나는 여기 기지의 국장이란다. 그러니 나를 깍듯하게 국장님이라고 불러 주면 좋겠다. 그렇지만 내가 정말 바라는 바는 너희들이 나를 부를 일이 없는 거란다. 우리가 이렇게 오가며 마주칠 일이 없으면 더 좋겠어. 처음부터 말이야, 너희 셋을 여기 기지에 오도록 허락을 해서는 안 되는 거였어. 그리고 이번에 여기서 클러터벅 상 대회가 열린다고? 쳇, 그거 정말 어이없다고. 그건 진짜 과학자들을 모욕하는 일이야."

"바닷물의 염분을 제거하는 것이 진짜 과학 아닌가요?" 아바가 항의를 했다.

기지국장이라는 사람이 바드득 이 가는 소리가 들렸다. "말대꾸하지 마. 지금 너는 듣기만 하면 돼. 나는 지금 상황을 지켜보고 있는 중이야. 그리고 앞으로도 계속 지켜보면서 너희들을 다음 비행기에 태워서 왔던 곳으로 돌려보낼 만한 이유를 찾아낼 거야. 그러니까, 최대한 얌전하게 굴기를 바란다. 알아들었니?"

아바는 팔꿈치로 나를 치며 무례한 반응을 보이지 말라는 신호를 보냈다. 우리 둘은 얌전히 고개를 끄덕이며 그 기지국장이라는 여자의 말에 동의했다.

"좋아," 국장이 말했다. "자, 이제 그럼 가서 색칠 놀이 책

127

같은 거나 찾아보렴. 너희들이 눈앞에서 얼쩡거리는 거 좀 거슬리거든."

우리는 국장의 구두 소리가 멀어질 때까지 가만히 기다렸다. "아니, 나더러 왜 공주라고 하는 거야?" 아바가 투덜거렸다. 그녀는 왼쪽 눈썹을 다른 쪽보다 조금 추켜올렸다. "지금 저 여자가 색칠 놀이 책이라고 한 거 맞지? 대체 우릴 뭐로 보고 하는 소리야?"

"신경 꺼, 잊어버려." 내가 말했다. "우리 다시 가서 안나 박사의 방이나 찾아보자."

"그래, 좋아." 아바가 말했다. "안나 박사의 방이 어디쯤일지 짐작이 가니?"

"음, 이런 때가 바로 너의 좋은 머리를 써야 하는 때잖아. 난 잘 모르겠어." 안나 방이 어디 있는지 알아낼 수 있었다면, 내가 굳이 아바더러 함께 가자고 하지 않았을 것이다. 그 까칠한 기지국장이라는 사람의 매서운 경고를 듣고 나니, 생각이 제대로 굴러가질 않았다. "어쩌면, 우리가 다시… 아, 나도 모르겠어… 기지의 기록을 해킹하거나 아니면 다른 거라도?"

아바가 잔뜩 약이 올랐는지 씩씩거렸다. 그녀는 내가 마치 지구가 납작하다고 우기기라도 한 것처럼 나를 쳐다봤다.

두 명의 여자들이 모퉁이를 돌아 우리가 있는 쪽으로 걸어오고 있었다. 그중 한 명은 흑발에 보라색으로 부분 염색을 하고 있었고, 둘 다 안경을 쓰고 있었다.

"저기요, 귀찮게 해서 죄송한데요," 아바가 말을 꺼냈다. "근데, 혹시 안나 도나텔리 씨의 방이 어디 있는지 알 수 있을까요?"

보라색 부분 염색을 한 그 여자가 아바의 뒤쪽을 손짓으로 가리켰다. "아마, 131호인가? 그녀의 방이 우리 방 근처인데, 그치?"

다른 한 여자가 어깨를 으쓱해 보였다. 그녀는 박하 향이 나는 덩어리가 큰 껌을 씹고 있었다. 그녀는 씹던 껌을 입안의 한쪽으로 밀어 넣었다. "아, 너희들이 그 애들이구나." 그녀가 한마디 했다.

그렇다. 우리가 코끼리들이 아닌 것은 분명한 사실이었다. "네, 저희가 바로 그 애들 중 두 명이 맞기는 한데요," 내가 말했다. "그런데 그냥 애들이 아니라 가장 특별한 두 명의 애들이에요."

두 여자는 나의 말에 실망 섞인 헛웃음으로 화답하고는 가던 길을 다시 갔다.

우리는 재빨리 주방을 지나 기숙사가 있는 쪽으로 이동했다. "혹시 네가 잊어 먹었을까 봐 다시 말해 주는 건데, 여기 전체 기지는 미국 정부에 의해서 운영되고 있어. 그러니 정

129

부 컴퓨터에 해킹을 해서는 안 돼." 아바가 설명을 했다. "다 암호화되어 있다고."

"너, 행크 박사의 컴퓨터를 해킹했구나."

"응, 그래. 박사님 컴퓨터 패스워드가 'ecneics'야. 과학, 그러니까 'science'의 철자를 거꾸로 치면 되거든. 누구라도 쉽게 예측을 할 수 있는 거였어."

쳇, 그래, 누구라도 할 수 있었겠지. 보아하니 나만 못했던 거였네. 나는 아마 아바에게 도움을 요청하기 전까지 그 패스워드를 알아내려고 천 번쯤은 시도를 했을 게 뻔했다.

우리가 다가갔을 때, 131호의 방문이 살짝 열려 있었다. 방 안에서 누군가 움직이는 소리가 들렸다. 내가 벽에 몸을 바싹 붙이고 무슨 소리인지 귀를 기울이려 할 때, 아바가 문을 밀고는 한쪽으로 얼른 몸을 움직이며 소리쳤다. "잭, 그리로 들어가지 마! 거기는 네 방이 아니라고!"

"거기 누구지?" 누군가 안에서 물었다.

아바의 기지에 감탄하며 나는 문 안으로 발을 들이밀었다. 그때 아바가 내 등을 살짝 밀며 나를 따라 방 안으로 들어섰다. 안경을 쓴 호리호리한 남자가 한 손에는 노란색 비닐 봉투를 들고 다른 한 손에는 빗자루를 든 채 작은 책상 옆에 서 있었다. 그는 대략 이십 대가량 되어 보였다. 나이 들어 보이는 얼굴이었으나 그렇다고 완전히 노안은 아니었다. 그의 코는 마치 누가 코끝을 일부러 세게 당겨놓은 것같이 길쭉했다. 그는 손가락으로 볼을 긁적거렸는데, 손톱은 길고 때가 끼어 있었다.

"누구세요?" 내가 물었다.

"나는 여기 기지의 설비 기사인데."

"기지의 뭐라고요?"

"기지 기사, 간단히 'F.E.'라고도 해."

"그게 뭐하는 건데요?" 아바가 취조하듯 물었다.

F.E.라는 사람은 안경을 고쳐 썼다. "과학자들은 대개 너저분하고 정리를 안 하거든. 나는 그들을 따라다니며 정리를 하고 청소를 해. 안 그러면 기지가 엉망이 될 거야."

"그러면, 일종의 가정부인 건가요?"

그는 짧은 순간이지만 나를 노려보았다. "너희들이 그 똑똑하다는 애들이니?"

"네, 제가 그 똑똑하다는 애들 중 한 명이랍니다." 아바가 대답했다. "얘는 그냥, 잭이에요."

아바의 그런 식의 농담은 여러 번 들었지만 그래도 여전히, 들을 때마다 화가 난다.

"여기가 안나 박사님의 방이죠, 맞죠?" 내가 물었다.

설비 기사는 어깨를 으쓱해 보였다. "몰랐구나? 여기는 재해 구역이야." 그는 젖은 걸레로 책장과 책상 위를 훔치더니 걸레에 묻은 반짝이는 잔여물을 우리에게 내밀어 보였다. "이 장소 전체에 이 물질로 이루어진 작은 줄무늬와 방울들이 찍혀 있거든. 냄새는 익숙한데, 정확히 무슨 물질인지 알 수가 없어."

끈적이는 물질이 그 방을 어수선하게 만든 주범은 아니었다. 마치 거대 로봇이 그 방을 통째로 들어 올리고서 흔들었다 내려놓은 것 같았다. 책들이며 옷가지, 그리고 논문들이 책상 전체에 흩어져 있었고 침대도 상황은 마찬가지였다. 뭔가 설명이 안 되는 상황이었다.

"저는 이해가 안 가요." 내가 말했다. "안나 박사님은 분명히 결벽증 환자처럼 깔끔하신 분이라고 들었는데요."

"깔끔한 거랑은 거리가 멀어 보이는걸." 아바가 말했다.

나는 고개를 돌려 속삭이는 목소리로 말했다. "아냐, 기억 안 나? 행크 박사님께서 안나 박사님은 완전 깔끔한 정리의 여왕이라고 하셨고, 브리트니 씨도 같은 말을 했었잖아."

"그래서, 뭐?" 아바가 나지막한 목소리로 말했다.

"그러니까 안나 박사님이 여기를 이렇게 어수선하게 만들어 놓지는 않았다는 의미야. 다른 누군가가 안나 박사님의 물건을 뒤졌다는 말이지."

"너희들 그렇게 속삭이면서 말할 필요 없어." 설비 기사가 말했다. "내 귀가 엄청나게 밝거든. 원래 이 방은 아주 깨끗해. 마지막으로 내가 이 방에 들어 왔을 때는 거의 치울 게 없었거든."

아바가 책상 위에 있던 전선을 집어 들었다. "이거 노트북 컴퓨터에 연결해서 쓰는 거잖아."

"이야, 너희들 정말 똑똑한 거 맞구나." 기사가 말했다.

아바가 쌜쭉한 표정으로 그를 노려보았다. "노트북은 어디 있지요?"

기사는 어깨를 한번 으쓱였다. "나는 노트북은 본 적 없어." 그가 말했다. "자, 질문은 충분히 받은 것 같다. 너희들이 할 만한 재미난 게임이 있는데. 너희 둘 중 누가 이 방을 더 빨리 청소할 수 있겠니?"

아바는 손을 오목하게 만들어 양쪽 귀에 갖다 대더니 한쪽 방향으로 고개를 기울이며 마치 숨겨진 이어폰을 통해 누군가 그녀에게 말을 하고 있다는 듯 행동했다. 아, 맞다. 이 가짜 스파이 전화 장난은 전적으로 내가 만들어 낸 것이다. 우리가 지루한 대화에 빠질 때마다 내가 늘 썼던 방법이었다. 그러나 매번 나 혼자 장난을 쳤다.

"행크 박사님이야?" 내가 물었다.

아바는 상대방의 말이 끝날 때까지 기다리기라도 하는 듯 일시적으로 멈추었다. "네, 알겠어요." 그녀가 말했다.

"아, 죄송해요. 저희도 도와 드리고 싶은데요. 지금 가 봐야 해요."

우리는 서둘러 그 방을 빠져나와 몇 개의 방문을 지나서 멈추었다. "그 전선이 뭐가 그렇게 중요해?" 내가 물었다.

"노트북을 들고 이동할 때 그걸 두고 가는 사람은 아무도 없단 말이야." 그녀가 말했다. "기억나? 여기는 날씨가 너무 추워서 배터리가 오래가지 않는다고 했잖아. 게다가 누군가 억지로 소켓에서 잡아 뺀 것처럼 코드의 끝도 구부러져 있잖아."

"그래서?"

"그래서 누가 했든지, 무지 허둥대다가 그렇게 만들어 놨다는 거지. 내 생각에는 누군가 안나 박사의 노트북을 훔쳐 간 것 같아."

방은 엉망이었고, 컴퓨터는 도난당했다. 어쩌면, 사라진 우리의 과학자는 정말 어떤 문제에 빠졌는지도 모른다.

아바는 비상구 유도등을 물끄러미 올려다보았다. 그녀는 어깨에 메고 있던 배낭을 벗어 바닥에 펼치더니 손을 넣어 안에 있는 내용물을 샅샅이 끄집어냈다. 모양과 크기가 골프 공만 한 까만색 기기를 꺼내어 바깥 껍질을 벗기더니 내게 말했다. "저기 비상등에 손이 닿도록 나를 좀 받쳐 올려 줄 수 있겠니?"

"그건 뭐 하는 거야?"

"일단 나 좀 먼저 올려 줘. 질문은 나중에 하고. 그리고 조용히 좀 해. 설비 기사 아저씨나 기지국장이 우리를 보는 거 원하지 않아."

다행히 아바의 몸무게는 가벼웠다. 그녀의 다리는 길었지만 가늘었다. 벽에 등을 대고 양손을 허리께에서 깍지를 끼자 아바가 내 어깨를 잡고 내 양손을 발판 삼아 딛고 일어섰다. 매트가 있었다면 훨씬 그럴듯한 인간 사다리를 만들었을 테지만, 나도 나름 애를 썼다. 아바는 비상구 유도등을 얼른 조작하고는 고양이처럼 뛰어서 사뿐히 바닥에 내려앉았다. 나는 손을 툴툴 털었다.

아바는 까만색의 골프공 같은 기기를 비상구 유도등의 한쪽에 꾹 눌러 붙였다. 그 작고 둥근 물건의 가운데에 검지손가락만 한 원 모양의 창이 안나 박사의 방을 향했다. "저게 렌즈야?"

"저건 내가 만든 소형 접착 카메라야." 그녀는 목소리를 낮춰 말하며 서둘러 자리를 떴다.

우리는 다음 모퉁이에서 잠시 멈추고 몸을 숨겼다. "내가 저 카메라에 대해서 얘기한 적 있잖아, 그치?" 나는 머리를 흔들었다. 아마 아바는 그 얘기를 했을지도 모른다. 그런데 내 형제들이 자신들의 아이디어나 발명품에 관해서 떠들어 댈 때, 가끔 나의 두뇌는 작동하지 않을 때가 있다.

"진짜로 내가 얘기 안 했다고? 그럴 리가 없는데, 허! 음, 근데 저건 완전히 내가 만든 작품이라고는 할 수 없어. 누군가 행크 박사님께 작은 구 모양의 비디오카메라를 몇 개 보냈었어. 이 아이디어는 원래 사람이 들어가기 전에 먼저 안으로 카메라를 굴려 넣어서 내부 구조를 살피는 게 목적이었어." 아바는 가방에서 스마트폰을 꺼내더니 화면을 넘기며 앱들을 검색했다. 버튼 몇 개를 서너 번 누르고는 복도 뒤쪽을 힐끗 쳐다보았다.

"근데 난 말이야, 구 모양의 소형 비디오카메라 외부에 접착 물질을 부착시키면 어디든 척척 몰래카메라를 설치할 수 있겠다 싶었거든." 아바는 미소를 지어 보이며 스마트폰 화면을 내게 내밀어 보였는데, 거기에는 안나 박사의 방문 앞이 제대로 보였다. "이렇게 했으니, 만약 범인이 노트북을 돌려주러 온다면, 우리가 딱, 알 수 있게 되는 거지." 아바가 말했다.

"혹시 이런 카메라 몇 개나 더 있어?" 내가 물었다.

아바는 가방에서 세 개의 카메라를 더 끄집어냈다. 그러더니 천천히 고개를 끄덕였다. "너, 지금, 감시용 카메라를 몇 개 더 설치하려는 생각을 하고 있는 거 맞지?"

"그래, 안 될 게 뭐야?"

그래서 우리는 본관 건물에서 적당한 장소를 물색하여 바

137

로 행동으로 옮겼다. 그길로 우리는 바로 행크 박사의 방으로 향했다. 행크 박사는 양말에 샌들을 신고 후드 달린 추리닝을 걸친 채 침대에 걸터앉아 있었고 어디선가 재즈 음악이 흘러나오고 있었다. 재즈를 듣는다는 것은 박사가 연구에 몰두하고 있다는 뜻이었다. 잠시 재즈 선율이 내 귀를 사로잡았다. 나는 박사의 천재성의 단 몇 조각이라도 어떻게 좀 건졌으면 좋겠다는 희망을 품고 몇 달째 그가 즐겨 듣는 곡들을 찾아 듣고 있던 터였다. 연주되는 그 곡은 드럼 박자가 특히 강한 곡이었다. 그렇다면 딱 한 사람의 연주자밖에 없다. "아트 블래키? 맞죠?" 내가 물었다.

박사님은 아무런 대답이 없었다. 그는 한쪽에 쌓여 있는 한 무더기의 논문들을 읽으며 노란색 노트 위에 메모를 하고 있었다. 도식을 보니 박사는 클러터벅 상에 참가한 논문들을 분석하고 있는 것 같았다. 아바가 박수를 몇 번 쳤다. 그러자 고개를 든 박사는 귀찮다기보다는 깜짝 놀랐다는 표정을 지었다. "아니, 너희 둘, 여기는 언제 들어온 거니?" 그가 물었다.

우리는 곧바로 어질러진 안나 박사의 방, 기지의 설비 기사, 사라진 노트북, 그리고 소형 접착 카메라에 이르기까지 이 얘기 저 얘기 두서없이 마구 쏟아 내기 시작했다. 그러나 기지국장이라는 사람과 마주쳤던 얘기는 쏙 뺐다.

우리 이야기가 막 끝나갈 즈음, 매트가 방으로 들어섰다.

"야, 너희들, 대체 어디 있었어?" 질문을 하는 매트의 목소리 톤이 부드럽고 좀 힘이 없었다. "온 사방을 다 찾아다녔는데, 너희들은 나한테 말도 않고…."

"미안, 형. 형이 그렇게까지 찾아다닐 줄은 미처 생각 못하고…." 나는 아바가 뭐라고 한마디라도 거들어 주기를 기대하며 그녀를 쳐다보았다. 매트는 혼자만 따돌림을 당했다고 생각했나 보다.

"나도 동감이야." 행크 박사가 말했다.

나는 계속 매트의 표정을 살피고 있는 중이었다. "잠깐만요." 내가 행크 박사 쪽으로 고개를 돌리며 말했다. "동감이라니, 뭐가요?"

박사가 읽고 있던 논문에서 눈을 떼고 음악도 잠시 중단시켰다.

"오, 매튜가 왔구나. 난 방금 그 퍼즐 조각들이 잘 맞지 않는다는 사실에 동감한다는 말을 하려고 했던 거야. 그렇지만, 이 시점에서 우리가 할 수 있는 일은 거의 없어. 나는 이미 기지국장과도 이야기를 나누어 봤고, 수색 탐사팀도 만났어. 그런데 한결같이 그들이 하는 말은 안나가 제 발로 걸어 나갔다는 거야."

"그 사람들은 안나의 노트북이 없어진 것도 모르고 있었어요."

"노트북이 없어진 것만으로 누군가 범죄를 저질렀다고 확신하는 것은 좀 어렵잖아." 박사가 말했다. "그리고 그 국장이라는 사람은 그다지 매력적인 여성은 아니었어. 내가 하는 농담에 단 한 번도 웃으며 호응을 안 했거든."

박사의 썰렁한 농담에 호응을 안 한 건 그녀의 탓이 아니다. "그래서 박사님은 어떠신데요?" 내가 물었다. "박사님의 생각은 어떠세요?"

"내 생각은 너희가 보다 많은 근거 자료를 모아야 한다는 거지." 박사가 말했다. "내가 전에 얘기했지. 안나는 본인이 하고 싶은 때에 본인이 좋아하는 일을 하는 사람이야. 그녀에게 규칙 같은 것은 별로 중요하지가 않거든. 탐사 작업이나 새로운 발견들은 모두 그녀에게는 중요한 것들이야. 그러니까 내 말은 노트북이 없어졌다거나, 방이 어질러져 있다는 것 말고 보다 설득력 있는 정황들이 더 필요하다는 거야. 그래야 나나 아니면 다른 사람들도 안나가 지금 위험에 처해 있다고 확신을 할 수 있단 말이지."

7
기지 적응 훈련

다음 날 아침 눈을 뜨니 온몸에 크러드 증상이 나타났다. 크러드라는 단어는 정말 잘 만든 말인 것 같다. 내 몸이 그야말로 알 수 없이 찌뿌둥했고, 내 양쪽 눈에 낀 눈곱이며, 입술 가장자리, 콧구멍에서 오물 덩어리들을 계속 떼어 내야 했다. 크러드! 몇몇 사람들이 이미 우리에게 탈수증에 관해 경고를 해 주기는 했는데, 내 입안은 정말 모래가 부서지듯 서걱거리고 건조했다. 나는 물을 두 잔 연속해서 꿀꺽꿀꺽 들이켰다. 뜨거운 물로 샤워를 하고 진공 코 세척기를 최대치로 올려 사용해 봐도 상태는 호전되지 않았다. 매트와 아바를 따라 식당으로 들어서는 나의 몸은 마치 육지용 버스 이반에 치인 것 같은 상태였다.

141

아침 식탁은 모든 상황을 악화시킬 뿐이었다. 뷔페식 테이블 한가운데에 수북이 쌓인 오트밀 통은 푸르딩딩한 초록색을 띠고 있었다. 스크램블드에그는 케이크처럼 한결같이 푸석거렸다. 스크램블드에그를 한 국자 푹 떠서 담은 후, 케첩 통을 마치 소방 호스처럼 들고 꾹 눌러 케첩을 뿌렸다.

행크 박사는 이미 식탁에 앉아 있었다. "상태가 별로 안 좋아 보이는구나." 박사가 나를 흘긋 올려다보며 말했다.

"전 좋은데요." 나는 괜찮은 척 억지를 썼다.

이 기지에서 내 의지와 상관없이, 하는 일 없이 방에 있는 일이 잦았다. 그 전날 밤 나는 우두커니 침대에 누워 있다가 작은 계획을 하나 짜냈다. 만약 우리가 몇 사람의 마음이라도 움직여서 내가 생각하는 바를 믿도록 만든다면, 수색팀을 구성할 수도 있고 우리들이 직접 저 얼음 벌판으로 안나 박사를 찾아 나설 수도 있을 것이다. 그러나 그렇게 하려면, 우리 모두는 먼저 '행복한 야영객'라는 기지 적응 훈련 과정을 통과해야 한다. 그래서 나는 이 크러드를 이겨 내야만 했다.

매트가 한입 가득 달걀 요리를 씹으며 물었다. "오늘 로봇 다리를 시험해도 될까요?"

"아니, 오늘은 모두 훈련에 집중하는 게 좋을 것 같아."

나의 형, 매트는 기대에 찬 표정으로 슬쩍 한쪽 눈썹을 치켜세웠다. "그러면 우리가 훈련 마치고 돌아오고 나서 해 보는 건 어때요?"

"그리고 지난번 집에서 출발할 때 말씀하셨던 그 깜짝 발명품 있잖아요. 그 시험을 해 보면 어떨까요?" 아바가 행크 박사에게 물었다. "여기 남극 기지로 다른 물건들을 보냈다고 하시지 않았나요?"

"참을성. 자, 너희 둘 다 좀 인내심을 갖자!" 행크 박사가 대답했다.

박사의 목소리에 평소에는 없던 다소 실망스런 어조가 묻어났다. 안타깝게도, 기지 적응 훈련 프로그램도 좀처럼 우리의 분위기를 살리지는 못했다.

우리는 회색빛 교실의 흐릿한 조명 아래서 교육을 받았다. 감옥 같은 학교 교실에 갇혀본 게 한 2년 만인 것 같았다. 나는 그 시절로 다시는 돌아가고 싶지 않았다. 그런데 학교 교실 같은 공간에서 내리 네 시간 동안 기지의 규칙과 규정들을 듣고 앉아 있었던 것이다. 강사들은 우리에게 동상의 증상을 알아보는 방법, 지반이 약한 얼음 층을 구분하는 방법, 물 밑에 있는 바다표범 소리를 알아듣는 방법, 튼튼한 매듭 묶기, 서로 다른 종류의 밧줄 사용법 등을 가르쳐 주었다.

교육 중간에 행크 박사가 나서서 등산용 밧줄로 올가미를 만들어 접이식 의자를 묶어 잡으려는 시도를 했다. 박사는 텍사스 농장 출신의 물리학자에게서 방법을 배웠다고 했다.

박사는 올가미 묶는 것은 실패했지만, 우리 강사들의 짜증을 돋우는 데는 성공했다.

그러고 나서 그들은 장소를 옮겨 우리에게 여러 종류의 과학 실험실을 두루 보여 주었고, 기계 설비 센터로 데려갔다. 그곳에서 종류가 다른 몇 가지의 설상차들을 포함하여 기지의 연구원들과 구조대가 사용할 수 있는 모든 종류의 탈것에 관해서 배웠다. '피스톤불리'라는 기계는 군용 탱크의 바퀴를 장착하고 있으며 그 모양은 육지용 버스 이반의 소형 호화 버전으로, 마치 거대하고도 아름다운 야생 동물을 닮아 있었다. 그 기계의 울퉁불퉁한 바퀴는 내 어깨 높이였다. 외관의 파란색 페인트는 매우 선명해서 빛이 날 정도였고 문짝에는 '램블러'라는 글자가 필기체로 적혀 있었다. 나는 운전석에 올라 보려 했지만, 강사 중 한 명이 내가 미처 차 근처에도 가기 전에 나를 붙잡아 세웠다. 강사는 나에게 그 차는 국장이 가장 애지중지하는 차량이라고 말했고, 아바와 매트는 잠자코 그 강사가 하는 말을 들었다. 램블러의 탑승 인원은 열 명이고, 벽도 뚫고 나갈 수 있으며, 설상차보다 속도도 빠르다고 했다. 램블러의 운전석에 올라타 보기는커녕, 강사는 우리에게 그 차를 길게 쳐다만 봐도 국장이 단박에 알아챌 거라며 경고를 했다.

램블러의 내부는 우리가 얼음판을 가로질러 타고 왔던 그 차량보다는 훨씬 더 근사할 것 같았다. 교육의 자세한 중간 과정은 다음 기회를 위해 좀 아껴 두겠다. 일테면, 얼음 벌판 한가운데서 우리의 위치를 파악하기 위해 구름 연기를 펑펑 뿜어내는 화산 같은 지형적 이정표를 어떻게 사용하는지와 같은 이야기 말이다. 교육 내용 중 일부는 흥미롭기도 했다. 진심이다. 그러나 정말 재미있는 부분으로 일단 건너뛰어 보겠다.

우리는 눈으로 대피소를 구축하는 방법을 배웠다.

그건 여느 대피소와는 달리 지금껏 보았던 것 중 가장 크고, 튼튼하고, 따뜻한 얼음집이었다. 우리들은 작은 규모의 대피소들도 만들어 보았는데, 크기는 대략 한 사람이 누우면 벽에 닿지 않을 만큼이었다. 그러나 내 마음에 가장 들었던 것은 그날 밤 우리들이 머물게 될 대피소였다.

먼저 우리는 장비들을 모두 모아 한 무더기로 쌓았다. 그 다음 삽으로 눈을 퍼서 장비들을 덮었다. 그렇다. 우리는 가장 중요한 물품들을 파묻은 것이다. 납작한 코에 긴 머리를 한 이탈리아 출신의 안젤로라는 강사의 지도에 따라, 매트는 마치 기계처럼 한 삽 가득 눈을 퍼서 점점 커지고 있는 장비 둔덕 위로 팽개치듯 눈을 던졌다. 매트는 간간이 행크 박사가 있는 쪽을 쳐다보기도 했지만, 그의 쓸데없는 모범생 기질이 발동했는지 자기가 얼마나 열심인지 알아봐 주길 바라면서 계속 안젤로에게 말을 붙이느라 분주했다. 그럼 아바와 나는 무얼 하고 있었느냐고? 우리도 도와주려 했다. 조금이지만 돕기는 도왔다.

안젤로가 둔덕의 크기가 적당해졌다고 말했을 때, 우리는 눈을 다져서 바닥에서 장비까지 이르는 터널을 파기 시작했다. 다음으로는 조심스럽게 안에 있는 장비들을 모두 밖으로 끄집어냈다. 장비가 있던 자리에 남은 것은 눈으로 덮인 거대한 공간이었다. 마지막으로 우리는 안쪽 공간을 좀 더 파서 대피소 한가운데서 일어설 수 있을 만큼 공간을 확보했다.

일단 모두가 대피소 안으로 들어서자, 우리는 게걸스럽게 초콜릿 바 몇 개를 먹어 치웠다. 내가 혹시 남극에서는 초콜릿 같은 게 매우 중요한 음식이라는 말을 했던가? 사실이 그렇다. 여기 있는 사람이라면 누구나 이구동성으로 하는 말이, 칼로리 소모가 빨리 일어나므로 밖으로 나갈 때는 적어도 세 개 이상의 초콜릿 바를 가져가야 한다는 것이다. 우리가 초콜릿을 먹는 동안, 안젤로는 가능한 한 물도 많이 마셔 두라고 당부했다. 우리가 눈에 둘러싸여 있다고 해도, 남극은 사막만큼이나 건조하기 때문에 항상 충분한 수분을 유지해야 한다고 일러 주었다. 그러고는 바닥에 금속 난로를 설치했다. 그는 벽을 몇 번 푹푹 찌르더니 축구공 크기의 구멍을 내었는데 창처럼 외부로 열렸다. 좀 과격한 그의 모습을 보고 나는 그가 화가 났다고 생각했다. 내가 아바 쪽으로 슬쩍 몸을 기울이며 물었다. "우리가 무슨 잘못이라도 한 거야?"

내가 하는 말을 들었는지 안젤로가 웃었다. "이건 대피소의 통풍 장치 같은 거야. 혹시라도 천장을 이렇게 쳐서 뚫으면 안 된다. 알겠지?"

"그럼, 얼음은 어떤가요?" 나는 우리가 만든 대피소 바닥의 얼음을 두드려 보았다. "여기 단단한 거 확실해요?"

"음, 매우 단단해." 안젤로가 말했다. "여기 얼음을 물이 나올 때까지 깊이 뚫으려면 상당히 거대한 드릴이 필요할 거야. 다른 곳은 여기보다 얼음이 좀 더 얇아. 그런 곳에서는 작은 구멍을 통해 바다표범들이 숨을 쉬려 튀어나오는 게 보이지. 수업 중에 그런 바다표범들의 숨구멍에 대해서 배웠지, 그치?" 우리는 고개를 끄덕였다. "트랩도어(바닥에 난 작은 문 또는 틈*)에 관해서도 주의사항을 들었지, 맞지?"

아바가 기다렸다는 듯 얼른 대답을 했다. "바다표범 얼음 구멍 위쪽으로 물이 얼면 얇은 얼음 층이 만들어지죠. 때때로 잘 보이지가 않기도 해요."

"바로 그거야. 그 이유 때문에 우리가 여기 얼음 벌판으로 실전을 나온 거야!" 안젤로가 말했다. "교실 안에 앉아서는 모든 걸 다 배울 수 없거든." 그는 입술로 쩝 하는 소리를 한

번 내더니 말을 이어 갔다. "실내에서는 공기의 건조함이나 잠재된 위험을 감지할 수가 없어. 실전에서 어떤 위험들이 있는지 보여 줄게. 왜냐면, 트랩도어 같은 데 발을 디디고 싶어 하는 사람은 없을 테니까 말이야."

매트가 아바의 어깨를 톡톡 치며 말했다. "그런 트랩도어에 네가 만든 잠수함, 쉘리 같은 걸 내려보내면 좋겠다."

"아직 쉘리는 준비가 덜 됐어." 아바가 말했다.

잠시 후 어디선가 웅웅거리는 엔진 소리가 들려왔다. 행크 박사와 매트는 안젤로와 함께 우리가 만든 대피소에 적용된 물리학 이론과 표면이 얼음으로 덮인 눈 집이 어떻게 그렇게 따뜻할 수 있는지에 대해 이야기하고 있었다. 아바는 무릎 위에 드론 조작을 위해 사용했던, 지금은 작동이 멈춘 스마트폰을 올려둔 채 프레드를 만지작거리고 있었다.

엔진 소리가 점점 크게 들려오자 아바를 제외한 모두가 위를 올려다보았다.

"무슨 소리죠?" 행크 박사가 물었다.

안젤로가 대피소의 입구 쪽으로 기어가 바람을 막기 위해 쳐 두었던 덮개를 한쪽으로 밀었다. 설상차 한 대가 하얀 눈보라를 일으키며 우리를 향해 다가오고 있었다. 안젤로가 자신이 있던 자리로 와서 다시 털썩 주저앉았다. "제가 타고 갈 차량이에요." 그가 말했다. "저는 기지로 가야 해요. 오늘 밤에 대회가 있어요."

"퀴즈 게임 대회인가요?" 매트가 물었다.

"아니, 그런 게 아니라," 안젤로가 말했다. "퀴즈 게임 대회를 한 번 했었는데, 우주 탄생에 관한 질문이 불꽃 튀는 논쟁을 일으켜서, 결국 주먹다짐으로 이어졌거든. 아무도 다치지 않아서 다행이긴 했지만… 왜냐면 우주론자들이 보통 주먹이 별로 안 세거든. 그 덕분에 이제 더 이상 퀴즈 대회 같은 건 없어. 이번은 노래 경연이야. 오늘은 매주 열리는 노래자랑 대회 같은 거야."

"그러니까 노래자랑에 나가시려고 저희끼리만 여기에 두고 가신다는 그 말씀을 하는 건가요?" 아바가 물었다.

"물론, 아니야!" 안젤로는 손을 뻗어 아바의 어깨를 가볍게 토닥이며 웃었다. "너희들끼리만 여기에 두고 가면 아마 내일 아침이면 모두 얼음이 되어 있을 거야." 설상차의 엔진 소리가 대피소 밖에서 멈추었다. 안젤로는 앞으로 몸을 숙여 덮개를 다시 열었다. 사각 얼굴의 한 남자가 설상차에서 내려오고 있었다. "저 설상차는 내가 타고 갈 거고, 그리고 저 친구가 여기에 있을 거야. 그가 너희들을 돌봐 줄 거야. 혹시 잠이 안 오면, 노래를 불러 달라고 부탁해도 될 거야. 저 친구 목소리는 완전히 천사의 음성 같으니까. 노래 경연 대회는 진짜 저 친구가 나가야 하는데, 경쟁을 하는 게 싫다고 거절하더라고. 자, 어쨌든, 기지에서 곧 보자. 잊지 마. 물은 계속 마시고 초콜릿 바도 먹어 둬야 한다고."

나는 소리 내어 웃었다. 애들한테 저렇게 초콜릿을 계속 먹어 두라고 말하는 어른이 있었던가? 안젤로가 나가면서 대피소의 작은 출입구를 통해 바깥쪽의 차가운 공기가 한바탕 실내로 밀려 들어왔다. 잠시 후, 안젤로를 대신할 사람이 꿈틀거리며 안으로 들어섰다. 그는 서리가 낀 고글과 얼음 조각이 붙은 헬멧, 그리고 붉은색 털모자를 벗었다.

우리의 새로운 강사는 작은 키에 통통한 체구를 갖고 있었다. 둥그스름한 머리에는 짧은 머리털들이 수북이 나 있었고 눈썹은 땋아도 될 만큼 풍성했다. 그는 턱뼈를 드러내 보이며 턱을 앞뒤로 밀었다 뺐다 흔들었다. 그러더니 그 딱딱한 얼음 바닥에 털퍼덕 앉으며 어찌나 숨을 크게 몰아쉬는지 옆에 있는 내 뺨에도 그의 입김이 느껴졌다. 크러드에 걸려 꽉 막힌 내 코에도 지독한 소시지 냄새가 확 풍겼다. 애플 소시지 냄새였다. 세상에, 이토록 심한 입 냄새를 풍기는 사람이 어떻게 천사의 음성을 가졌단 말인가?

보통의 사람이라면 그 시점에서 인사 한마디쯤은 건넸을 것이다. 그러나 새로 나타난 우리의 강사님은 그저 고개만 한 번 까딱하는 게 전부였다. 우리가 서로 소개를 해야 하는 상황인가? 그에게 이름이라도 물어봐야 하는 건가? 우리가 얼음덩어리로 변하는 걸 막아 주기 위해 여기까지 와 준 것에 대해 감사라도 표해야 하는 것인가? 나는 대체 뭘 어떻게 해야 하는지 알 수가 없어서 그 얼음 방을 한번 휙 둘러보았다. 어리둥절해하는 표정으로 보아 매트와 아바도 혼란스럽기는 나와 마찬가지라는 확신을 얻었다.

　그 남자는 냉소적인 표정으로 행크 박사를 쳐다보고는 고개를 갸우뚱거리며 강한 억양으로 말을 꺼냈다. "미국에서는 애들도 드론을 갖고 있나 보죠? 허, 참." 누군가 그의 질문에 답을 하기도 전에 그는 재채기를 하더니 소맷부리로 코를 훔쳤다. 코를 훌쩍이고 닦고 하는 그의 행동은 한 몇 분은 더 지속되었다. 나의 소중한 코 세척기를 그에게 내밀어 동굴 같은 그의 콧구멍 속으로 마음껏 밀어 넣도록 할 마음은 추호만큼도 생기지 않았다.

　그는 바닥에 놓인 금속 난로에 불을 지피고는 벽에 등을 기대었다. 파랗고 붉은 불꽃이 파도처럼 흔들렸다. 그는 나를 쳐다보며 물었다. "자, 지금부터는?"

　다행히도, 나는 그 모든 생존 프로그램 수업을 열심히 들었다.

　"눈이요, 눈. 맞죠?"

　"맞아. 와우, 잘 아는데." 그가 말했다.

　나는 눈을 몇 움큼 모아서 금속 주전자 안에 담고는 푸른

불꽃이 이는 난로 위에 올렸다.

"말투가 러시아 분 같은데 그런가요?"아바가 물었다.

"응, 러시아 사람이야." 우리의 새로운 강사가 말을 이어갔다. "내 이름은 예브기니 예브게노비키 레보킨이야."

레보킨이라고? 그렇다면 이 사람이 바로 앞서 안나 박사와 함께 원정을 나섰던 그 사람이다. 브리트니가 용의선상에 올렸던 사람 중에 하나다. 수십 마일 근방에 어떤 다른 사람이나 또 다른 장소도 없는 외딴곳에 우리는 그 용의자와 함께 이 허름한 얼음집 안에 딱 붙어 앉아 있는 거다. 만약 내가 전혀 긴장하지 않았다고 말한다면 거짓말이다.

"유진 주니어." 아바가 말했다.

"뭐라고?"내가 물었다.

"러시아에서 그의 가운데 이름은 '유진의 아들'이라는 의미야. 아버지의 이름을 따서 지은 거야."

"대단한걸." 레보킨이 말했다. "너 러시아어를 할 줄 아니?"

"아뇨, 그냥 조금 읽을 줄만 알아요." 아바가 말했다. "대부분 푸시킨의 시를 통해서 배웠어요." 그다음에 이어질 아바의 레퍼토리는 프랑스어, 이태리어, 그리고 스페인어도 읽을 줄 안다는 것이다. 아바의 자기 자랑으로 넘어가서 더 애매한 상황이 연출되기 전에 내가 나서서 좀 말려야 했다.

"저, 여쭤보고 싶은 게 몇 가지 있어요." 내가 말했다.

"푸시킨에 관해서?"

"아니요." 매트가 나를 거들었다. "안나 도나텔리 박사님에 관해서요. 그렇지, 잭?"

레보킨은 무슨 욕설을 뱉었다. 아니면, 내 귀에 그렇게 들렸을 수도 있다. 그는 내가 이해할 수 없는 러시아어로 몇 마디를 내뱉었다.

"그 깍쟁이 같은 여자가 내 피부를 훔쳐 갔어."

"피부라뇨?" 매트가 물었다.

"그건 내 일생일대의 발명품이란 말이야. 지금껏 만들어진 것 중에 가장 멋진 잠수복이지. 잠수부들에게는 마치 새로운 피부 같은 그런 물질이야. 일반적인 잠수복은 사람의 체온을 약 20분 정도 유지시킬 수 있지만, 내가 만든 건 몇 시간이나 버티게 해 준단 말이야."

아바가 앞으로 바싹 다가 앉았다. "지금 몇 시간이라고 하셨어요?"

"그래, 몇 시간! 내 잠수복은 정말 근사하단 말이야. 그리고 안나에게 빌려준 게 유일한 시제품이야." 그는 기다란 나무 막대기로 빠른 속도로 녹고 있는 눈을 휘저었다. 그의 눈가에 뭐가 반짝였다. 우리의 용의자가 진짜 눈물이라도 흘리는 건가?

"정말 유감이군요. 그렇지만 일요일 시연회에서 당신이 만든 다른 발명품을 보게 되길 기대합니다." 행크 박사가 말했다.

레보킨의 이마에 깊은 주름이 잡혔다. "제가 만든 다른 발명품이라고요?"

"클러터벅 상에 출품할 발명품이요." 매트가 말했다.

"무슨 상이라고?"

"아시잖아요, 바닷물을 식수로 만드는 가장 효과적인 방법을 찾아낸 발명가에게 수여되는 상이요."

"클러터벅… 그 양말이랑 관련된, 뭐 그런 걸 발명했던 사람 말이니?"

"네, 맞아요."

"오, 그래. 난 그 사람 너무 마음에 들어!" 그는 바짓가랑이를 들어 올리더니 양말목을 끌어 올렸다. "내가 이 양말을 나흘째 신고 있거든." 이번에는 부츠까지 벗어 보이는 노력을 아끼지 않았다. "정말 끝내주는 양말이야. 자, 직접 냄새가 나는지 한번 맡아 봐. 자, 어서."

다른 사람들은 거절했지만, 나는 용감하게 악취를 맡겠다고 나섰다. 쿰쿰한 치즈인지 아니면 살라미 햄인지, 아주 희미한 냄새가 나는 것도 같았지만, 그러나 고약한 발 고린내는 아니었다. "나쁘지 않네요." 내가 말했다.

"그렇다니까! 나는 정말이지 이 양말 발명가 클러터벅을 존경한다니까."레보킨이 말했다. "그렇지만 나는 그가 주는 상에 도전할 생각은 없어. 실수투성이가 되고 말 거야."

"매우 특이하군요."행크 박사가 말했다.

매트가 몸을 숙여 레보킨의 양말 냄새를 맡아 보는 사이 나는 레보킨을 유심히 지켜보았다. 그의 얼굴은 편안해 보였다. 그는 자신을 쳐다보는 눈길을 애써 피하지 않았다. 그는 정말 진실을 말하고 있는 걸까? 아니면 이 모든 게 엄청난 거짓말일까? 매트가 기침을 했다. 레보킨은 여전히 미소를 짓고 있었다. "우리의 사라진 과학자 이야기로 돌아가 보죠."내가 말했다. "레보킨 씨, 그녀가 어디에 있는지 아세요?"

"아니."그가 대답했다.

"짐작 가는 곳이라도 있나요?"아바가 물었다.

"내가 아는 걸 말해 줄게."그가 말했다. "일단 핫초코부터 한 잔씩 마시자구."

레보킨은 우리의 배급 식량 키트에서 네모난 흰색 통을 몇 개 꺼냈다. 그는 통 한 개를 들고는 한쪽 면을 손가락으로 가볍게 톡톡 치고는 흔들었다. 다른 나머지 통들도 같은 방식으로 치고 흔들었다. 그가 천천히 입을 열었다. "작년에 처음으로 안나 박사를 만났어. 나는 바다표범에게 영감을 얻어서 잠수복 디자인에 관한 논문을 썼어."그가 몸서리를 쳤다.

"나는 이 동물을 별로 안 좋아하거든. 어우, 그 *끈끈한* 점액질은 정말 별로야. 그렇지만, 그 놈들은 물속에서 버티는 데는 아주 뛰어나거든. 그래서 바다표범을 모방해서 더 좋은 잠수복을 만들겠다는 생각을 했지. 안나 박사가 나를 설득했어. 시제품을 하나 만들어서 그걸 입어 보게 해 달라고 부탁을 했지. 나는 동의했고, 그래서 잠수복을 제작해서 여기 남극까지 온 거야. 안나와 나는 둘 다 여기 맥머도 기지의 공학자들이야. 다들 좋은 사람들이야. 자주 씻지 못해서 냄새들은 좀 나지만 강인한 사람들이지. 기지에 온 첫날에 안나는 이렇게 얼어붙은 바다에서 한 번에 세 시간을 잠수했어."

"그래서요?" 매트가 물었다. "그녀가 발견한 게 뭔데요?"

"그녀가 무슨 발견을 했어?" 레보킨이 목소리를 높였다. "그녀가 뭘 발견했든 누가 상관이나 하겠어? 그녀가 세 시간을 잠수를 했다는 게 중요한 거지! 내가 그런 잠수복을 만들기 전에는 불가능한 일이었다고." 그사이 주전자 안에 있던 눈이 완전히 녹았는지 물이 끓기 시작했다.

그는 금속제 컵 다섯 개를 나란히 늘어놓고는 컵마다 초콜릿 파우더를 털어 넣었다. 그러고는 각각의 컵에 끓는 물을 반쯤 따르고는 한 잔씩 죽 돌렸다. "이번 클러터벅 상 말인데요." 그가 말을 이어 갔다. "이런 식으로 눈을 그냥 녹여 버릴 수는 없는 건가요?"

나는 그의 표정을 찬찬히 살폈다. 그가 정말 아무것도 모르는 걸까? 아니면 뭔가를 숨기고 있는 걸까?

"우리 인류는 보다시피 너무 많은 물을 쓰고 있죠." 행크 박사가 설명을 했다. "만약 우리가 물을 얻기 위해 눈을 녹여 버린다면, 로스섬에는 아무것도 남지 않게 되고 게다가, 눈을 녹이는 데 너무 많은 에너지가 소모되겠죠. 목표는 더 효율적이며 비용이 덜 들어가는 방법을 찾아내는 거죠. 자, 아까 안나와 원정을 나갔던 이야기를 했었잖아요…."

"아, 네, 그래요. 그러니까 한 며칠쯤 지나서," 그는 김이 모락모락 올라오는 컵을 턱밑에 받쳐 들고 이야기를 했다. "그녀는 노트북에서 작은 지도를 쳐다보고는 우리가 계속 이동할 거라고 말했어요. 다음 장소에서도 같은 이야기의 반복이었어요. 그녀는 많은 자료를 들여다보았고, 많은 시간 수영을 했어요. 대단한 발견을 하지는 못했어요. 골딩 박사의 질투를 살 만한 새로운 생명체는 발견하지 못했어요. 그리고 어느 날 일어나 보니 안나가 안 보이는 거예요. 설상차도 없어졌고요. 그렇지만 눈 위에 나 있던 길은 눈보라에 덮였고 그러니 우리는 그녀가 어디로 갔는지 알 수가 없었어요. 그리고 제가 만든 잠수복도 함께 사라졌지요!" 그는 주먹을 바닥에 내리쳤다.

나는 그의 행동에 깜짝 놀라서 들고 있던 핫초코를 조금 흘렸다. "그게 화요일이었죠?" 내가 물었다.

"아니, 지금 내가 하는 얘기는 그녀가 처음 없어졌던 때의 일이야. 화요일에는 그녀가 두 번째로 사라진 거야."

"잠깐만요." 행크 박사가 말했다. "다시 그 이야기로 돌아가 보죠. 당신이 만든 잠수복을 입고 그녀가 처음 갔던 곳이 어디였죠?"

"안나 박사님은 어떤 종류의 생명체를 찾고 계셨어요?" 매트가 물었다.

러시아 남자는 손가락을 하나 들어 올렸다. 손가락 관절 마디들이 마치 움푹 패인 골프공처럼 보였다. "아, 그런 것들은 그녀가 우리에게 말을 안 해 줬어! 그리고 지난주에는 이미 장시간 얼음 벌판에 나가 있었지. 그러고 나서, 목요일 아침…."

"오늘로부터 딱 일주일 전이네요." 내가 말했다.

"그런가? 일주일 전이네. 이런 간단한 것도 잘 계산이 안 되네. 그래서 목요일 아침에, 그녀가 설상차를 몰고 나가면서 우리에게 메모를 하나 남겼어. 이틀 후면 돌아온다는 내용이었지. 음식은 냉장고에 있고, 물도 충분하고 생존에 필요한 물품은 충분히 있었어. 그렇지만 이런 일은 허용되지 않는 일이야! 우리만 남겨 두고 사라져 버리는 일은 우리가 동의했던 사안이 아니란 말이지. 그래서 우리는 무선으로 기지에 알렸지."

"그러니까 레보킨 씨께서 안나 박사님을 팔아넘기신 거네요." 내가 말했다.

"무슨 소리니? 나는 어느 누구도 팔아넘기지 않았어."

"아뇨, 제 말은 안나 박사님에 관해서 기지에 고자질을 하셨다고요. 그분을 위험에 빠뜨린 결과를 낳았잖아요."

"이런 얼음 벌판 위에 작은 오두막 하나 달랑 남겨 두고 우리를 떠난 사람은 바로 그녀라고! 남은 다른 사람들 몸에서는 마치 털북숭이 매머드 같은 냄새가 났단 말이야." 그는 코를 막는 시늉을 했다. "매머드 시체 썩는 냄새가 나는데, 그런 데서 이틀 이상은 도저히 견딜 수가 없는 상황이었어."

매트가 후루룩 소리를 내며 핫초코를 마셨다.

"매튜, 포보스." 행크 박사는 매너를 지키지 않는 매트의 행동을 지적하고는 레보킨에게 질문을 했다. "그래서 당신들이 맥머도 기지로 돌아가고 난 후에는 또 무슨 일이 일어났던 거죠?"

레보킨은 다시 한번 재채기를 했다. 아무리 그래도 나의 진공 코 세척기를 그에게 넘겨주고 싶지는 않았다. "여기서 하는 모든 일은 승인을 받아야 해요. 그런데 사람들이 우리를 데리러 왔을 때 보니, 안나가 현장에 나가도록 승인을 받은 기간은 단지 5일뿐이었어요. 그런데 우리가 현장에 있었던 기간은 이미 열흘이 넘었었다고요. 그러니 안나는 아주 곤란한 상황에 처한 거죠. 그래서 안나를 그다음 비행기로 본국으로 돌려보낸다는 얘기를 했죠. 국장이…, 그녀를 만나 보셨죠?"행크 박사가 고개를 끄덕였다. 나는 눈짓을 하며 팔꿈치로 아바를 슬쩍 쳤다. "그녀는 따뜻한 사람이 아니에요. 남극의 폭풍우만큼이나 아주 냉혹하고 인정사정도 없는 사람이에요. 그런 그녀가 단단히 화가 나서 폭발했죠. 그런데 안나가 월요일 오전에 아무 일 없는 듯, 별처럼 빛나는 얼굴로 생글생글 미소를 지으며 기지로 돌아온 거예요. 국장이 노발대발하며 당장 안나를 본국으로 보내 버린다고 난리를 쳤는데도, 안나는 신경도 안 쓰더라고요."

"신경을 안 쓰다니, 왜요?" 내가 물었다.

행크 박사가 그 러시아 사람에게 바짝 다가서며 말했다.

"안나가 새로운 종을 발견한 거죠? 새로운 바다 생명체?"

암묵적인 시인의 표시인지, 레보킨은 두꺼운 눈썹을 두 번이나 추켜올렸다.

"그게 월요일의 일이었죠?" 내가 물었다.

그는 머리를 앞뒤로 흔들더니 짧게 휘파람을 불었다.

"그래. 월요일. 확실해. 그녀가 내가 만든 잠수복을 갖고 돌아왔었지. 그다음 날 밤, 그러니까 화요일 밤, 나는 내 방에 앉아 바이올린을 켜고 있었어. 아주 아름다운 선율을 편

161

안한 분위기에서 연주를 하고 있는 그때에, 안나가 정신 나간 사람처럼 내 방문을 밀고 들어와서는 내 가방이며 책상을 마구 뒤졌어. '그것들이 대체 어디 있는 거야? 내 아기들이 어디 있냐고!'라며 울부짖었어."

매트는 무릎을 세우고 엉덩이를 가까이 끌며 앉았다. "그 생명체를 찾고 있던 건가요?"

"응, 그래. 나한테는 그것들이 없다고, 내가 그녀에게 말했지. 그러고도 그녀가 내 말을 믿는 데는 좀 더 시간이 걸렸어. 결국 그녀가 나에게 사과했어. 그녀는 누군가 자신이 찾은 생명체들과 컴퓨터, 그리고 다른 것들도 훔쳐 갔다는 거야. 그리고 그날 밤 늦게 그녀가 내 잠수복을 갖고는 사라져 버렸어."

아바가 어정쩡한 미소를 지으며 나를 올려다보았다. 노트북이 사라졌다는 아바의 생각은 맞았다.

"방문을 안 잠가 됐나요?"

레보킨은 어깨를 한번 으쓱했다. "도둑이 노트북을 두 번이나 훔쳐 갈 거라고는 생각지 못했던 거지."

나는 머리로 그때의 모든 상황을 그려 보려 했다. 안나 박사가 의기양양해서 기지로 돌아왔던 게 월요일이었다. 그건 브리트니가 우리에게 말해 주었던 것이다. 그리고 화요일, 안나 박사는 거의 공황 상태에 빠졌다. 그 사이에 대체 무슨 일이 벌어졌던 것일까? 분명히 누군가가 안나 박사의 연구를 몰래 훔쳐 갔다. 어쩌면, 다 파괴시켜 버렸을 수도 있다. 그리고 국장은 분개해서 안나 박사를 본국으로 돌려보낸다고 협박을 했다. 그래서 안나 박사는 레보킨이 만든 잠수복을 갖고 더 많은 샘플을 찾으러 나섰다. 이게 내가 이해하고 있는 전부다. 그렇다면 안나 박사는 왜 행크 박사에게 한 줄 메모라도 남기지 않았을까? 아니면 다른 누구한테라도 말을 남길 수 있지 않았을까? 왜 안나 박사는 이 모든 일을 남들 몰래 처리하려 했을까?

"안나는 같은 장소로 간 게 틀림없군요." 행크 박사가 말했다. "당신들을 현장에 두고 떠났을 때, 안나가 새로운 생명체를 찾았던 그 장소 말입니다. 혹시 그 장소가 어디쯤인지 짐작이라도 가나요?"

"글쎄요, 이건 당신이 저보다 더 잘 아시리라 생각되는데요." 레보킨이 말을 이어 갔다. "박사님께 메모 같은 걸 남기지 않았나요? 전화나 아니면 이메일을 보내지 않았나요?"

한동안 말이 끊겼다. 눈으로 만든 대피소 내부는 불편할 만치 조용했다. 지나가던 바람마저 박사의 대답을 들으려 숨을 죽이고 기다리는 듯, 무거운 침묵이 가득했다.

그때 나의 천재 형제들이 빤히 나를 쳐다보고 있는 걸 눈치챘다. 레보킨도 눈치를 챘는지, 우리를 물끄러미 쳐다보다

163

한마디 물었다. "왜 모두 저 애를 쳐다보고 있는 거지?"

행크 박사가 눈을 가늘게 뜨며 얼굴을 찡그리더니, 낮은 목소리로 물었다.

"잭?"

"잭." 매트도 덩달아 나의 이름을 부르며 물었다.

"행크 박사님의 이메일을 확인하는 건 네가 해 온 일이잖아. 그렇지?"

8
불가사의한 메시지

그러니까, 그래 맞다. 나다. 내가 잊어 먹었다. 그렇지만 솔직히 말해서 나만 비난할 수 있나? 그사이 얼마나 많은 일들이 일어났었는가 말이다. 물론, 내가 행크 박사의 이메일을 확인하던 건 맞는 말이고, 나의 천재 형제들은 그 사실을 참, 빨리도 상기시켜 주었다. 그러나 다들 모두 그 사실을 잊고 있었던 건 마찬가지다. 그런데 그게 왜 오직 나 혼자만의 잘못이란 말이지?

설상가상으로, 우리는 당장 이메일을 확인할 수도 없는 상황이었다. 현장 훈련 프로그램에 나선다고 전화기나 컴퓨터 같은 것은 들고 올 수도 없었고, 어쨌든 이 얼음 벌판에는 와이파이 같은 건 없으니까 말이다. 그래서 그날 밤 우리는 거의 잠 못 이루는 밤을 보내고 있었다. 언제부터인지 레보킨이 노래를 하기 시작했다. 그의 목소리는 상상 외로 너무 아름다웠지만, 그렇다고 바로 잠에 빠져든 건 아니었다. 오히려 잠을 깨우는 목소리였다.

아침에 눈을 뜨자, 우리는 서둘러서 짐을 챙겼다. 피스튼 불리가 우리를 태우러 왔다. 뒷좌석이 훈훈해서 좋았지만 장담컨대, 우리 아파트 1층에 사는 보행기에 의존해서 걸어다니시는 연세 높으신 할머니가 이 기계보다는 더 빨리 움직일 수 있을 것 같았다. 드디어 우리는 기지로 돌아왔고, 황급히 행크 박사의 방으로 달려갔다. 매트는 그 와중에 발을 헛디뎌 넘어질 뻔했지만, 나는 웃지 않았다. 나는 너무 초조했다. 분명히 받은 편지함에 안나 박사가 보낸 이메일이 우리를 기다리고 있을 거라고 확신했다. 그러나 현실은 우리가 희망하는 방향으로 굴러가지는 않았다. 우리는 누군가 무슨 말을 꺼내기 전에 각자 서너 번씩 메일을 읽었다. 그녀의 메시지는 아주 짧았다.

안타깝게도 여러분들께 환영 인사를 못 했네요. 예기치 못한 불미스런 일이 발생했어요. 나의 위치를 알리는 지도를 남깁니다. 지도는 나의 첫사랑이 있는 곳에 안전하게 있습니다. 만약 제가 곧 돌아오지 않는다면, 저를 찾으러 와 주세요.

행크 박사는 기다란 손가락으로 자신의 턱을 톡톡 두드리기 시작했다. 아바가 박사를 향해 고개를 돌리며 물었다.

"그럼, 그 지도를 어떻게 찾죠? 첫사랑은 뭘 뜻하는 걸까요? 혹시 그 첫사랑이 박사님이세요?"

"뭐? 내가 첫사랑이라고? 아니, 아니야! 우리는 전혀… 음, 내 말은, 한때 아주 짧게나마 그런 때가 있기는 했지만… 아마, 생물학회 일로 파리에 있을 때 오후 시간이었던 것 같은데, 그렇지만, 내 기억으로는 그때 우리가 감정적으로 끌렸던 뭐, 그런 거는 아니었던 거 같은데…."

"그래도 가능성은 있는 건가요?"

"아니, 전혀."

"그러니까, 안나 박사님이 박사님의 여자 친구였던 적은 없었던 건가요?" 아바가 물었다. "예를 들어 저희를 돌봐 주시는 민 선생님이 박사님 여자 친구가 아닌 것처럼 말이죠?"

"아냐! 지금도 아니고, 그리고 내일도 그럴 일 없어, 알겠니?"

방문을 두드리는 소리가 들렸다. 우리가 만나 본 적이 없는 누군가가 방문에 살짝 기대 서 있었다. 짧은 은회색 머리에 얼굴에는 주름이 잡혀 있는 한 여성이었다.

"위더스푼 박사님이신가요? 지금 클러터벅 상과 관련된 회의에 참석하기로 돼 있는데요."

"아, 네. 맞아요. 언제 시작하죠?"

"11분 전에 시작됐어요. 아시다시피, 다른 몇몇 참가자들은 여기까지 오실 수가 없어서 영상 회의로 참석하잖아요. 또 다른 몇 분들은 오늘 오전에 이곳에 도착하셨어요. 저희 기지의 공학자 한 명도 참가를 합니다."

"네, 그 호주 출신의 연구원 말씀이시군요." 행크 박사가 말하며 자신의 손목시계를 내려다보았다. "자, 얘들아, 우리가 하던 얘기는 나중에 다시 해야겠다."

"그렇지만, 안나 박사가 지금 어딘가에서 혼자 계시잖아요." 내가 쏘아붙였다.

행크 박사가 자신을 데리러 온 사람을 향해 고개를 돌렸다. "저희에게 잠시 30초만 시간을 주시겠어요? 제가 곧 따라가겠습니다." 방문이 닫혔다. 박사는 몸짓으로 컴퓨터 스크린을 가리켰다. "그녀는 제 발로 걸어 나간 거야, 잭! 그녀가 보낸 이메일이 그 사실을 분명하게 말해 주고 있잖니."

"네, 그렇지만 분명히 누군가 그녀의 뒤를 쫓아갔단 말이죠." 내가 말했다. "왜 안나 박사님이 딴 사람들 몰래 그 연구를 하셨을까요? 그리고 지도는 왜 숨겼을까요?"

"안나는 자신이 무슨 일을 하고 있는지 잘 알고 있는 사람이야." 행크 박사도 물러서지 않았다. "그리고 우리는 그녀를 찾게 될 거야. 우리가 방법을 찾을 거란 말이지. 회의를 마치고 나서 모든 이야기를 할 수 있잖아."

"그렇지만 박사님은 계속 같은 말씀만 하시고…."

"약속하마. 알겠지? 나중에 이야기하자. 계획도 세우고 안나를 찾을 거야."

문을 닫고 나갔던 박사가 다시 문을 열었다. "내가 깜빡했는데," 그가 말했다. "너희들 지금 주인도 없는 방 안에 있는 거잖니. 자, 셋 다 모두 나가 주길 바란다."

우리는 명령에 따라 박사의 방을 나와 복도에 섰다. 아바는 이미 발걸음을 옮기고 있었다. "가서 코트나 챙겨 오자." 그녀가 말했다.

"코트는 왜 갑자기?" 내가 물었다.

"어쩌면 말이야, 그녀도 나랑 비슷한 사람일지도 몰라. 그녀가 말하는 첫사랑 말이야."

예전 동네에 살던 어떤 소년의 이미지가 번뜩 내 머릿속에 떠올랐다. 그는 큰 키에 호리호리한 몸에 각이 진 작은 안경을 쓰고 다녔다. 그는 원주율을 소수점 백 자리까지 줄줄 외울 수 있어서 아바에게 거의 우상이었다. "스티븐 패미글레티랑 이게 무슨 상관이라도 있는 거야?" 내가 물었다.

"야! 너 정말 짜증 나, 무슨 소리야?" 그녀가 말했다. "나는 지금 그 남자애 얘기를 하고 있는 게 아니란 말이야."

매트는 웃음을 터뜨렸다. "아바의 첫사랑은 과학이잖아.

어휴, 잭, 너는 정말 원시인이다. 원시인!"

"내가 공학에 마음을 빼앗기기 전에 그랬단 말이야."

"오, 그럼 지금 네가 생각하는 것은….'"

아바가 눈동자를 굴리면서 나를 쩨려보는데, 오, 정말 어찌나 오래도록 쩨려보았는지 모른다. "만약 안나 박사의 첫사랑이 과학이었다면, 그래서 그녀가 지도를 첫사랑과 함께 숨겨 두었다면, 그렇다면 논리적으로 접근해 볼 때, 그 장소는… 음, 그러니까 그 장소는….'"

내 머리로 그 장소를 추리해 내려면 많은 시간이 필요했다. 아바는 나를 대신해 답을 말하려 했지만, 나는 이내 손가락을 입에 대고 조용히 해 달라는 몸짓을 하며 답을 했다. "과학 연구실, 맞아?"

"오, 그래, 이제 알겠지?" 아바가 대견하다는 듯, 내 등을 가볍게 두드리며 말했다. "거봐, 너도 완전히 가망이 없지는 않다고."

엘버트 P. 크래리 과학 공학 센터까지 거리는 짧지만 내내 딱딱한 흙길로 이어졌다. 매트와 아바 그리고 나는 방에서 커다란 붉은 외투를 집어 들고 나와 용감하게 그 밝고 푸른 밤을 대면했다.

건물인지 컨테이너인지 하는 세 개의 이동식 건물을 지나 센터까지 연결된 길을 따라 서둘러 이동하는 사이 우리의 숨으로 인해 건물 창마다 뭉글뭉글 입김이 서렸다. 나는 여전히 감기를 달고 있었기에 냉기를 떨쳐 내려 양팔로 가슴을 감쌌다. '행복한 야영객'이라는 수업을 하면서, 우리는 가장 처음 지어진 컨테이너 건물이 여기서 제일 크고 연구실과 사무실, 그리고 특별 장비들을 갖추고 있다는 사실을 알게 되었다.

그래서 나는 다른 사람보다 앞서서 건물 안으로 밀고 들어갔다.

"잭, 레이디 퍼스트 정신은 대체 어디로 간 거니?" 아바가 물었다.

"너는 숙녀가 아니잖아. 너는 나의 여자형제일 뿐이야."

우리는 서둘러서 내부로 통하는 복도를 지나 두 번째 이동식 건물로 갔다. 그곳에는 각기 다른 과학자들의 연구실이 자리하고 있었다. 거기에서 우리는 길고 좁은 통로를 내려가 마지막 세 번째 건물에 도착했다. 그곳은 수생 생물체들을 관리하는 곳이며, 안나 박사의 연구 공간이 있는 곳이었다. 맥머도 기지에서 사람들은 그곳을 수족관이라고 불렀다. 나에게 수족관이라는 공간은 좀 어두침침하고 퀴퀴한 냄새가 나고 빽빽 소리를 질러 대는 어린이들과 물고기를 보려는 부모들로 넘쳐 나는 곳으로, 음식물을 반입하는 입장객을 잡아내는 일 말고는 방문객들에게 전혀 신경을 쓰지 않는 그런 곳이다. 그런데 여기 수족관은 실습장에 더 가까웠다. 몇 개의 다른 연구실들이 들어서 있었고, 전자 제품 가게도 있고, 아주 커다란 공간에 작업대들과 컴퓨터들이 죽 놓여 있었다. 멋지고 이국적인 온갖 종류의 수생 생물체들이 담겨 있는 수족관들도 설치되어 있었다.

잘 닦인 시멘트 바닥은 군데군데 얼룩이 보였다. 내부 공기는 약간 금속 냄새가 묻어났다. 푸른색의 실험실 가운을 걸친 큰 키의 한 남자가 그 방 한가운데서 일종의 여과 장치의 조각들을 집어 올리고 있었다. 그는 안면이 있는 사람이었는데, 정확히 어디서 그를 만났는지는 기억나지가 않았다. 내가 자신을 쳐다보는 걸 알았는지 뭐라고 투덜거렸다. 나는 고개를 돌렸다. "자, 그럼, 어디서부터 시작해야 하는 거야?"

"우선, 좀 둘러보자." 아바가 제안을 했다.

"벌써 돌아왔니? 행복한 야영객 프로그램은 할 만했니?" 다노가 어느새 호주 출신의 몸집 큰 닌자마냥 우리 뒤에 몰래 다가와 있었다.

"저, 지금 너무 깜짝 놀랐어요."

"하나도 안 놀랐는걸." 나는 거짓말을 했다.

"아주 정돈이 잘 되어 있지, 그렇지?" 다노가 말했다. "여기에는 말이야, 세상 그 어디에도 볼 수 없는 생물들이 있어. 너희 이런 거 한 번이라도 본 적 있니?" 그는 질문을 하며 우리를 커다란 직사각형 모양의 수조가 있는 곳으로 데려갔다. 알 수 없는 DNA와 교배를 한 듯한 붉은색의 불가사리가 수조 밑 돌 위를 기어 다녔다.

얄팍한 판이 수조 아래쪽에 붙어 있었다. 매트가 까만 글씨로 써 있는 이름을 가리켰다. "어, 이건 골딩 박사의 작업대인가요?" 매트가 질문을 했다.

"그런 거 같네." 다노가 말했다. "여기 과학자들은 각자 자신의 작업대를 배정받거든. 학교에서 학생들마다 책상을 주는 것처럼 말이야."

"음, 저희들은 학교에 안 다녀요." 아바가 대꾸했다.

"골딩 박사가 지금 여기 계신가요?" 매트가 물었다.

"아니, 지금은 현장에 나가 있어." 다노가 말했다. "곧 돌아올 시간이 다 되기는 했어. 그 사람은 토요일에 열리는 노래 경연 대회만큼은 절대 안 놓칠 거거든."

"직전에 무슨 경연 대회가 있지 않았나요?"

"응, 있었지. 근데 토요일 밤 경연 대회가 좀 더 큰 규모야. 최고 우승자를 가리는 대회야. 그가 올해의 유력한 우승자야."

"여기 분들은 노래자랑을 정말 좋아하시네요." 아바가 말했다.

"안나 박사의 연구 장소는 어딘가요?" 매트가 물었다.

다노는 고갯짓으로 푸른색 연구실 가운을 걸치고 있는 남자를 가리켰다. "월터의 일이 모든 사람에게 연구실의 작업대를 배정해 주는 거야. 그러니까 저 사람이 안나 박사의 연구 장소를 알고는 있겠지만, 성격이 선인장 가시마냥 너무 까칠해. 나라면 저 사람에게는 절대 안 물어볼 거야." 다노는 제일 먼 벽면에 붙어 있는 작은 작업대를 가리켰다. "안나가 저기서 연구하는 걸 보기는 했어."

우리는 얼른 그리로 갔다. 작업대의 명함으로 보아 다노의 말이 맞기는 한데, 테이블은 텅 비어 있었고 우유갑 몇 개를 합친 크기의 네모난 수조만 덩그러니 놓여 있었다. "여기 안에는 아무것도 없잖아." 내가 말했다.

매트는 내 옆에 서서 책상의 알루미늄 표면 위에 얇게 쌓인 먼지를 손가락으로 훑으며 길을 만들었다. "한동안 아무도 여기서 일을 하지 않은 것 같아."

다노의 허리 벨트에 채워진 무전기가 울렸다. "어쨌든 너희들이 찾고 있는 게 뭔데?"

우리 뒤로 나 있는 연구실로 향하는 문들이 열렸다. 몇몇 연구원들이 미소를 짓고 담소를 나누며 걸어 들어왔다. 그들 중 한 사람이 다노를 향해 손을 흔들었다. "운이 좀 따라 줄 거 같아? 클러터벅 우승자가 될 것 같은 예감이라도 들어?"

"쟤들이 클러터벅 재단과 관련 있는 거 맞지?" 그들 중 다른 한 사람이 말했다.

그건 전혀 근거 없는 소리였다.

"백만 달러인지, 여하튼 상금이라도 타면, 우리를 모른 채하기 없기다. 알지?" 맨처음 말을 꺼냈던 그 사람이 다시 말을 이어 갔다.

"어이, 마크, 내가 그럴 리가 있겠어? 절대 안 잊지." 다노가 말했다. "지금껏 그토록 힘들게 연구하며 자네들 덕분에 여기까지 왔는데 내가 어찌 잊을 수 있겠나."

그 세 명의 연구원들이 웃음을 터뜨렸다.

다노의 무전기가 다시 울리기 시작했다. 기어들 듯한 작은 목소리로 클러터벅 회의에 관한 무언가를 말하고 있었다. 마침내 다노는 답답해서 못 참겠는지, 허리에 차고 있던 무전기를 홱 잡아 빼서는 얼굴 쪽으로 갖다 댔다. "죄송합니다! 바로 가겠습니다." 그가 말했다. 그러더니 그는 우리 쪽으로 몸을 돌려 미소를 지어 보였다. "뭐든 도움이 필요하면 얘기해."

매트는 스툴(등받이 없는 의자*)을 끌어다가 먼지 쌓인 테이블에 등을 기대고 앉았다. "안나 박사님은 어디 다른 곳에서 연구를 하셨던 거 같아. 여기가 아니라면, 어디서 연구를 하셨을까?" 매트는 턱을 들어 푸른색 실험실 가운을 걸치고 있는 그 남자가 있는 쪽을 가리켰다. "저 사람한테 한번 물어

볼까?"

아바가 두 팔을 겹쳐 팔짱을 꼈다. "나는 안 해."

"나도 안 해." 매트가 말했다.

그럼 그 일은 내 몫이다. 나는 얼굴에 가장 매력적인 미소를 장착하고 월터에게 다가가서 내 소개를 했다.

월터는 나를 향해 진짜 빽빽 소리를 질러 댔다. "원하는 게 뭐야?"

"안나 박사가 연구하던 곳이 어딘지 알았으면 해서요." 월터는 먼지 쌓인 테이블을 가리켰다. "아니요, 제 말은 그분이 공식적으로 쓰던 공간 말고요. 실제로 일을 하셨던 곳을 말하는 건데요."

월터는 손에 들고 있던 렌치를 내려놓았다. 그러고는 천천히 코로 숨을 들이마시더니 털이 수북하게 난 양팔을 벌려 넓은 가슴 위로 팔짱을 끼고는 반쯤 감은 눈으로 나를 빤히 쳐다보았다. "흠, 내가 뭔가를 알고 있을 수도 있지."

"뭔가를 알고 계신다고요?"

월터는 고개를 끄덕였다. "그래, 그럴 수도 있지."

우리는 심각한 얼굴로 서로를 바라보았다. 왠지 모르겠지만, 내가 무언가를 준다면 그 대가로 그도 우리가 궁금해하는 정보를 줄지도 모른다는 생각이 들었다. 그러나 그가 원하는 것이 무엇일까? 돈을 원하는 것일까? 진공 코 세척기?

어쩌면 자동 건조 사각팬티 몇 장? 우리는 침묵 속에서 서로의 생각을 탐색했고, 그때 나는 문득 그를 전에 어디서 보았는지 기억이 떠올랐다. 기지에 도착한 첫날 저녁, 식당에서 그는 우리 바로 옆 테이블에 앉아 있었다. 세제 냄새가 난다고 커피를 뱉었던 바로 그 사람이었다.

"음, 아저씨가 관심이 가실 만한 뭔가를 제가 갖고 있기는 한데요."

"그게 뭔데?"

"음, 아주 귀하고 맛있는 시빗 커피콩이에요."

잔뜩 찌푸리고 있던 그의 인상이 누그러졌다. 그는 아랫입술을 깨물었다. "정말이니? 시빗 커피콩을 갖고 있다고? 보여 줘 봐."

나는 걸치고 있던 커다란 붉은색 방한복의 지퍼를 올리며 나의 형제들에게 얼른 방으로 달려가서 커피콩을 가지고 바로 돌아오겠다고 말했다. 내가 돌아왔을 때, 아바와 매트는 월터의 맞은편 스툴 위에 앉아 있었다. 둘 다 애써 웃음을 참고 있었다. 나는 커피콩 봉투를 월터 앞에 내려놓았다. 그는 눈을 감은 채 내용물의 향기를 맡았다.

"뭐야? 둘이 왜 자꾸 웃는 거지?"

"나중에 말해 줄게." 아바가 말했다.

월터는 서랍에서 빛바랜 은색의 열쇠를 꺼내서 내가 있는 쪽 테이블로 슥 밀었다. "농구장이야. 들어가는 입구 왼쪽에 보면 장비를 보관하는 공간이 있어. 안나가 사적인 공간을 원해서 내가 거기에다가 작업 공간을 마련하도록 도왔거든. 그리고 여기 남극에는 농구에 심취한 사람들이 그다지 많지 않기도 하고. 그리고 맹세코 나는 그 어느 누구에게도 이를 말한 적이 없어." 그는 한 마디를 더 보탰다. "그렇지만 질 좋은 커피는 내가 너무나 원했던 거라서."

매트와 아바는 참고 있던 웃음을 터뜨렸다. 나는 짐짓 그들을 못 본 척했다.

"월터 씨, 감사합니다. 알려 주셔서 고맙습니다."

이동식 건물을 급히 빠져나가면서 나는 형제들에게 물었다. "무슨 일이야? 왜 그렇게 웃었어?"

그들은 다시 낄낄거렸다. "너, 시빗 커피콩이 어디서 나오는지 알아?"

사실, 그 부분에 관해서 나도 궁금해서 읽어 보려 마음은 먹고 있었지만, 그럴 시간이 거의 없었다. "아니, 몰라. 그런데, 왜?"

"대신 말해." 아바가 매트에게 말했다.

그는 터져 나오는 웃음을 참으며 겨우 말을 꺼냈다. "시빗은 고양이랑 비슷한 포유동물로, 동남아시아에 주로 서식하고 생김새는 설치류에 더 가까워."

"그래서?"

"그래서, 시빗 커피는 시빗이 먹고 부분적으로 소화를 시킨 커피콩으로 만드는데 그런데… 크…."

더는 참을 수 없었는지, 아바가 말을 이었다. "그 커피콩은 시빗 고양이의 배설물이야!"

나는 눈을 꼭 감았다. 이건 그야말로 끔찍하고 역겨운 뉴스였지만, 나는 별로 신경을 쓰지 않는 척했다. 클러터벅 씨의 전용 비행기에서 승무원, 젠이 내게 커피콩을 선물로 주며 왜 그렇게 의뭉한 미소를 지었는지 조금은 이해가 갔다. "음, 글쎄," 내가 말을 했다. "그 생물의 배설물 덩어리가 바로 커피를 맛있게 하는 거잖아."

갑자기 그 커피콩을 다 줘 버리길 잘했다 싶었다.

붉은색의 방한복 지퍼를 올리며 나가려 할 때, 출구에서 브리트니가 부츠 신은 발을 쿵쿵 구르며 모자를 벗고 문을 밀고 들어섰다. 추위로 인해 그녀의 볼이 붉어져 있었다. 그녀는 고개를 갸우뚱거리며 나를 보더니 눈을 찡그렸다. "아니, 얘들아. 너희들 여기 연구동에서 뭘 하고 있는 거니?"

"뭘 하다니요?" 매트가 답을 하며 갑자기 얼굴을 붉혔다.

나는 아주 잠시 눈을 지그시 감았다. 나의 형, 매트는 스파이는 절대 못할 사람이다. "저희는 그냥 한번 죽 둘러보고 있던 중이에요." 내가 말했다.

"행크 박사가 지금 너희들이 여기 와 있는 걸 알고 계시니?" 브리트니가 물었다.

"우리가 어딜 가는지 일일이 그분께 보고할 필요는 없는데요." 아바가 똑 부러지는 어투로 말했다.

"흠, 여기서는 애들이 이리저리 기웃거리고 다녀서는 안 되는데." 브리트니가 답을 했다.

"저희도 알아요." 매트가 말했다. "그렇지만 저희들은…."

"국장이 무슨 이유를 대서라도 너희들을 여기서 내보내려고 기를 쓰고 있잖니." 브리트니가 말을 이어 갔다. "그러니 그녀에게 꼬투리 잡힐 일을 하면 안 되잖아, 안 그래?"

내가 미처 답을 하기도 전에 매트가 말했다. "이해했어요."

"그리고 잊지 마, 여기 바깥은 아주 추워." 그녀는 아바의 방한복을 다시 한번 힐끔 쳐다보았다. "너희들에게 이 두툼한 방한복을 나눠준 데는 그만한 이유가 있는 거야."

브리트니가 가던 길로 걸어가자 아바는 우리가 왜 어떻게 애들이냐고 투덜거렸다. 매트는 답변을 하려다가 눈치껏 입을 닫고 침묵을 지켰고, 우리는 다시 본관 건물로 서둘러 발걸음을 옮겼다. 우리가 도착했을 때, 농구장은 비어 있었고, 공기 중에는 탁한 냄새가 풍겼다. 우리는 이전에 장비 보관소로 쓰이던 곳의 문을 따고, 불을 켜고 안으로 들어선 다음 문을 닫았다. 나는 입고 있던 방한복을 팔꿈치에 대고 두 번이나 재채기를 했다. 그 공간은 우리 셋이 겨우 들어설 만큼의 크기였다. 매트와 내가 안나 박사가 남겼다는 지도를 찾는 동안 아바는 책상 상판 위에 가지런히 배열되어 있는 전자 부품과 부속들을 자세히 살폈다. 그 장비 보관소에는 지도는 고사하고 종이 비슷한 것도 없었다. "지도는 안 보이는데." 내가 말했다.

"내 눈에도 안 보이네." 매트가 말했다.

아바가 합성 고무 밴드가 부착되어 있는 작은 상자를 들어 올려 보였다. 그녀는 그 밴드를 벗겨 얼른 자신의 머리에 둘렀다. 그러자 1달러짜리 동전의 반만 한 크기의 렌즈가 작은 상자에서 드러났다.

"그건 지도처럼 안 보이는데." 내가 말했다.

"그건 머리에 쓰는 카메라야." 아바가 말했다. "분명히 안나 박사는 다이빙할 때 이걸 착용했을 거야."

아바는 손톱 끝으로 카메라의 방수 용기를 열었다. 그녀는 우표 크기의 검은색 플라스틱을 꺼내서 책상 위 스탠드의 불을 켜고 그 아래에 갖다 비추었다. 잠시 후, 아바는 마치 희귀한 다이아몬드를 발견한 보물 사냥꾼마냥 활짝 웃었다.

"그게 메모리 카드야?" 내가 물었다.

"글쎄, 도넛은 아닌 것 같아." 아바가 말했다.

그런 말은 안 해도 되는데 말이다. 나는 내 추측이 맞을 거라 확신했다.

아바는 까맣고 네모난 물건에서 희끔한 갈색의 껍질을 벗겨 그 일부를 혓바닥에 갖다 댔다. "소금기로 인해 약간 부식됐지만, 아마 아직 작동은 할 거야. 이게 여기 왜 있을 거라고 생각해?" 그녀가 물었다.

매트는 팔짱을 낀 채, 손가락으로 턱을 톡톡 치며 행크 박사처럼 보이려 했다. "비디오, 분명히, 지오태그(디지털 매체에 지리적 정보를 삽입하는 것*)가 들어 있을 가능성이 존재해."

"뭐야. 나도 알아듣게 좀 얘기해 줘." 내가 말했다.

아바가 그 네모난 물건을 다시 집어 들었다. "이 장비가 언제 어디에 있었는지를 알려 주는 기록이야. 그래서 만약 안나 박사가 마지막 현장으로 나갈 때, 이 카메라를 갖고 갔었다면, 이 작은 카드가 안나 박사가 레보킨 몰래 언제 빠져나가서 어디를 갔었는지를 알려 줄 수도 있지. 그리고 만약, 우리가 그 사실을 알 수 있다면⋯."

나는 그녀가 말을 끝맺도록 놔두고 싶지 않았다. "그렇다면 우리한테 지도가 꼭 필요한 건 아니라는 말이군!"

9
과대평가 된 천재성

나는 천재들의 생각이 틀렸을 때, 너무 고소하고 신난다. 진짜다. 마치 행복한 유니콘 구름을 타고 둥둥 하늘을 떠다니는 기분이 든다. 그렇다면 이번에는? 뭐 그 정도까지는 아니었다. 그 메모리 카드에는 안나 도나텔리 박사의 최근 위치 기록이 아니라, 그저 녹화된 영상만 들어 있을 뿐이었다. 영상 속에는 안나 박사가 여러 시간에 걸쳐 빙상과 해저 사이를 오가며 수영하는 모습이 담겼는데, 그 낯선 세계에는 불가사리와 게들이 산재해 있었다. 우리 방에서 그 비디오를 지켜보며 나는 완전히 넋을 빼앗겼다. 심장을 멈추게 할 추위 없이, 마치 내 자신이 물살을 가르며 그 으스스한 푸른 바다 밑 세계를 유영하는 것 같은 착각이 들었다. 그러나 그 영상은 우리가 찾는 답을 제공해 주지는 않았다. 오히려 수많은 의구심을 불러일으켰고 그중 한 장면은 특히 더 이상했다.

행크 박사가 회의를 마치고 우리 방으로 왔을 때, 우리는 황급히 박사를 방 안으로 끌어당기다시피 했다. 영상 속에는 작고 하얀 방울 같은 것들이 해저에서 얼음 표면 쪽으로 둥둥 떠오르는 장면이 나타났다. 박사는 그 장면에서 한 곳을 가리키며 집게손가락으로 콕 집었다. 아바가 잠시 주춤하며 계속해서 박사에게 모든 노트북에 터치스크린 기능이 탑재되어 있는 것은 아니란 사실을 상기시켰다.

"저건 뭐니?" 박사가 물었다.

"그게 지금 저희가 알아내려고 하는 건데요." 매트가 말했다.

"플랑크톤은 아니야," 박사가 판단을 내렸다. "플랑크톤은 둥둥 뜨거든. 이 물질은 똑바로 떠오르잖아."

매트가 고개를 끄덕였다. "어쩌면 그 물질은 주변의 물보다 밀도가 낮을 수도 있어요."

"너희들 모두 밀도에 대해서는 이해하고 있지, 그렇지?" 행크 박사가 물었다. 박사는 분명히 '너희들 모두'라고 말하면서 나를 똑바로 쳐다보았다. 나도 기본적인 개념은 이해한단 말이다. 그래서 나도 아는 만큼 말을 시작했지만 박사는 내 말에는 귀를 기울이지 않았다. "얼음덩어리를 한번 생각해 봐. 물이 담긴 잔 속에 얼음덩어리를 떨어뜨리면 무슨 일이 일어나지?"

그들은 내가 대답을 하기를 기다렸다. 그 세 사람 모두가 말이다. 나는 눈동자를 굴리며 궁리를 했다. "그건 위에 뜨잖아요." 내가 말했다.

"맞았어, 바로 그거야. 얼어 있는 물은 액체 상태의 물보다 밀도가 더 낮기 때문이야. 그건 기본적으로, 물보다 얼음일 때 같은 공간을 채우고 있는 입자의 분자 수가 더 적다는 걸 의미하는 거야. 어떤 것보다 밀도가 높다는 건 같은 공간 안에 보다 많은 입자들이 있다는 거야."

"그러니까 저것들이 얼음덩어리들인가요?" 내가 물었다.

모두가 말이 없었다.

"아니…." 매트가 답을 했다. 그는 천천히 그리고 주저주저하며 답변을 이어 갔다. 그의 답은 명확하지가 않았다. 그는 동의를 구하기라도 하듯 박사 쪽으로 시선을 돌렸다. "맞죠?"

다시 그들은 조용해졌다. 나의 질문이 날카로운 것이었는지 아니면 완전히 바보 같은 것이었는지 나는 알 수 없었다. "이게 안나 박사의 행방을 찾는 데 어떤 도움이라도 되나요?" 내가 물었다.

아바와 매트 둘 다 행크 박사를 쳐다보았다.

"글쎄다." 박사가 말했다. "만약 우리가 주변 환경을 면밀

185

히 연구한다면, 가령 물의 깊이라든가 아니면 얼음의 두께라든가를 말이야, 그러면 우리가 가능성 있는 장소들의 범위를 좁혀 볼 수는 있겠지.”

“그러면 지도도 훨씬 쉬워지는 거네요.” 내가 대꾸했다.

“그래,” 아바가 말했다. “그렇지만 우리는 지도가 어디 있는지 모르잖아, 그치?”

“브리트니가 도움이 될 수도 있어.” 매트가 제안을 했다. “그녀는 이곳 바다의 경관에 관해서는 우리보다 더 잘 알고 있잖아. 그녀라면 영상 속의 저 장소를 식별해 낼지도 몰라.”

행크 박사가 화면 속의 그 장소를 향해 다시 손가락 끝을 세우자, 아바가 박사의 손을 쳐낼 양으로 자신의 손을 화면 가까이 갖다 댔다. 세 사람을 보고 있자니, 아무래도 그 자리가 쉽게 끝날 것 같지 않았다. 나는 박사의 머리 위로 차가운 수프라도 한 접시 스르륵 붓고 싶었지만, 그렇다고 해서 박사가 그 화면에서 고개를 돌리지는 않았을 것이다. 나는 수프를 붓는 일은 하지 않았다. 물론 쏟아 부을 수프 같은 것도 없었지만.

“내가 가서 브리트니를 데리고 올게.” 내가 자진해서 나섰다. “어디 가면 그분을 만날 수 있을까?”

“어젯밤 이 시간쯤, 체육관에 있었어.” 매트가 말했다.

아바가 웃으며 말했다. “설마 오빠가 그걸 알고 있다고?”

매트는 아바의 말을 못 들은 척하며 내게 말했다. "내가 같이 갈게."

예상대로 우리의 푸른 눈 친구는 맥머도 기지의 체육관에 있는 수십 개의 러닝머신 중 한 곳에 올라 열심히 달리고 있었다. 두꺼운 표지의 커다란 책 한 권이 러닝머신 계기판 위에 펼쳐져 있었다. 한쪽 모퉁이에는 한 남자가 커다란 역기를 들어 올리고 있었고, 그 둘 말고는 아무도 없어서 체육관은 매우 한산했다. 그 남자는 호들갑스럽게 숨을 내쉬고 있었는데 내 눈에는 은회색의 짧게 깎은 그의 뒷모습만 보였다. 브리트니가 우리가 나타난 것을 발견하기 전에 매트는 역기들이 놓여 있는 곳으로 걸어가 그중 하나를 골라 몇 번을 들어 올렸다.

"지금 장난하는 거야?" 내가 물었다.

"뭐? 난 지금 운동하고 있잖아."

내가 막 매트에게 뭔가 엄청나게 무거운 것을 들어 보도록 부추기려는 참이었는데 브리트니가 우리에게 오라며 손짓했다. 그녀는 러닝머신의 속도를 걷기 수준으로 낮췄다.

"읽고 계신 게 뭐예요?" 나는 윙윙거리는 러닝머신에 내 목소리가 묻힐까 봐 목소리를 높였다.

"아시모프의 책이야." 그녀가 말했다. "아주 굉장한 작품 중 하나야. 만약 관심이 있다면 도서관에 가 봐. 괜찮은 공상 과학책들이 있어. 그런데 무슨 일이니? 여기 운동하러 왔니?"

매트가 말을 더듬었다. 나는 매트에게 안쓰러운 마음이 들었다.

"여기 천재들이 브리트니 씨가 필요하대요." 내가 말했다.

"천재들이라니?"

나는 매트를 향해 엄지손가락을 치켜세우고 분명하게 말했다. "나의 형 매트, 아바 그리고 행크 박사님 말이에요."

"아하," 브리트니가 말했다. 그러더니 브리트니는 러닝머신 밖으로 몸을 살짝 기울였다. "잭, 너도 알잖아. 천재들은 좀 오버를 하는 경향이 있어. 그리고 모든 인간들은 크고 아름다운 두뇌를 갖고 있단다. 그러니까 너도 근육을 키우듯이 두뇌를 자꾸 써야 해."

한쪽에서 역기를 들어 올리던 남자가 약간의 짜증을 섞어 끙끙대는 소리를 냈다. 브리트니의 말에 뭔가 거슬리는 게 있었나 보다. 나는 그것이 무엇인지 안다. 그러나 그 남자의 요란스런 소리는 왠지 좀 우습게 들렸다. 우리 모두는 조용히 웃음을 지었다.

"저 사람은 누구예요?" 거의 속삭이는 목소리로 매트가 물었다.

"저 사람에 대해서는 내가 이미 얘기했었는데," 브리트니가 말했다. "저 사람이 빅터 바렌사야."

아, 맞다. 그는 우리가 식당에서 봤던 그 다이버다. 처음 봤을 때보다 이번에는 그의 양쪽 귀들이 균형이 맞아 보였다. "우리가 의심을 하는 인물 중 한 사람이죠." 내가 한마디 더 했다.

매트가 내 어깨를 톡 쳤다. "야, 우리가 저 사람에게 말을 붙여 보면 어떨까? 알다시피, 더 많은 정보를 모으기 위해서 말이야. 행크 박사님도 그렇게 말씀하셨고, 어때?"

문득 지난번 아바와 내가 매트만 빼고 탐정처럼 사건을 캐러 몰래 나갔다 왔을 때, 매트가 딱지 맞은 사람마냥 얼마나 슬픈 표정을 지었는지 떠올랐다. "그거 좋은 생각이네." 내가 말했다. "해 보자."

"잭, 다른 사람들이 나를 필요로 한다고 말했지, 그치? 나도 도울 수 있어서 기뻐." 브리트니가 말했다. "자, 그럼, 방으로 돌아가는 동안 너희들 중 누가 지금까지 알아낸 정보에 대해서 나한테 얘기를 해 줄 거니?"

매트는 브리트니와 끙끙 소리를 내는 다이버를 번갈아서 흘깃 쳐다보았다. 우리 형의 표정은 그림책만큼 쉽게 읽힌다. 갑자기 탐정놀이에 흥미가 떨어진 것이다. "그럼, 형이 브리트니와 함께 가는 게 어때? 뭐든 설명하는 일은 형이 나보다 더 잘 하잖아. 나는 여기서 바렌사 씨에게 말을 붙여 볼게."

브리트니는 손으로 매트의 팔꿈치를 살짝 잡고는 그를 출입문이 있는 쪽으로 이끌었다.

"잭이 너를 매트라고 부르네." 그녀가 말했다. "그래도 내 생각에는 매튜라는 이름이 너한테는 더 잘 어울리는 것 같은데. 자, 그럼 이제부터 천재님들께서 그동안 알아내신 것들에 대해 좀 들어 볼까?"

나는 매트가 긴장해서 실신이라도 하면 어쩌나 걱정되기도 했지만, 늘 그렇듯, 과학에 관한 대화는 그의 긴장을 풀어 주었다. 매트는 계단을 세 개 정도 오르기도 전에 우리가 본 비디오를 매우 자세하게 설명했다. 한편, 나는 역기가 놓인 곳까지 어슬렁어슬렁 걸어가서 방금 전 매트가 가뿐하게 들어 올렸던 걸 붙잡았다.

"너한테 그건 너무 커." 바렌사가 몇 발자국 떨어진 곳에서 투덜거리듯 말했다.

그래도 나는 그걸 들어 올려 보려 했다. 그런데 그게 꿈쩍도 않는 것이었다. 매트가 나보다는 힘이 세구나라는 생각이 들었다. "여기 남극은 중력이 더 작용하나요?"

"열네 살이 되기 전까지는 역기 같은 건 들어 올려서는 안 돼."

그는 눈을 가늘게 뜨며 지푸라기처럼 가느다란 나의 팔을 유심히 쳐다보았다. "흠, 어쩌면 지금쯤 역기 운동을 시작해야 할 수도….”

“고맙습니다,”내가 손을 내밀어 악수를 청하며 말했다. “제 이름은 잭이에요.”

그는 나의 작고 연약한 손가락들을 으깰 듯이 꽉 잡았다. “그래, 알고 있어.”

“빅터 바렌사 씨 맞죠? 남극에서 최고의 다이버로 알려진 분이죠.”나는 그가 자긍심에 차올라 한껏 의기양양해 하도록 잠시 말을 쉬었다. 그러고는 일침을 날렸다. “안나 도나텔리 박사가 오기 전까지는 말이에요.”

나는 다시 잠시 시간을 끌었다. 그사이 나는 그의 얼굴에서 혹시 모를 분노의 기미라도 있을지 지켜보았다. 그의 턱에 힘이 들어갔다. 주먹도 단단하게 말아 쥐었다. 그러나 분노의 불꽃 같은 것은 드러내지 않았다.

“어이, 말라깽이 친구, 너 혹시 나를 우쿨렐레로 오해한 거 아니니?”

“네? 무슨 말인지?”

“우쿨렐레는 아마 연주하기 가장 쉬운 현악기일 거야. 나는 오히려 만돌린 쪽에 가까울 텐데. 나는 엄청나게 복잡한 사람이거든.”그는 손가락의 관절을 꺾어 보였다. “너, 지금 나를 어떻게 구워삶아 보려 했잖아, 아니니? 내가 궁금한 것은 그 이유야. 네가 바로 말해 준다면, 우리가 서로 시간을 아낄 수 있을 것 같은데."

그러니까 나는 그 사람이 나보다 더 강한 사람이라는 걸 이미 느끼고 있었다. 이제 보니, 그는 술수도 한 수 위다.

"좋아요, 바로 이야기하죠. 혹시 안나 도나텔리 박사의 실종과 관련이 있으신지 궁금했거든요."

"왜, 무슨 이유로 내가… 오호!" 그는 손가락을 튕겼다. 그 소리가 어찌나 크던지 진짜 내 귀가 뻥 뚫리는 것 같았다. "혹시, 너는 내가 다이빙 기록 같은 것을 시기하고 질투한다고 생각하니?

"안나 박사가 그 기록들을 다 깼잖아요."

"맞아, 그렇지만 그게 그녀를 추운 얼음 벌판으로 내몰 만한 충분한 이유가 될까? 게다가 그 기록들은 아무런 의미가 없거든." 그 순간 그의 시선이 바닥을 향했다. 그 짧은 순간의 움직임이 모든 것을 의미했다.

"정말이요? 아무 의미가 없나요?"

바렌사는 손가락 하나를 내 앞에서 흔들었다. "너 제법이구나. 아주 똑똑하네. 좋아. 오케이, 내가 국장에게 한두 번 메모를 써서 안나가 레보킨의 잠수복을 사용하지 못하게 막아 달라고는 했었지. 그렇지만 너도 그건 알아야 해. 그런 잠수복을 입는 건 공정한 게임이 아니라고. 그런 장비는 안나에게 엄청나게 유리하게 작용한단 말이지. 그건 마치 도보

경주에 누군가 차를 몰고 나가는 것과 같은 일이야."

"흠, 말만 들으면 안나 박사에게 단단히 질투심을 느끼는 것 같은데요."

"자, 봐," 그가 말했다. "그래, 네가 무슨 말을 하는지 이해해. 우려를 표현해 줘서 고맙다. 그렇지만 나는 그녀의 실종과 아무런 상관이 없어. 그녀와 말도 한번 제대로 해 본 적이 없거든. 도나텔리 박사에 관해서 좀 더 알고 싶다면 번지수를 잘못 찾았어. 나는 아니야. 소피에게 한번 가 봐."

"소피라고요?"

"주방장 중에 한 명이야," 그가 말했다. "내가 가끔씩 밤에 출출할 땐 주방으로 몰래 들어가기도 하거든." 그는 자신의 배를 손으로 두드렸다. "먹을 걸 좀 더 찾아서 말이야. 둘이서 주방에서 조용히 이야기를 나누는 모습을 여러 번 봤어." 빅터 바렌사는 코를 쳐들고 숨을 들이마시며 열심히 냄새를 맡았다. "소피를 만나고 싶으면 지금 한번 가 봐. 냄새가 나는 걸 보니 소피가 지금 주방에 있는 것 같다."

"아니, 여기서도 소피의 냄새를 맡을 수 있나요?"

"아니, 소피 냄새를 맡는 게 아니야. 빵 냄새야. 빵 굽는 냄새를 따라가 보렴, 친구."

다시 한번 악수를 했다간 내 손이 남아나질 않을 것 같아서, 나는 그 건장한 잠수부에게 그저 가볍게 손을 흔들며 고맙다는 말을 남기고 서둘러 식당이 있는 쪽으로 향했다. 식당 안에는 아이스크림 기계, 미스터 프로스티가 꿀럭꿀럭 소리를 내고 있었다. 그 기계의 손잡이 위쪽으로 붉은빛의 전구가 빛을 내고 있는 것으로 보아, 기계가 고장났거나 재료가 다 떨어진 것 같았다. 나는 흔들거리는 철제문을 밀고 주방으로 들어섰다. 훈훈하고 맛있는 냄새가 내 얼굴로 밀려들었다. 불현듯 굶은 사자보다 더 배가 고파졌다. 주방의 공간은 네 개의 통로로 구분되어 조리대, 오븐, 키 큰 철제 냉장고, 냉동고 그리고 철제 선반들이 죽 나열되어 있었다. 안에 들어오니 갓 구운 빵 냄새가 더 강하게 느껴졌다. 웅웅거리는 냉장 기기들의 작동 소리를 제외하면 주방 안은 조용했다. 그때 옆 통로에서 뭔가 깨져서 흩어지는 소리가 났다. 한 여자가 외국어로 투덜거렸다. 불어인 것 같았다. 나는 발끝을 세워서 거대한 철제 냉장고 주위를 자세히 들여다보았다.

한 여자 주방장이 바닥에 떨어진 달걀 몇 개를 치우고 있었다. 그녀는 옆과 뒤쪽 머리는 바싹 잘라 맨 위쪽만 기다랗게 손질한 모양을 하고 있었다. 초록색 눈동자에, 눈썹에는 작은 은색 고리로 피어싱을 했다. 그녀가 바닥에 떨어진 달걀 껍질과 노른자를 닦아 내는 내내 커다란 냉장고의 문이 열려 있었다. 바닥 닦는 일을 끝내자 그녀는 커다란 네모 모양의 용기를 냉장고 안에서 조심스럽게 꺼내서 조리대 위에 내려놓았다. 그녀는 그 용기 안쪽으로 몸을 숙이더니 안에 들어 있는 것에게 말을 붙이기 시작했다. 그녀가 앞서 외국어로 욕을 했는지 알 수 없지만, 다행히도 용기 안에 담겨 있는 음식물에게는 영어로 말을 했다. "안녕, 귀여운 아가들, 괜찮니? 그것 때문에 무서웠어? 어이구, 괜찮아. 괜찮아. 우리 어린 친구들. 이 소피 아줌마가 너희들을 돌봐 줄게. 소피가 물도 갈아 줄게."

그러더니 그녀는 크고 기다란 국자를 꺼내서 작은 고드름같이 생긴 것을 물속에서 떠내기 시작했다. 그녀는 그것들을 국자에서 종이 타월 위로 덜어 내고는 타월의 끄트머리를 접어서 그것들을 톡톡 두드렸다. 그러고 나서 조리대 선반에서 커다란 유리 용기 하나를 꺼내 뚜껑을 열고는 깔때기를 이용해 그 고드름 같은 것을 병 안으로 옮겨 담았다. 그녀는 그렇게 얼음 조각을 국자에 담아 타월 위에 굴리고 다시 모아 병속으로 옮겨 담는 과정을 대여섯 번 반복했다.

그러더니 매직펜으로 뚜껑에 뭔가를 쓰고 다시 한번 플라스틱 용기를 유심히 들여다보았다. "오케이." 그녀가 말했다. "좀 더 낫니? 물도 새로 갈아 줄게."

이제 그녀는 냉장고로 다가가서 다른 병을 하나 꺼내더니 그 내용물을 플라스틱 용기 안으로 쏟아부었다. 저건 일종의 요리 비법인가? 만약 그렇다면, 그녀는 왜 저렇게 음식 재료에 대고 말을 붙이는 걸까? "저기 있네," 그녀가 말했다. "저기 너희들을 위한 신선한 바닷물이 있단다. 저걸 넣으면 훨씬 기분이 좋아질까? 내가 이렇게 와서 너희의 상태를 확인할 수 있어서 정말 다행이야. 내가 너희들 돌보는 일을 게을리하면, 너희 엄마가 안 좋아하실 거야."

엄마라니? 미스터 프로스티는 또 대체 어떻게 된 건지? 여기 세상 끝, 남극의 세계는 점점 이상해지고 있었다. 그래서 나는 그런 혼란스런 감정을 감추는 걸 깜빡 잊었었나 보다. 내가 투덜거렸는지 아니면 웃었는지는 나도 잘 모르겠지만, 소피가 뒤를 돌아보더니 피어싱한 눈썹을 치켜세우며 나를 쏘아보았다.

나는 그대로 선 채로 그 프랑스 출신의 주방장과 대면했다. "누가 엄마예요?"

"쥐트.(Zut, 이런 제기랄*)"

"영어로 말해 주세요."

"쥐트, 쥐트, 쥐트." 그녀가 말했다.

이후 벌어진 일은 과학과 아무런 관련이 없는 것이었다. 나는 단지 나의 직관을 믿고 따랐다. "보세요," 내가 말했다. "저희는 당신의 친구예요. 안나 박사님의 친구들이죠. 행크 박사님이랑 아바, 저, 그리고 저의 형 매트도요." 나는 잘못을 고치기 위해 잠시 말을 멈추었다. 후후, 기회를 놓치지 않는 나의 센스가 빛나는 순간이었다. "아, 죄송해요, 저희 형은 매튜라는 이름을 더 좋아해요. 어쨌든, 저희는 여기에 안나 박사님을 돕기 위해서 왔고요. 그래서 안나 박사님이 안전하신지 확인하려면 우리는 박사님을 먼저 찾아야 해요."

잠시 후, 그녀가 대답을 했다. "너희가 정말 그녀의 친구가 맞는 거니?"

"네, 진짜 사실이에요."

소피가 한발 뒤로 물러섰고, 그래서 나는 플라스틱 용기를 들여다보기 위해 좀 더 앞으로 다가섰다. 용기 바닥에는 내 손바닥만 한 크기의 노란색 생명체 네다섯 마리가 천천히 움직이고 있었다. 그것들은 분명히 불가사리는 아니었다. 문어도 아니었다. 그렇다고 물고기도 아니었다. 솔직히 말하면, 그것들은 마치 크게 재채기를 했을 때 콧구멍 바깥으로 뿜어져 나오는 물질 같았다. 그런데 그 생명체들은 분명히 살아서 움직였다. 그들은 여기저기 기어 다니고, 살금살금 움직이기도 하고, 용기 바닥에 쩍쩍 달라붙기도 했다. 나는 부르르 몸을 떨었다. 작은 괴물처럼 생긴 그 녀석들이 다음번 내 악몽 속에 나타나 주연으로 활약을 하겠구나 하는 강한 느낌이 들었다. "저것들은 대체 뭐죠?" 내가 물었다. "아, 더 중요한 질문인데요, 초콜릿 아이스크림 있나요? 밖에 미스터 프로스티가 고장이 난 것 같아요."

197

멀리서 보니 기계의 타이머 스위치가 움푹 들어가 있었다. 소피는 웃음을 짓더니 한쪽 팔을 앞치마 앞으로 가져다가 다른 팔목으로 팔꿈치를 지지하고 서서는 이마는 자신의 손을 향한 채 고개를 흔들었다. "오케이, 오케이, 알겠다. 그럼 내가 알고 있는 것을 말해 줄게. 먼저 바게트를 가져와야 해. 알롱 쥐. (Allons-y, 어서 가자*)"

나는 그녀를 따라 두 개의 통로를 지나서 오븐이 있는 곳까지 갔다. 소피는 길쭉하고 바삭바삭한 바게트 수십 개를 꺼내서 선반 위에서 식혔다. 신선하게 갓 구운 빵 냄새는 아이스크림을 먹고 싶은 생각도 잊게 만들었다.

주방 후문이 흔들리며 열리자 뒤이어 바닥을 구르는 구두굽 소리가 들렸다. "누구죠?" 내가 나지막한 목소리로 물었다.

소피는 한숨을 짓더니 작은 타월로 바게트 하나를 둘둘 말았다. "기지국장. 하여튼 내가 빵을 구울 때면 어김없이 나타나. 언제나 그녀를 위해 여분의 빵을 만들어 두지."

은발의 맥머도 기지의 여왕은 나를 보자 얼굴을 찌푸렸다. 나는 아무런 잘못이 없다는 티를 팍팍 내며 악수를 청하는 손을 내밀었다. 국장은 빵을 받아들고, 소피에게 고마움을 표한 다음, 그 기다란 빵으로 나를 가리켰다.

"나는 여전히 너희 셋을 지켜보고 있다. 잊지 마라."

일단 국장이 자리를 뜨자, 소피는 조리대 아래에서 스툴을

두 개 끄집어내어 그중 하나를 내게 내밀었다. "저 여자와 잘 지내는 것도 좋은 일이야. 너도 빵 좀 먹을래?"

"저는 진짜 아이스크림이 먹고 싶었는데요."

"하여튼, 미국 사람들은." 그녀가 투덜거렸다. "이건 네 취향의 문제인 거지!"

나는 멋쩍은 듯 어깨를 한번 으쓱였다. 잠시 후 그녀는 맥빠지게 너무 작은 그릇에 아이스크림을 담아서 들고 돌아왔다. 어쨌든 나는 그녀에게 고마움을 표했다. "자, 이제 이야기를 좀 해 주세요. 전부 다 말해 주세요."

얼음 밑 세계 10

다시 방으로 돌아왔을 때, 아바는 노트북 앞에 몸을 숙이고 앉아 느린 동작으로 안나 박사의 영상을 돌려 보고 있었다. 매트는 고개를 숙인 채 골똘히 생각하며 테이블 주위를 걸어 다녔고, 행크 박사는 한쪽 구석에서 오른손 손가락으로 턱을 톡톡 두드리고 있었다. 브리트니는 보이지 않았다. 소피와 나는 방문 앞에서 잠시 기다렸다.

내가 헛기침을 했다.

아무런 반응이 없었다.

지금 매트의 정신은 몰아치는 눈보라 속에 갇혀 있는 모양이다. "브리트니 씨가 말했던 것처럼, 그게 일종의 생물의 분비물 같은 것인가요?"매트가 질문을 했다. "그러니까 생명체의 바닥 부분에서 배출되는, 뭐 그런 거 말이죠. 좀 일리가 있지 않나요?"

"그래그래, 그런 것도 같다."행크 박사가 말했다. 그러더니 박사는 손가락으로 턱을 두드리던 동작을 멈추었다. "아니, 아니, 아니야. 만약 그 말이 맞다면, 얼음의 밑바닥이 분비물이라고 하는 물질로 뒤덮여 있겠지. 그렇지만 그 영상 속에서 우리가 분명히 봤잖아."박사는 마우스를 잡고 영상을 돌려 얼음 밑부분이 나오는 장면으로 갔다. "저기, 천장을 보면 너무 깨끗하고 선명해. 투명해서 다 보여."

"그렇다면, 저 부분은 그냥 얼음인 거네요,"매트가 말했다. "제가 지난번에 넌지시 말씀드렸던 것처럼요."

자기가 넌지시 말을 꺼냈다고? 아니, 저건 애초부터 완전히 내가 생각해 냈던, 나의 아이디어였다. 매트의 질문에 바로 답을 하려던 행크 박사의 표정이 일순간 기이하게 일그러졌다. "아니, 이 아주 맛있는 냄새는 뭐냐? 갓 구운 빵 냄새 아니니?"박사가 물었다.

이제야, 드디어 그들이 나의 존재를 알아봤다.

소피가 박사에게 바게트 한 조각을 뜯어 건네주며 말했다. "좀 더 가져올 수도 있었지만, 저는 미국인들이 아이스크림만 좋아하는 줄 알았거든요."

행크 박사는 빵 조각을 코에 갖다 대고는 깊이 숨을 들이마셨다. "제대로 잘 구워진 바게트는 진짜 감탄할 만하죠. 만약 우리가 우주 밖의 지적인 생명체들과 접촉을 한다면, 저는 말이죠, 우리 인류의 위대한 음식 중 하나로 바게트를 선보여야 한다고 강력히 주장하겠어요. 원래 음식이라는 것이 채소나 곡류 같은 것을 기본으로 해야 하거든요. 고기나 생선 같은 것은 말할 필요도 없지요. 외계인들은 참치나 소 같은 복잡한 생명체로 단백질을 얻겠다고 도살하는 행위를 불쾌하게 받아들일 수도 있거든요."

"어머, 소고기를 안 좋아하세요?" 소피가 물었다.

"아뇨, 저 좋아해요," 행크 박사가 말했다. "저는 지금 외계인들에 관해서 이야기를 하고 있는 거예요. 왜냐면, 보시다시피…."

"음, 어, 저기 행크 박사님?" 아바가 박사의 말을 끊었다. "잭, 우리 방문 앞에 제빵사를 모시고 나타났네. 글쎄, 내 생각에는 그럴 만한 이유가 있을까 싶은데, 뭐지?"

"아, 맞다, 맞아. 자, 들어오세요. 어서." 행크 박사가 우리 뒤에서 문을 닫으며 말했다. "음, 그런데… 누구시죠?"

"소피 본홀드라고 합니다." 그녀가 말했다. "주방장이죠."

"그리고 안나 박사의 친구세요." 내가 한마디 거들었다.

"오, 도나텔리 박사와 친구시라고요?" 행크 박사가 물었

203

다. "저는 헨리 위더스푼입니다. 행크라고 부르시면 돼요."

"아, 네, 그 유명한 행크 박사님이시군요. 그러면 네가 아바고 너는 매튜구나." 그녀가 말했다.

나는 매트가 나를 쏘아보기를 내심 기다리고 있었는데, 그는 아무런 반응도 보이지 않았다.

"브리트니 씨는 어디 계신가요?" 내가 물었다.

"그녀는 국장에게 이야기를 하러 갔어." 아바가 말했다. "기지 차원에서 안나 박사님을 찾아 나설 수색대를 조직할 수 있는지 알아보려고."

매트가 깊은 한숨을 내쉬었다. "그런데 브리트니 씨도 영상 속에서 단서가 될 만한 것은 아무것도 찾지 못했어. 그러니 그녀가 국장을 설득한다 해도, 안나 박사를 쉽게 찾을 수 있겠느냔 말이지."

"흠, 글쎄. 아마 내가 방금 소피 씨에게서 알게 된 정보를 들으면 깜짝 놀라서 도저히 못 믿을걸?"

"자, 얘기를 해 보렴. 어서," 행크 박사가 말했다. "잘 들어 볼게."

"네, 말씀드릴게요." 내가 답을 했다. "그렇지만 여러분들은 그 작은 녀석들을 직접 눈으로 보고 싶을 거예요."

"작은 녀석들이라니? 무슨 말이니?"

"레보킨 씨가 말했던 것처럼, 안나 박사님이 그 생명체의 샘플을 몇 점 가져오셨어요. 그것들을 그냥 연구실에 보관하지 않으셨죠. 여기 소피 씨에게 맡겨서 아무도 훔쳐 가지 못하게 했어요." 내가 설명을 이어 갔다.

"그렇지만, 안나 박사님이 레보킨 씨에게는 그 생명체들을 도난당했다고 말씀하셨잖아." 아바가 언급했다.

"네, 그러니까, 안나 박사님이 사라졌던 그날 밤, 제가 그 생명체들을 한쪽 냉장고에서 주방의 다른쪽 냉장고로 옮겼어요." 소피가 말했다. "그 첫 번째 냉장고는 너무 복잡했어요. 또 여러 사람들이 수시로 사용하기도 하고요. 안나 박사님이 데려온 그 작은 녀석들이 수프의 재료로 쓰일 수도 있겠다 싶어서 걱정이 되었죠."

"그렇지만 안나 박사가 그 생명체들을 못 찾았다면, 당신에게 바로 물어볼 수 있었던 거 아닌가요?"

소피는 구두의 앞코를 세우고 바닥에 둥근 원을 그리고 있었다. "글쎄요, 안나가 저를 찾지 못했을 거예요. 그날 밤, 저는 극장에서 영화를 관람하고 있었거든요."

소피는 앞서 이 사실은 내게 말하지 않았었다. "영화를 보셨다고요?" 내가 물었다. "그럼 영화가 끝나고서라도 안나 박사가 왜 당신을 찾지 않은 거죠?"

소피는 양손으로 얼굴을 감싸 쥐면서, 알아들을 수 없는 말로 중얼거렸다.

"뭐라고요? 무슨 말씀인지 못 알아듣겠어요."

소피는 손을 떨구며 소리쳤다. "그건 작은 강아지에 관한 영화였다고요! 치와와 종이요. 너무 귀여운 녀석이죠." 그녀는 좀 더 강한 어투로 말했다. "이 작은 개가 엄청난 모험에 나서는 이야기인데…." 그녀는 한숨을 내쉬었다. "저는 이 영화를 연속해서 내리 세 번을 봤어요. 바로 그래서 안나가 저를 찾을 수 없었던 거예요. 제발, 이 사실은 아무한테도 말하지 말아 주세요. 저는 프랑스 사람이잖아요. 프랑스에서 영화를 만들어 냈잖아요. 저에게는 그 영화를 보는 것이 마치 매일 바게트만 먹다가 어쩌다 한 번 소시지를 말아 넣은 핫도그 롤빵을 먹는 것 같았거든요."

"그러니 핫도그 롤빵을 세 개나 드신 셈이네요." 아바가 말했다.

"에그작터망!(Exactement, 바로 그거야*) 내가 영화관 안에 너무 오래 머무는 바람에, 안타깝게도 안나가 나를 찾지 못했던 거죠. 안나는 치와와 영화에 빠져 있는 나를 찾아볼 생각은 전혀 못했겠죠. 그러니 자기가 데려온 생명체를 찾을 수 없었을 테고, 당연히 도난당했다고 생각했겠죠."

매트는 손등으로 이마를 문지르고 있었다.

"잭, 그 작은 생명체들이 어떻게 생겼어? 크기는 어느 정도니?"

"음, 아마 내 손바닥만 할까?" 내가 말했다. "근데 좀 괴상하고 으스스하게 생겼어."

"그것들이 지금 어디 있니?" 행크 박사가 물었다.

"주방에 있어요." 내가 말했다.

행크 박사가 마치 올림픽 단거리 주자마냥 총알처럼 복도를 뛰어 내려갔다. 나는 깜짝 놀란 채 그대로 서 있었다. 박사님이 그렇게 뛰는 걸 한 번도 본 적이 없었다. 박사님을 뒤따라 나서던 매트가 몇 발자국을 떼기도 전에 카펫 끝에 발이 걸렸다. 순간 나는 운동 신경이라고는 전혀 없어서 늘 헤매는 나의 형이 좀 안쓰럽게 느껴졌다. 형은 바로 몸을 추스르고 똑바로 일어서서 나를 노려보았다. 그런데 비웃음을 짓지 않는 나를 보고는 짐짓 놀란 표정이었다. 그러더니 번개처럼 박사님의 뒤를 따라갔다.

"우리도 따라갈까?" 아바가 물었다.

"아니, 그냥 두 남자들이나 달리기 운동을 열심히 하게 놔둬." 소피가 말했다. "먼저 가서 우리를 기다리고 있을 거야. 그들은 주방 어디에 그 생명체가 있는지 모르잖아. 크게 소리를 질러서 알려 줄 수도 있지만, 그런데 인생에는 말이야, 때때로 다른 사람들에게 너를 좀 기다리게 만드는 것이 더 나은 때가 있단다, 메 자미.(mes amies, 나의 친구들*)"

"보트르 콩세유 에 봉.(Votre conseil est bon, 좋은 조언이시네

207

요*) 아바가 답을 했다.

"마니피크!(Magnifique, 대단하네*)" 소피가 반응을 보였다. "어머나, 저 애는 불어를 할 줄 아네!" 소피가 나를 보며 말했다.

"네, 그러게요."

우리가 주방에 도착했을 때, 행크 박사와 매트는 식당 문 앞에서 숨을 헐떡이고 있었다. 소피가 우리를 주방 안으로 안내했다. 우리가 냉장고에 가까이 다가가자 소피가 멈추어 섰다. "이게 뭐지?" 소피가 물었다. 그녀는 몸을 숙인 채 쭈그리고 앉아서 바닥에 나 있는 물 자국들을 살폈다. "잭, 이건 아까는 없었어, 맞지?"

그녀는 냉장고 문을 당기듯 홱 하고 열어젖혔다. 선반 위에 플라스틱 용기가 놓여 있던 자리가 어이없게도 텅 비어 있었다.

"모두 사라져 버렸어요." 내가 말했다. "그 생명체들이 없어졌다고요!"

"그렇지만, 우리가 자리를 비운 것은 불과 5분 정도잖아! 어떻게 이런 일이 일어날 수 있는 거지? 대체 그 생명체의 존재에 대해서 누가 알 수 있겠어?" 소피가 물었다.

기지국장, 어쩌면 그녀가 알지도 모른다. 그녀는 직전에 바게트를 얻으러 주방에 왔었다. 그렇지만 그녀가 왜 안나 박사의 연구 결과물을 훔쳐 가겠어? 왜 그녀가 과학적 발전을 저지하는 일을 하려 들겠어? 그건 말이 안 돼. 그러나 또 다른 가능성이 있기는 했다. "브리트니 씨는 알고 있을까요?" 내가 물었다. "아까 소피 씨랑 내가 방에 들어섰을 때, 브리트니 씨가 방금 전에 갔다고 아바 네가 말했었잖아. 그게 몇 분 전이었어?"

"브리트니는 아니야, 잭." 행크 박사가 말했다. "그녀는 지구 과학자야. 안나가 하는 연구는 완전히 그녀 분야 밖의 일이야."

아바는 통로 끝에서 몸을 수그린 채, 바닥에 나 있는 작은 물 자국을 가리켰다. "누군가가 이리로 지나갔어." 그녀가 말했다. 그 도둑은 용기를 들고 급하게 가느라 바닥에 물을 튀겼다. 우리는 그 물 자국을 따라 통로 끝까지 가서 모퉁이를 돌아 출입문 밖으로 나왔다.

출입문 밖의 복도는 세 갈래로 갈라져 있었다. 그리고 그곳에는 물 자국이 보이지 않았다.

"이건, 무슨 상황이지?" 아바가 물었다.

아무도 대답이 없었다.

아무런 단서가 없으니 이제 다음에 무엇을 해야 할지 아무도 몰랐다.

우리 다섯 사람은 다시 천천히 냉장고가 있는 곳으로 걸어

갔다. 나는 타월을 집어 들고 바닥의 물기를 닦기 시작했다.

"이것 참, 이해가 안 가네." 행크 박사가 말했다. "안나가 그 생명체들을 냉장고 안에 보관하라고 말했다 그랬죠?"

"그리고 그것들이 살아 있었다고 하셨죠?" 매트가 한마디 덧붙였다.

"네, 그래요. 그 생명체들은 살아 있었어요. 그리고 안나의 지시 사항은 아주 명확했어요." 소피가 설명했다. "냉장고에 보관하되, 영하의 온도에 두라고 했어요. 약 영하 1도씨 정도로요."

"섭씨로요." 내가 언급했다.

"당연하죠." 그녀가 말했다. "섭씨 말고 온도 측정하는 다른 방법이 또 있나요?" 행크 박사는 눈썹 끝을 올리며 '봐, 내 말이 맞잖아.'라는 표정을 지어 보였다. 소피가 말을 이어 갔다. "온도는 영하 1도로 맞추고, 저더러 여섯 시간에 한 번씩 그 생명체들의 상태를 확인하라고 했어요. 그래서 저는 여섯 시간마다 그 용기에서 작은 얼음 조각들을 떠내서 다른 병에 따로 담았어요. 그러고는 또 다른 병들에 담겨 있는 새로운 물을 그 생명체가 들어 있는 용기 안에 부었죠."

"왜 그렇게 하셨어요?" 아바가 물었다.

소피가 어깨를 으쓱였다. "쥬 느 쎄 빠.(Je ne sais pas, 나는 몰라요*)"

"나는 알 것 같아." 매트가 나섰다. "그렇지만 그 물부터 좀 확인해야겠어."

소피가 냉장고 문을 획 열었다. 그녀는 병을 하나 집어 들더니 철제 조리대 아래 선반에서 또 다른 병을 하나 꺼냈다. "제 생각에 이게 뭔가 가치가 있는 거 같은데, 도둑이 이건 못 찾았나 봅니다."

매트는 소피가 써 놓은 라벨들을 읽었다. "하나는 염소 식초고 다른 것은… 음, 돼지 침?"

"이건 나의 아이디어였어요. 잘했죠. 아닌가요? 내가 만약 '희귀한 생명체 실험'이라거나 뭐, 그런 비슷한 걸 써 놓으면, 쉽게 들통이 났겠죠. 그러나 돼지의 침에 관심이 있는 사람은 아무도 없잖아요. 뭐, 여기 사람들만 관심이 없을 수도 있겠죠. 아무튼요. 어쩌면 어떤 식당에서는 그걸 끓여서 소스를 만들지도 모르겠지만요…."

아바가 알았다는 듯 손가락을 튕겼다. 소피의 묘책은 좀 노골적이기는 했지만 효과는 있었다. 소피는 두서없이 하던 말들을 끊고 안나가 그녀에게 지시했던 과정들을 설명했다. 소피는 아까 내가 보았던 그 국자를 꺼내서는 마치 플라스틱 용기 안에 여전히 그 생명체들이 들어 있기라도 한 것마냥, 떠내는 시늉을 해 보였다. "그러니까 제가 이렇게 고드름을 용기에서 떠내서 여기다 담는 거예요." 그녀가 염소 식초라고 라벨을 붙여 둔 뚜껑을 톡톡 치며 말했다. "그러고 나면 이쪽 병들에 담겨 있는 물들로 용기를 채우는 거예요."

"그 '돼지 침'이라고 쓴 병들 말이군요." 아바가 말했다.

"에그작터망! 그래서 안나가 시키는 대로 여섯 시간마다 한 번씩 이런 식으로 3일째 하고 있었거든. 그렇게 신경을 바짝 쓰다 보니 내 눈 밑에 다크 서클까지 생겼다니까."

매트는 돼지 침이라고 쓰여 있는 병들 중 하나를 집어 들었다.

"안 돼." 행크 박사가 말했다. "혹시 우리 생각과 다르게 일이 진행될지도 모르니, 만약의 경우를 대비해서 내가 확인해야 해."

박사는 그 병을 들어 입술 가까이에 갖다 대더니 한입 가득 머금었다. 입속에서 이리저리 굴리다가 개수대 안으로 뱉어 냈다.

"바닷물인가요?" 매트가 물었다.

"그래, 바닷물이야." 행크 박사는 움찔하는 표정을 지어 보이며 말했다. "너무 차가워. 이가 시릴 만큼 차갑네."

행크 박사는 형이 '염소 식초'라고 쓰여 있는 유리병의 뚜껑을 열어 마셔 보는 것을 굳이 말리지 않았다. "와우, 놀라운데요. 이건 완벽하게 신선해요."

내가 못 참고 끼어들려던 참에 소피가 내 대신 질문을 했다. "누구든 지금 뭘 하고 계신지 설명을 좀 해 주시겠어요?"

"모르시겠어요?" 매트가 물었다.

아니, 몰랐다. 소피와 나는 알지 못했다.

"그 생명체들이 바로 바닷물의 염분을 제거시키고 있었던 겁니다!" 행크 박사가 말했다.

"바로 클러터벅 상, 주제네요." 내가 말했다.

"그래, 잭." 매트가 말했다. 매트는 정말 놀랐는지 목소리도 떨렸다.

행크 박사가 작은 원을 그리며 걷기 시작했다. "이거, 이거, 정말 놀랍다. 세상을 바꿀 만하네! 엄청나. 대단해, 그 이상이야. 실로 어마어마해!" 박사가 멈추어 섰다. "흠, 어마어마한 정도는 아닐 수도 있겠다. 그렇지만 엄청난 건 사실이야. 정말로."

매트는 말 그대로 흥분을 해서 겅중겅중 뛰었다. "네가 봤다던 그 으스스하게 생긴 생명체들이 바닷물을 소화시키거나 아니면 들이마시는 게 틀림없어. 그리고 체내에서 바닷물에서 소금을 분리시키는 거야. 그러니까 배설물은 소금과 담수가 되는 거지."

"그러니까 그 생명체들이 바닷속에서 깨끗한 물을 배설하고 있었다는 거지. 그건 식수로도 쓸 수 있고 말이야." 행크 박사가 부연 설명을 했다. "그러나 그 물은 영하의 온도에서는 즉시 얼어서 그 작은 고드름 같은 얼음 덩어리들을 생성하는 거야."

아, 알겠다. 나는 어휘에는 강하니까. 그리고 '배설'이라는 말의 의미도 나는 알고 있었다. 그건 우리의 신체나 다른 생물의 신체가 불필요한 물질을 체내에서 제거해 내는 것이다. 우리는 일반적으로 배관 시설을 갖추고 있는 하얀색 도자기 안에다 '배설'을 한다. "음, 그러니까 만약 그 생명체들이 그 담수를 배설해 낸 거라면, 형이 지금 걔네들 오줌을 마신 거네."

행크 박사는 내가 한 농담을 알아듣고는 완전 신이 나셨다. "바로 그거야!" 박사가 말했다. "너도 먹어 봐! 물맛이 아주 좋아."

아바와 소피가 키득키득 웃었다.

"잭, 이건 진지한 상황이야. 장난이 아니라고!" 매트가 말했다. "이 발견은 정말 역대급으로 엄청난 거야. 그러니까 내 말은, 만약 이 생명체들을 이용하거나 아니면, 이 원리를 적용한 기계를 고안해 낸다면, 수천만 명을 위한 깨끗한 식수를 만들 수 있게 된다는 걸 의미해."

수천만 명은 매트의 말일 뿐이고 내 머릿속에는 다른 아이디어가 떠올랐다. 나는 다른 누가 나와 같은 생각을 먼저 말할까 싶어서 얼른 한마디 던졌다. "그럼, 저런 엄청난 일을 한 사람이 바로 클러터벅 상의 우승자가 되겠네요. 그렇죠?"

모두가 잠시 조용했다. 내 말이 옳았다. 그들의 표정이나 손가락으로 턱을 톡톡 치고 있는 행크 박사의 행동을 봐도 내 말이 옳다는 것을 알 수 있었다. 안나 박사가 사라진 것은 더 이상 과학과 관련된 일이 아닌 것이다. 그녀의 발견은 그 야말로 금전적으로 가치가 있는 일이었다. 우리는 수백만 달러의 상금을 말하고 있었다. 그러나 그보다 훨씬 많은 돈이 들어올 것이다. 그렇다면 그 생명체를 훔쳐 갔을 가능성이 있는 사람은 여러 명이 될 수도 있다.

레보킨? 골딩? 어쩌면 그 은발의 괴팍한 국장의 짓일 수도 있는 것이다. 그녀는 아까 바게트를 받아 든 후, 정말 주방을 나갔을까? 아니면 통로 옆 어딘가에 숨어서 소피의 설명을 전부 엿듣고 있던 것은 아닐까? 어쩌면 그녀가 범인일 수도 있다. 아니면 행크 박사의 말이 틀렸을 수도 있다. 그러니까 우리가 친구라고 믿고 있는 브리트니가 우리 모두를 속여서 자신을 우리 편이라고 믿게 만들었을 수도 있다.

아바가 내 어깨를 꾹 눌렀다. "접착 카메라!" 그녀가 외쳤다. "접착이 뭐 어쨌다고?" 소피가 물었다.

우리는 설명을 할 여유가 없었다. 아바와 나는 서둘러서 뒷문을 통해 주방을 빠져나왔다. 다른 사람들도 우리의 뒤를 따라왔다. 복도 맞은편, 불과 몇 발자국 떨어진 곳에, 출구

유도등과 벽 사이 공간에 아바가 설치해 놓은 카메라가 잘 붙어 있었다. 누구든 그 생명체를 훔쳐 간 사람은 황급히 저 카메라 앞을 지나갔을 것이 틀림없다. 아바는 답답해서 못 참겠다는 듯 스마트폰의 화면을 손가락으로 두드렸다.

"뭐라도 있어?" 내가 물었다.

"작동할 때까지 좀 기다려야 해."

몇 초 후에 아바는 그녀의 작은 스마트폰 화면에 녹화 영상이 보이도록 했다. 우리가 기대했던 것만큼 화질이 선명하지 않았다. 렌즈에 습기가 서려 있었다. 행크 박사는 주방에서 빠져나온 따뜻하고 습한 공기 탓이라고 말했다. 그러나 바로 그때, 우리가 기대했던 그 장면을 아바가 찾아냈다. 플라스틱 용기를 들고 주방 뒷문을 통해 뛰어가는 누군가의 짧은 동영상이었다. 그 사람의 얼굴은 볼 수가 없었다. 그러나 꼭 얼굴을 알아야 할 필요는 없어 보였다. 그 도둑은 신경에 거슬리는 밝은 주황색의 방한복 재킷을 걸치고 있었다.

지도에 표시된 원

남극에는 부정행위를 저지른 과학자들을 수용하는 감옥 시설이 과연 있을까? 아마도 없을 것이다. 그러나 감옥 같은 곳이 있다면 어떨지 상상해 본다. 그곳 계산기의 건전지들이 모두 제거될 것이고, 각도기들도 고장이 날 테고, 수감자들은 밖으로 나가지 못하게 될 것이다. 왜냐면, 아무리 구름 낀 우중충한 날씨라도 과학자들에게는 흥밋거리가 될 수 있기 때문이다. 남극에 있는 다른 사람들처럼 평범한 붉은색 방한복을 입기에는 너무 착하신, 프랭클린 골딩 같은 사람에게 딱 어울리는 처벌 같은 게 있어야 했다. 나는 그날 밤, 우리가 골딩을 잡고 안나 박사가 무사히 돌아오면 어떤 일들이 펼쳐질까를 생각하며 상상의 나래를 펴느라 거의 잠을 자지 못했다.

그 전날 밤, 우리는 수십 명의 사람들에게 골딩을 봤는지를 물으며 그를 찾기 위한 수색을 시작했었다. 기지의 시설물 관리 기사는 골딩이 마지막으로 현장으로 나갔다가 돌아왔는지도 모르고 있었다. 월터도 아무런 단서를 갖고 있지 않았다. 소피의 친구들인 식당 직원들도 최근 골딩을 봤다고 기억하는 사람은 아무도 없었다. 행크 박사의 방 밖에서 브리트니와 마주쳤다. 그녀는 안나 박사를 수색하자고 국장을 제대로 설득시키지 못했단다. 그리고 골딩이 어디 있는지도 알지 못한다고 했다.

매트는 땀에 흠뻑 절어서 체육관에서 돌아오는 빅터 바렌사를 세워서 묻기도 했지만, 그 잠수부, 우리의 용의자는 여전히 현장에 있을 거라고 주장했다.

"너희들이 직접 그를 보게 될 거야." 그가 말했다. "내일 헬리콥터를 보내서 골딩을 데려올게. 그 사람들한테 나간 김에 안나도 찾아보라고 얘기를 해 보든지. 그 얼음 지대 왼쪽은 최고의 다이빙 지점이거든. 그곳은 다양한 수생 생물로 가득해. 바로 그 때문에 골딩이 먼저 거기에 가 있는 거지."

글쎄, 빅터의 말을 믿어야 할지 나는 알 수가 없었다. 그렇지만 어떻게 해서라도 그 헬리콥터를 얻어 타야 한다.

다음 날 행크 박사가 우리 방문을 열었을 때, 그는 다짜고짜 내 몰골이 형편없다는 말을 꺼냈다. 내 입은 바싹 말라서 아주 건조했고, 관절 마디마다 피부가 터서 갈라지기 시작했다. 매트는 책상에 앉아 책을 읽고 있었다. 나는 일어나 앉아서 손을 뻗어 물잔을 집어 들었다. 그때 아바는 이미 잠에서 깨어나 정신이 들었는지 행크 박사를 따라 우리 방으로 들어섰다. 아바는 털이 복슬거리는 분홍색 잠바를 걸치고 있었다. 갑자기 내 기분이 확 살아났다. 여행 가방을 쌀 때 내가 예상했던 대로, 아바는 입을 만한 깨끗한 옷이 다 바닥난 모양이다. 이제 내가 몰래 챙겨 온 옷을 내줄 수 있게 되어 매우 기뻤다. 그러나 내가 기대하고 있는 바로 그 순간이 오기 전까지 완벽한 승리를 말하기에는 아직 일렀다. 아바는 내 얼굴에 웃음이 피어오르는 것을 보고는 나를 쏘아보았다.

"아무 말도 하지 마." 아바가 말했다.

나는 기침을 하고는 물을 마셨다. 어제 빅터 바렌사와 이야기를 나누고 나서 행크 박사는 기지국장과 이야기를 해서 헬리콥터가 뜰 때, 우리도 데려가도록 해 보겠다고 약속을 했었다. "그래서 계획이 뭐예요?" 내가 물었다. "우리도 가는 건가요?"

"그래, 우리도 간다." 박사가 말했다.

"와, 국장을 어떻게 설득시켰어요?" 매트가 물었다.

"간단했어. 헬리콥터를 태워 준다면 애초 예정보다 더 빨리 남극을 떠나겠다고 했어."

가끔씩 업신여김을 당하는 것도 나쁘지는 않다. "조종사들에게 말씀하셨나요? 안나 박사를 찾으러 나가는 데 동의를 하던가요?"

행크 박사가 고개를 끄덕였다. "모두 다 준비됐다. 골딩이 있는 캠프 동쪽으로 운항할 거야. 로스 얼음 지반에 좀 더 가까운 쪽이다. 그들 말이 우리가 상당히 넓은 지역을 살펴봐야 할 거래. 그러고 나서 골딩을 태우러 돌아올 거래."

우리가 만약 안나 박사를 찾는다면, 골딩은 과연 어떤 반응을 보일까? 거짓말을 할까? 자신의 개입을 부인할까? 아무것도 모르는 척을 할까? 나는 골딩이 어떤 반응을 보일지 정말 궁금했다. 내 마음 한 구석에서는 그가 눈물을 흘리며 흐느껴 우는 모습을 보고 싶기도 했다.

행크 박사가 턱을 쭉 빼고 눈살을 찌푸리며 나를 바라보았다. "너, 정말 괜찮은 거니? 이번 수색에 따라나설 수 있겠니?"

기침 때문에 멀쩡한 척을 해 보려는 나의 시도는 실패로 돌아갔고, 곧 나는 안나 박사가 발견한 생명체와 비슷하게 생긴 가래를 토해냈다. "물론, 괜찮아요." 내가 말했다.

나는 옷을 갈아입었다. 붉은 방한복으로 꽁꽁 무장을 한 채, 아침을 먹고는 부리나케 헬리콥터 이착륙장으로 달려갔다. 헬리콥터의 날개가 천천히, 그러나 얕게 내려앉은 눈구름을 뚫고 날아오르기에 충분한 속도로 돌고 있었다. 의료센터에서 나온 직원이 출입문 쪽에서 우리를 기다리고 있었다.

그 직원은 한 사람씩 간단한 검진을 하고 나서야 출입문을 통과시키고 있었다. 나는 아바와 매트에게 먼저 가라고 재촉했다.

내 차례가 되자, 검진을 하는 직원이 실눈을 떴다. 그녀는 몸을 한쪽으로 수그리며 나를 찬찬히 살펴보았다. "기침 한번 해 봐." 그녀가 말했다.

"저는 멀쩡한데요."

"그래, 그러니까, 기침해 봐."

나는 헛기침을 했다. "죄송하지만, 도저히 기침이 안 나오는데요."

그녀가 나의 등을 탁 쳤다. 동시에 내 폐에서부터 훅 빠져나온 미끈한 덩어리가 내 입속으로 튀어 올랐다. "뱉어 봐라." 그녀가 땅바닥을 가리키며 말했다. 그래서 나는 시키는 대로 했다. 역겹게 보이는 누리끼리하고도 거무튀튀한 덩어리가 땅바닥 위로 흩어졌다. 그녀는 무릎을 구부리고는 내 입속에서 빠져나온 그 내용물을 잠시 살펴보았다. "너는 여기 있는 거다. 들어가서 누워 있어야겠다."

우겨 봤자 십중팔구 소용없는 줄을 알았지만 그래도 떼를 써 보았다.

보기 좋게 실패했다.

행크 박사는 애써 실망스러운 표정을 지어 보이려 했다. "어린아이들에게는 무엇보다 건강이 우선이다, 알지? 들어가서 공부나 좀 하고 있든지. 그리고 안나 박사 걱정은 말고." 박사는 나의 어깨를 가볍게 두드렸다. "우리가 그녀를 찾을 거야."

"오, 어쩌니, 안됐다." 아바가 말했다.

아바가 나를 동정해 봤자 나는 헬리콥터에 오르지 못할 몸이었다. 흥분과 열정으로 한껏 부풀어 올라 있었는데, 마치 욕조에서 물이 빠져나가듯 일순간 내 몸에서 힘이 쫙 빠져나가는 느낌이었다. 전에도 이렇게 홀로 버려진 적이 있었다. 적어도 한 다섯 번쯤은 있었다. 맨 처음과 가장 중요했던 때는 포함시키지 않은 횟수다. 왜냐면 그 시절 나는 아주 어린 아기였으니까 말이다. 그렇지만 이번 일은 마치 화살처럼 내 가슴에 쑥 박혀서 마음이 아팠다. 안나 박사가 사라진 이면에 뭔가 이상한 점이 있다는 것을 발견했던 사람은 바로 나였다. 사람들이 내 말에 귀를 기울이게 될 때까지, 한 사람 한 사람 붙잡고 귀찮게 하면서 문제를 제기했던 사람이 바로 나였다. 물론, 내가 이메일을 확인하기로 한 걸 깜빡 잊은 건 사실이지만, 그래도 이 상황들을 진지하게 생각해 보도록 만든 사람도 나였다. 그래서 그들이 그녀를 구하러 떠나게 된 것이다. 그런데, 나만 쏙 빼고 떠난다. 나만 홀로 여기 기지에 눌러 앉아 있는 사이, 그들은 영웅이 되어 돌아올 것이다.

이륙하는 헬리콥터를 지켜보는 것은 너무 가슴 아플 것 같아서, 나는 맥이 빠져 축 처진 몸을 이끌고 내 방으로 돌아갔다. 나는 컴퓨터에서 약 1분 정도 홈스쿨링 숙제를 확인하고는 다시 침대 위에 털썩 주저앉았다. 행크 박사가 매트를 위해 인쇄해 둔 안나 박사의 연구 논문들이 바닥에 쌓여 있었다. 나는 그 논문들을 아직 읽어 보지 않았었다. 그렇지만 나는 이제 안나 박사의 일에 관해서 생각하는 게 싫증이 났다. 침대에 눕는 즉시 나는 두 눈을 감아 버렸다. 그래도 내 머릿속에서는 한 편의 영화가 돌아가기 시작했다. 헬리콥터에 앉아 있던 아바가 안나 박사의 대피소를 발견하는 모습이 그려졌다. 그리고 한 무리의 사람들이 안나 박사를 구하러 급강하를 하고 있다. 눈물과 환호성과 축하가 넘친다.

나는 일어나 앉았다. 논문 더미가 나를 비웃고 있었다. 나는 정말 잠시라도 안나 박사에 관해서는 좀 잊고 싶었다. 그렇지만 나는 어느새 논문을 손에 들고 훑어보고 있었다. 다행히도 그것들은 그냥 연구 논문이었다. 잡지에서 발췌한 기사들도 있었고, 인터뷰 기사들도 포함되어 있었는데, 그 부분은 매트가 손도 안 댄 것 같았다. 그중 한 인터뷰는 십 년 전쯤에 '파퓰러 사이언스'라는 잡지에 실린 것이었다. 운석을 찾으러 나섰던 현장에 관한 언급이 있었다. 행크 박사가 전에 말했던 것이기도 하다. 자신의 학력, 이론들, 그리고 삶의 목표에 관해서도 이야기했다. 그리고 인터뷰 기사의 두 번째 페이지에서 한 중간쯤 내려가다가 나는 소스라치게 놀라 소리를 지를 뻔했다. 꿈을 꾸고 있는 게 아니란 사실을 재차 확인하기 위해서 나는 그녀가 했던 말들을 두 번 소리 내서 읽어 보았다.

PS: 항상 그렇게 최극단에 살고 있는 생명체에 관심이 많으셨나요?

AD: 저의 첫사랑은 공상 과학 소설이었어요. 특별히 쥘 베른을 좋아했어요. '해저 이만 리'는 저에게는 완전히 성서 같은 존재였죠.

그 인터뷰는 계속 이어졌지만, 나는 필요했던 것을 이미 손에 넣었다. 나는 기뻐서 경중경중 뛰면서, 도서관으로 달려갔다. 성격이 까칠한 직원 몇 명이 나더러 좀 천천히 다니라고 말했다. 매트가 걸려 넘어질 뻔했던 카페트에 나도 발이 걸릴 뻔했지만 다행히 얼른 손으로 벽을 짚어 균형을 잡고는 다시 달려갔다.

도서관은 작고 좀 낡았다. 선반마다 책이 넘쳐 나는 책장

들이 벽을 따라 늘어서 있었고 한쪽에는 카드식 목록장이 서 있었다. 중앙에는 편해 보이는 의자들이 놓여 있었다. 기지 설비 기사가 무릎 위에 문고판 책을 펼치고 한가로이 손톱 정리를 하고 있었다. 저 손톱 가루가 책장 안으로 떨어지는 건가? 저 사람은 그런 건 신경도 안 쓰는 건가? 얄팍한 안경 너머로 그가 나를 흘낏 쳐다보았다.

"안녕, 지구인." 그가 말했다.

"여기 공상 과학 소설 있지요, 그렇지요?" 내가 물었다.

그는 엄지손가락으로 그의 뒤편 대각선 방향에 있는 책꽂이들을 가리켰다. "저기 뒤에 있어."

공상 과학 분야는 방대하지만, 베른의 소설은 수적으로 압도적이었다. 실제로 그의 소설이 한 열 권은 있었다. 나는 책꽂이의 책등을 손가락으로 하나씩 짚으며 걸어갔다. 하도 많이 이용해서 너덜너덜해진 '해저 이만 리'라는 두 권의 책들 사이에 얄팍하게 가죽으로 싸인, 제목도 없는 책이 눈에 들어왔다. 나는 그 책을 뽑았다. 겉표지에는 금박으로 새겨진 두 글자 말고는 아무것도 안 보였다. 이니셜이었다. 보다 정확히 말하면, 그 글자는 'A'와 'D'였다. 나의 심장은 한층 더 빨리 뛰기 시작했다.

책 안쪽에는 온통 이탈리아어로 글씨가 써 있었다. 나는 이탈리아어를 읽을 줄은 알았지만, 안나 박사가 적어 놓은 메모를 제대로 이해했는지는 확신이 안 갔다. 그녀의 필체는 한마디로 끔찍했다. 만약 초등학교 3학년 때 쿠네오 선생님이 내가 이런 글씨체로 쓰는 걸 보셨다면 아마 분명히 나를 다시 유치원으로 돌려보냈을 거다.

천천히 책장을 넘기는데, 여러 번 접혀 있는 큼직하고 두툼한 종이 한 장이 바닥에 툭 떨어졌다. "조심히 좀 봐라." 기지 설비 기사가 나지막한 목소리로 말했다. 그가 나를 내내 지켜보고 있던 건가? 나는 곁눈질로 그를 쳐다보았다. 그는 아직도 책을 읽으며 계속 손톱을 다듬고 있었다. 나는 몸을 숙여 그 종이의 한쪽 부분을 펼쳤다. 열람실 안에서 지속적으로 들려오는 유일한 소리는 줄로 손톱을 가는 소리였다. 나의 심장이 쿵쾅쿵쾅 두방망이질을 치고 있었다. 내 손에 들려 있는 종이는 분명히 지도였다. 나는 도저히 믿을 수가 없었다. 과연 내가 이걸 정말로 발견했단 말인가? 나는 그 종이를 다시 슬쩍 노트 안에 끼워 넣고는 베른의 소설을 꺼내서 위로 향하게 손에 들었다.

나가려는데, 기지 설비 기사가 다시 나를 불렀다. "책은 대출을 받아야지?" 그가 말했다.

"이젠 도서관 사서 일도 하세요?"

"말 좀 조심해서 해라." 그가 불쑥 대꾸를 했다. "그래, 맞아. 나는 오전에는 도서관 사서고, 오후에는 기지 설비 기사야. 거기 대출 카드에 그냥 책 제목이랑 네 이름이랑 오늘 날짜만 적어."

나는 세부적인 사항들은 제쳐 두고 얼른 '해저 이만 리' 책과 가죽 표지로 싸인 학술지를 움켜쥐고는 부리나케 방으로 돌아왔다. 방문을 닫자마자 나는 그 지도를 침대 위에 펼쳤다. 그 지도는 한쪽 면만 해도 대륙의 160킬로미터를 나타낸 것으로 엄청난 면적을 담고 있었다. 섬 남쪽 끝에 맥머도 기지가 주둔하고 있는 로스섬의 위치는 이 지도에서는 오른쪽 귀퉁이에 그려져 있다. 남극 본토의 해안선이 오른쪽에서 시작되어 반쯤 위로 이어지다가 로스섬 아래로 떨어지고 거기서 다시 곡선을 그리며 위쪽으로 향하고 있다. 나는 고개를 약간 옆으로 기울여 보았다. 해안선이 마치 엉덩이처럼 보였다. 얼음이 바다를 덮고 있는 지점들은 대부분 지도의 하단 부분에 몰려 있었는데 안나 박사는 그곳에 두 개의 줄을 나란히 그어 놓았다.

본토의 산들은 남극횡단산지에서 뻗어 나와 지도 좌측의 맨 위에서 바다까지 뻗어 있었다. 화산은 우측의 로스섬 가운데에 표시되어 있었다. 그리고 바로 이 지점이 상당히 흥미를 끄는 부분이었다. 안나 박사는 해안선을 따라 남극횡단산지 주변에 일련의 원들을 그려 놓았다. 박사는 끝이 뾰족한 초록색으로 원을 그렸고 그중 몇 군데에는 빨간색 펜으로 X자를 그어 놓았다. 표시들이 무리지어 그려진 한 지점이 맥머도 기지와 본토 사이에 있었는데, 기지에서 대략 8에서 16킬로미터 정도밖에 떨어지지 않은 거리였다. 이 지점들은 모두 X가 표시되어 있었다. 이 지점들은 분명히 안나 박사가 레보킨을 포함한 다른 팀원들과 함께 원정을 나갔던 지역일 것이다. 그리고 그 후, 레보킨이 설명했던 것처럼 안나 박사는 보다 먼 장소들을 탐험하러 몰래 나갔던 것이다.

초록색 원으로 표시한 지점들은 해안선을 따라 지도의 좌측 상단까지 뻗어 있고, 빨간색의 X자도 지도에 나타난 최북단까지 계속 표시가 되어 있었다. 해안선을 따라 중간 지점에서 좀 더 간 자리에 마지막 초록색 원이 있었다. 나는 다시 몸을 뒤로 젖혔다. 바로 그 지점쯤이 분명한데! 그러나 만약 그 지점들이 안나 박사가 탐험을 나섰던 장소들이라면, 그러면 또 다른 문제가 있다. 헬리콥터를 타고 나간 수색대는 로스섬의 동쪽을 수색할 것이다. 즉, 그들이 엉뚱한 장소를 찾아 헤매게 된다는 것을 의미한다.

나는 맨 마지막 초록색 원을 유심히 쳐다보았다. 혹시 이 지점이 안나 박사가 생명체를 발견했던 곳일까? 그렇다면 안나 박사는 레보킨과 팀원들을 남겨 놓고 갔을 때, 거기까지 설상차를 타고 갔을 수도 있다. 그러나 지금은 어쨌든 그녀 혼자 나갔다. 그런데 기계 설비 센터에는 설상차가 없어

졌다는 기록도 없으니, 그녀는 차량을 갖고 가지 않은 것이다. 그렇게 멀리까지 걸어서 간다는 게 과연 가능할까?

나는 노트에서 종이를 한 장 찢어 내서 안나 박사의 지도 아래쪽에 놓았다. 종이의 폭은 정확히 그 지도의 반에 해당하는 길이여서 지도 가운데 접힌 지점까지 펼쳐졌다.

안나 박사의 기호 표시에 따르면 그 지도의 한쪽 면은 약 160킬로미터를 나타냈다. 그것은 접혀서 주름이 간 지점과 종이의 폭이 80킬로미터의 거리임을 의미한다. 나는 찢어 낸 노트를 접었다. 종이 중간의 접힌 자리가 40킬로미터인 지점을 표시하는 것이다. 나는 그런 식으로 종이를 두 번 더 접어서 20킬로미터인지 뭐 대략 그 정도의 지점을 표시했다 (이런 면에서는 나를 봐주고 그냥 좀, 넘어가 주시길! 나에게 전용 계산기가 옆에 없었단 말이다. 그러니까 내 말은, 아바가 옆에 없어서 내 계산이 그 모양이라는 얘기다). 나는 모든 지점들의 거리를 다 적었고 종이의 가장자리를 안나 박사가 그려 놓은 원들과 일직선이 되도록 맞추어 보았다.

내가 한 방식이 정확한 것은 아니었다. 그러나 각각의 원들은 대략 그 거리가 15킬로미터 정도씩 떨어져 있는 것처럼 보였다. 나는 맨 위쪽에 X표시가 없는 원까지의 거리도 측정해서 그 수를 더해 보았다. 그런데 그 수가 너무 컸다. 불가능한 숫자가 나온 것이다. 나는 다시 계산을 하면서 나온 수를 확인해 보았다. 그래도 나온 답은 처음과 같았다. 만약 지도의 표시가 제대로 되어 있는 거라면, 그렇다면, 안나 박사가 마지막으로 원정을 나갔던 지점은 남극 대륙의 해안에서 북쪽으로 거의 80킬로미터나 떨어져 있는 곳이다. 안나 박사가 제정신이라면 그렇게 멀리 나갈 수 있을까? 그 생명체를 좀 더 찾아보겠다고 눈보라를 뚫고 진짜 80킬로미터를 행군을 하려 했다는 게 가능한 이야기인가?

나는 편안한 자세로 다시 고쳐 앉았다. 내가 찾아낸 사실을 누군가에게 얼른 말하고 싶었다. 그러나 프랭클린 골딩이 안나 박사의 발견을 훔치려 했다는 사실이 확인될 때까지는 함부로 발설할 수가 없었다. 혹시, 만약 내 생각이 틀린다면, 그래서 진짜 악당에게 모든 정보를 흘리는 꼴이 된다면 어찌겠는가? 그러니 그 시점에서 내가 할 수 있는 일은 다른 사람들이 돌아올 때까지 기다리는 것이었다. 나는 작은 크기의 페퍼로니 피자 한 판을 내 방으로 주문했다. 그리고 약 열다섯 잔 정도의 물을 마셨다. 그리고 기다렸다.

기다리고, 또 기다리고 계속 기다렸다. 그들이 돌아오기를.

아마 그건 내 인생에서 두 번째로 긴 하루였다. 그럼 첫 번째로 긴 하루는 언제였냐고? 그건 내가 여섯 살이었을 때, 당시 나의 양아버지였던 허브 씨가 나를 데리고 사슴 사냥을 나갔을 때였다. 우리는 해가 뜨기도 전에 숲으로 들어가, 기

231

둥 위에 지어진 작은 나무 집으로 올라가서 거기서 약 열 시간 정도를 사슴을 기다리며 앉아 있었다. 나는 너무 추웠고, 지쳤고, 그리고 너무너무 지루했다. 나는 방어 능력이 없는 동물을 죽이겠다는 생각이 일단 싫었다. 하지만 몇 분이라도 집에 빨리 가기 위해 그날 나는 정오가 될 때까지 아기 사슴의 목을 조르겠다고 벼르며 오두막에서 꼼짝 않고 있었다. 어쨌든 허브 씨는 그리 나쁜 아버지는 아니었다. 그는 좋은 아버지기 되려는 노력을 했었다. 나는 어쩌면 허브 씨 그리고 그의 부인 마리 씨와 좀 더 오래 같이 살 수도 있었다. 그들이 온라인 도박 전화 운영으로 긴급 체포를 당하지 않았다면 말이다.

어쨌든, 시간은 흘렀고, 드디어 그들을 태운 헬리콥터가 돌아왔다. 나는 너무 안달이 나서 방한복의 지퍼를 올리지도 않은 채 밖으로 뛰쳐나갔다. 추위가 얄팍한 내 옷을 뚫고 사정없이 밀려 들어와서 나는 차디찬 얼음 손으로 갈비뼈를 감싸 쥐었다. 나의 콧구멍도 얼어붙는 바람에 나는 그들에게 인사를 할 겨를도 없이 정신없이 다시 실내로 달려 들어왔다.

아바와 매트가 먼저 서둘러 안으로 들어왔다.

"왜 이렇게 오래 걸렸어?" 내가 물었다.

"오래 걸렸다고?" 매트가 말했다. "예정보다 세 시간이나 빨리 온 건데."

아바는 방한복의 지퍼를 내리며 몸을 살짝 떨었다. 그녀의 눈썹 끝에 얇은 서리가 껴 있었다. "우리가 안나 박사를 찾았는지는 안 물어보니?"

"아니."

"왜 안 물어?" 매트가 물었다.

"왜냐면 너희들이 엉뚱한 장소를 수색했다는 걸 나는 이미 알고 있거든."

아바가 팔짱을 낀 채, 전혀 믿을 수 없다는 얼굴로 말했다. "응, 그려서?"

나는 속삭임 모드로 목소리를 낮추고 가슴을 쓸면서 말을 했다. 나는 가슴 옷섶에 그 지도를 숨겨 두고 있었다. "내가 안나 박사님의 지도를 발견했다고."

매트는 거의 숨이 넘어갈 듯했다. "진짜야?"

"그래, 진짜로."

아바의 눈이 커졌다. "장난 아니지?"

아니, 내가 뭔가를 성공시켰다는 사실이 그렇게 믿기 힘든 일이란 말인가?

"그래, 장난 아니란 말이야! 정말이라니까!"

출입문이 열리자 다시 한번 광풍이 밀려 들어왔다. 한쪽 구석에 행크 박사와 함께 아주 잘생긴 남자가 바닥에 발을 구르며 신발에 묻은 눈을 털었다.

"저 사람이 골딩 씨지, 맞지?"내가 물었다.

"그래."매트가 대답을 했다.

무슨 이유에선지, 우리의 적은 붉은색의 일반 방한복을 입고 있었다.

"저 사람, 입고 다니던 오렌지색 방한복은 어디에 둔 거지?"내가 속삭이는 목소리로 말했다. "우리가 어젯밤 영상에서 그를 봤는데, 어떻게 거기에 나가 있던 거지?"

"바로 그 점이야."아바가 말했다. "그 사람 말이, 자기는 우리들이 여기 도착한 그다음 날부터 다이빙 현장에 나가 있었대. 그리고 오렌지색 방한복은 기지를 나서기 직전에 잃어버렸대."

"그 사람 거짓말을 하는 거네."

"아니면, 누군가 그에게 누명을 뒤집어씌우려는 걸 수도 있고."매트가 말했다. "잭, 나는 골딩이 우리가 찾는 범인이 맞는지 이제는 잘 모르겠어. 내 말은, 어떻게 하룻밤 안에 그가 기지로 다시 돌아올 수 있었냐는 거야. 게다가, 보다시피 그는 행크 박사님과 벌써 아주 친한 친구가 됐단 말이지."

"행크 박사랑 친해졌다는 게 그의 무죄를 의미하는 건 아니잖아. 박사님은 과학이나 공학에 관한 이야기를 나눌 수 있는 사람이라면 누구를 막론하고 다 좋아하시잖아."

"자, 무슨 일이 있었니?" 행크 박사가 물었다. "잭, 몸은 좀 어떠니? 네가 딱히 놓친 건 없어. 그런데 골딩 박사는 우리가 엉뚱한 지점을 뒤졌다고 믿고 있네. 안나 박사의 흔적 같은 것은 하나도 발견하지 못했거든."

"어, 진짜요?" 내가 물었다.

골딩은 장갑을 벗고는 얼굴을 문질렀다. "안나는 해안선 쪽에 굉장히 집착을 했어." 그가 말했다. "남극 본토, 그러니까 여기 북쪽의 해안선을 따라서 말이야."

"그렇지만… 음…." 나는 말끝을 흐렸다. 나는 무슨 말을 꺼내야 할지 알 수 없었다. 왜 그가 우리에게 제대로 수색을 해야 할 장소를 알려 주는 걸까?

골딩은 다시 한번 그의 얼굴을 문질렀다. "어쨌든 안나 박사가 안전한 대피소를 만들고 있었으면 좋겠네." 그가 말했다. "이번 폭풍은 진짜 강하다던데." 골딩은 파도가 빠져나가듯 자리를 떴고, 복도를 걸어가며 입고 있던 커다란 방한복을 벗었다.

"폭풍이라니요?" 내가 물었다. "무슨 폭풍 말인가요?"

"그것 때문에 우리가 이렇게 서둘러서 돌아온 거야." 행크 박사가 말했다. "거대한 폭풍 허비가 본토에서 불어온다더라. 그래서 16킬로미터 밖에 있는 사람들을 전부 맥머도 기지로 불러들여서 밤이 오기 전에 다 실내로 들어가게 한대."

"안나 박사님이 어디 계신지 제가 알아요."내가 말을 꺼 냈다. 내가 알아낸 것들을 설명을 하는 동안 박사님은 귀를 기울이셨다. "그러니까 헬리콥터 수색대에게 다시 나가 보 라고 이야기를 해야 해요."

"국장은 이런 날씨에 그 누구라도 기지를 벗어나게 해 주 지 않을 거야."행크 박사가 말했다. "수색이나 구조대도 불 허할 거고. 우리는 안나가 준비를 잘 갖추고 있기를 바라면 서 기다리는 수밖에 없을 것 같다."

"이건 정말 말도 안 돼요!"내가 말했다. "우리가 가서 안 나 박사님을 도와야 해요."

"잭, 내 말 믿어. 나도 네가 무슨 말을 하는지 알아!"행크 박사가 말했다. "그렇지만 오늘은 아무도 기지에서 나갈 수 가 없는 상황이잖니."

"그분은 잘 견뎌 낼 수 있을 거야."매트가 말했다.

아바는 스스로에게 확신을 심어 주려는 듯, 매트의 말에 고개를 끄덕였다. "그래, 안나 박사님은 강한 분이셔."

다음 순간 여러 가지 생각과 감정들이 뒤섞여 눈사태처럼 내 머릿속으로 쓸려 왔다. 나는 깊은숨을 천천히 들이마시고 는 애써 미소를 지으며 매트의 등을 쓰다듬었다. "그래, 형과 아바의 말이 맞아."

행크 박사도 깊은 숨을 몰아쉬었다. 그는 잠시 바닥을 응시하다가 고개를 들었다. 박사는 자신이 뭔가 할 일이 있다고 중얼거리더니 아무런 설명도 없이 우리를 두고 자리를 떴다. 우리도 방으로 걸음을 옮겼다. 반쯤 왔을 때 매트가 불현듯 내 어깨를 잡고는 나를 세웠다.

"뭐, 무슨 일이야?" 내가 물었다.

"잭, 너는 내 말이 맞을 때 쉽게 인정을 안 하잖아." 매트가 말문을 열었다.

아바가 어깨를 으쓱였다. "맞는 말이지, 잭이 쉽게 인정을 안 하는 건 사실이야."

매트는 먼지라도 내려앉아 있는 듯 자신의 어깨를 쓸었다. "게다가 아까, 네가 다정하게 내 등을 쓰다듬었거든. 그런 건 평소에 네가 절대 안 하는 행동이잖아. 뭐야, 말해. 무슨 꿍꿍이야?"

나는 잠시 머뭇거렸다. 내 계획을 그들에게 어떻게 설명을 해야 할지 궁리를 하며 시간을 끌었다.

"잭?" 아바가 말했다. "무슨 일이야?"

"음, 그러니까… 말이야… 혹시, 형, 우리가 행복한 야영객 프로그램 참가할 때, 트럭들 봤지? 혹시 형이 그런 차 운전할 수 있겠어? 기계 설비 센터에 있던 그런 차들 말이야."

매트의 얼굴이 하얗게 질렸다. 곁눈질로 나를 보며 말했다. "아, 아마도?"

237

"좋아."

"이건 한번 해 보면 어떨까 하는 식의 문제는 아니잖아, 안 그래?" 아바가 물었다.

"그래, 아니야," 내가 답을 했다. "폭풍이 몰아치는 날씨에 안나 박사님을 밖에 그대로 두고 우리가 이러고 있을 수는 없는 거잖아."

"우리가 이러고 있을 수는 없다고?" 매트가 물었다.

"없지." 내가 말했다. "그러니까, 우리가 직접 안나 박사님을 찾아 나서는 거야."

12
최악의 아이디어

　　나의 형과 아바는 그 후, 내 아이디어가 얼마나 위험하고, 가당치 않고, 어리석고 또 완전히 터무니없는지에 관해서 장장 10분에 걸쳐서 잔소리를 해 댔다. 기지국장이 우리를 당장 남극에서 쫓아낼 거란다. 그렇게 되면 합법적으로 성인으로 대접을 받는 우리의 자격도 박탈당하게 될 것이다. 행크 박사도 우리와 같이하는 연구 작업을 중단하게 될 것이고, 민도 우리를 떠나 버리고 말 거란다. 그리고 등등등, 여러 가지 일들이 벌어질 것이란다.

　나는 그들의 잔소리를 열심히 듣고는 있었지만 동시에 부지런히 대응 전략을 세우고 있었다. 작년에 우리는 홈스쿨링 프로그램 과정에서 논설문 쓰기를 해서 학점을 받은 적이 있다. 그때 나에게 인터넷 강의를 해 주셨던 강사는 자신의 약점을 어떤 방식으로 이해하는가가 바로 강한 논점을 만들어 내는 열쇠라는 이야기를 늘 했었다. 논리적인 측면에서 보면, 형과 아바가 하는 말이 옳았다. 사실 나의 제안은 그리 이치에 맞는 것은 아니었다. 그래서 나는 머리를 쓰는 대신 그들의 마음에 호소하는 방법을 택하기로 했다.

드디어 내게 말할 기회가 넘어왔을 때, 나는 형과 아바에게 안나 박사는 어떻게 하고 계실지 상상해 보라고 했다. 아바는 프레드의 한쪽 안테나를 조절하고 있었다. 전자 기기들을 만지작거리는 것은 아바가 생각을 하는 데 도움이 된다. 그래서 나는 그녀에게 기계는 고만 만지작대라고 했다. "머리로 생각을 하지 말고, 그 상황을 그냥 상상을 좀 해보라고." 내가 말했다.

"잭, 나는 그렇게 생각하지 않아."

"제발 내 말 좀 들어 줘. 그 로봇을 좀 손에서 내려놔."

"알았어."

"자, 그런 상황을 한번 상상해 봐." 내가 말을 시작했다. "안나 박사는 매우 독립적인 사람이라고 했잖아. 남자들이 주로 이끄는 분야에서 성공을 하기 위해 애쓰는 용감한 여성인 거지. 힘들어도 그녀는 계속 앞을 향해 밀고 가는 거야. 다이빙도 감히 그 누구보다도 더 깊이, 그리고 더 오래 버티지. 그러나 그녀는 여전히 아무런 발견을 못한 거야. 그래서 그녀가 품은 의문은 마치 바이러스가 퍼지듯 점점 커져만 가고. 그러나 그녀는 절대 포기하지 않아. 그래서 그녀는 바다 밑 생명체를 찾아서 꽁꽁 얼어붙은 곳으로 점점 멀리, 더 멀리 나아가는 거지. 그녀에게는 또한 자기 자신을 찾아가는 과정이기도 한 거지." 나는 잠시 바닥을 응시했다. 그 둘 중 누구와도 눈이 마주치면 흐름이 끊길 것 같았다.

"제정신을 가진 대부분의 사람은, 그 오랜 세월을 그렇게 못 버티고 포기했겠지. 그런데 그녀는 마침내 그 생명체를 발견해 내는 거야. 그야말로 획기적인 발견이지. 그녀는 연구를 통해서 평생 찾아왔던 걸 드디어 발견해 낸 거지. 한길을 걸어온 그녀의 일생이 그녀를 새로운 발견으로 이끌었던 거지." 나는 잠시 말을 멈추었다. 이 대목은 매트가 잘 들었으면 해서였고, 그래서 좀 더 혹할 수 있게 관심을 끌어야 했다.

"그런데 누군가 그 획기적인 발견을 노리는 거야. 그들은 바로 그녀가 찾아낸 생명체를 훔쳐 가는 거지. 게다가 그들은 대담하게 그녀의 컴퓨터까지 훔쳐 가는 거야." 나는 머리를 흔들며 다시 말을 멈추었다. 그 대목은 특별히 아바가 충분히 상황을 이해하도록 시간을 주기 위함이었다.

"그래서 그녀는 그 생명체들을 찾기 위해, 어쩌면 또 자기 자신을 찾기 위해서, 명예를 걸고 그 춥고 꽁꽁 얼어붙은 불모의 땅으로 다시 달려 나간 거지. 그러면 누군가 그녀를 돕는 사람이 있느냐? 아니, 아무도 없어. 왜냐면, 우리들은 고작 이 정도의 눈보라가 너무나 무서울 뿐이거든." 내 말은 너무나 강렬하게 와닿아서 나 스스로도 감동을 먹을 지경이었다. 나의 목소리는 점점 고조되었고 심장 박동도 덩달아 빨라졌다.

"섀클턴(남위 88도 23분에 최초로 도달한 영국의 남극 탐험가*)이 나쁜 날씨를 두려워했을까? 아문센(1911년에 처음으로 남극점에 도달한 노르웨이 탐험가*)이 두려워했을까? 과연 스콧(에드워드 7세 반도를 발견한 영국의 남극 탐험가*)은 어떠했을까? 아니, 두려워하지 않았지. 그들은…."

"잭?" 매트가 내 말을 끊으려 했다.

"그들은 바람과 눈보라를 신경 쓰지 않았어. 그들은 이 얼어붙은 땅을 가로질러 수백 마일을 횡단했고, 그들에게는 거대한 탈것이나 우리가 입고 있는 붉은색의 방한복 같은 것도 없었단 말이지! 그들은 생존을 위해 자신들이 데려간 개들을 총으로 쏘았고 펭귄 고기를 먹었지. 그들에게는 현대적인 기술이 없었지. 그들이 가진 것이라고는…."

"잭, 솔직히 우리는 말이야…."

"그들이 가진 거라고는 똘똘 뭉친 강한 호기심과 용기뿐이었지. 그래서…"

"잭!" 매트가 소리를 쳤다.

아바는 내가 귀에 꽂고 있던 연필 지우개를 툭 뽑았다.

얼핏 쳐다본 그들의 표정은 짐작건대, 내게 확신을 심어 주었다. "우리가 맞는 거지?" 내가 물었다.

"그래, 우리가 맞아." 아바가 말했다. "컴퓨터가 사라진 곳에 네가 나를 데려갔잖아."

"나는 안나 박사가 찾아낸 생명체가 도난당하는 현장에 있게 했잖아." 매트가 한마디 보탰다.

매트는 내 손에 있던 지도를 가져가서 테이블 위에 펼쳤다. 내가 사용한 거리 측정 방법을 설명하려는데 매트가 지도를 보더니 한눈에 바로 계산을 해 버렸다. "대략, 82킬로미터쯤 되겠는걸."

"정확하네." 내가 말했다. "오늘 밤에 실행에 옮길 수 있을 것 같아. 대규모 노래 경연 대회가 열린다고 했으니 그 사이에 하면 되겠어."

"거기까지 갔다가 다시 돌아온다고?"

"맞아. 빨리 차를 이용해서 다녀오는 거야."

아바는 손으로 그녀가 만든 잠수함, 쉘리의 노란색 외관을 만지며 말했다. "내가 이걸 가져가도 될까?"

"물론이지!" 내가 말했다. "진짜, 그거 시험 한번 해 봐야 하잖아."

아바와 매트는 둘 다 지도만 쳐다볼 뿐, 아무 말이 없었다. 고작 그게 다였어? 내가 저 천재들을 그렇게 쉽게 설득을 시켰단 말인가?

매트가 뒤로 물러서며 말했다. "아니야, 나는 이 생각이 마음에 안 들어. 전혀 내 마음에 들지 않아. 나는 20분 이상 차를 운전해 본 적도 없는데, 지금 나더러 밤새 차를 운전하라는 말이잖아. 내가 어떻게 밤새 깨어 있을 수가 있겠어?"

"내가 옆에서 노래 불러 줄게." 내가 제안을 했다.

"잭의 말은 그러니까 우리들 모두 너와 함께 깨어 있을 거라는 거야." 아바가 약속했다. "노래는 부르지 않을게."

매트는 바로 머리를 흔들었다. "피스튼불리는 너무 느려. 그거 타고 가면 하룻밤 안에 절대 못 돌아올 거야."

"우리는 피스튼불리를 타고 가지 않을 거야." 내가 말했다. 내가 점찍어 두고 있는 차가 뭔지를 군이 그 시점에서 말할 필요는 없었다.

"설마, 램블러를 이야기하려는 건 아니겠지, 그치? 그건 국장이 아끼는 거잖아. 행복한 야영객 프로그램 할 때 다른 사람들이 뭐라고 했었는지 생각나지?"

"국장은 다른 사람들이 그 차에 대고 숨을 쉬는 것조차 싫어한다고 했었잖아." 아바가 말을 더했다.

"우리가 다 탈 수도 있고, 또 아침까지 돌아오려면, 그게 현재로서는 우리에게 가장 잘 맞는 선택인데. 안나 박사를 구하고 싶다면, 램블러 말고는 선택의 여지가 없어."

매트는 침대로 가서 벌러덩 눕더니 천장을 응시했다. 내가 계속 말하려 하자 아바가 손가락을 입술에 갖다 댔다. 그건 아무 말 말고 매트가 생각을 하게 내버려 두란 몸짓이었다. 그래서 아바가 시키는 대로 나는 조용히 했다. 얼마간의 침묵이 흐르고 매트가 다시 일어나 앉았다.

"자, 봐. 지금 중요한 딱 한 가지는, 나는 정말 붙잡히고 싶지 않다는 거야."

"우리 중 어느 누구도 붙잡히지 않아. 그렇지만…."

"잭, 나도 얘기 좀 하자, 알겠니? 나는 정말 붙잡히는 거 싫어. 왜냐면, 나는 언젠가 여기에 다시 초청을 받아서 오고 싶거든. 이곳은…."

매트는 머리를 흔들며 미소를 지었다. "여기는 내가 지금 껏 가 봤던 장소 중에서 가장 멋진 곳이야. 나는 할 수만 있다면 매년 여기에 오고 싶단 말이야. 그렇지만, 만약 우리가 이 폭풍 속에서 한밤중에 기지에서 몰래 빠져나갔다가 들키기라도 하면, 저 사람들이 나를 두 번 다시 남극에 못 오게 할 거라고."

"모든 책임은 내가 지마." 뒤를 돌아보았다. 행크 박사가 출입문 쪽에 서 있었다. "와우, 잭, 멋진 연설이었어. 아무래도 너를 국회로 보내야겠다."

그런 칭찬의 말을 들었다고 들뜨고 말고 할 때가 아니기는 했지만, 그래도 나는 조용히 박사가 해 준 말을 음미했다.

"모든 책임을 지시겠다는 건 무슨 말씀이세요?"

"만약 우리가 잡히면, 모두 다 나의 아이디어였다고 말할 거야. 솔직히 말하면, 나는 여기 남극에서 쫓겨나도 상관없어. 여기 자연은 더 없이 환상적이지만, 너무 추워. 그리고 잭, 네 말이 옳다. 타히티섬이 클러터벅 상을 위한 경연 대회를 하기에는 더 좋은 장소였을 것 같다. 매트, 나는 너의 열정을 깊이 이해한다. 그런데, 흠, 내가 마지막으로 하고 싶은 일은 말이야, 남극으로 돌아올 수 있는 네 능력을 위험에 빠뜨리는 일인데…."

"그렇지만 안나 박사님을 저희가 구해야 해요." 아바가 불쑥 꺼낸 말에 나는 깜짝 놀랐다.

"좋아, 그럼, 모두 동의한 거다. 이 추운 날씨에 안나 박사가 밖에서 하룻밤 더 지내도록 놔둘 수는 없잖니? 우리가 놔둘 수는 할 수는 없잖니. 그래도 램블러를 빌려 가는 건 끔찍한 결정 같아. 그래서 다른 수송 수단을 찾아봐야겠어."

"우리라고 하셨어요?"

"그래, 우리." 행크 박사가 말했다.

아바는 거의 튕기다시피 달려가서 행크 박사를 포옹했다. 매트도 아바처럼 박사와 포옹을 하려다가 얼른 손을 내밀어 박사가 평소에 남자들의 한 팔 포옹이라고 부르는 동작을 취했다. 그건 젊은이나 성인 남자들 사이에서 흔히 애정을 표현하는 방식이다. 그들은 서로 오른손을 내밀어 팔꿈치를 적당한 각도에서 구부린 채 손뼉을 마주치고 몸을 살짝 앞으로 숙이며 왼손으로는 서로의 등을 가볍게 두드렸다. 그 동작은 서로 반쯤 포옹을 하는 것으로, 매트는 아주 최근에 그 동작을 제대로 할 수 있게 되었다.

나는 계속 책상에 앉아 있었다. 행크 박사가 함께하니 좋은 소식이기는 하지만 축하를 할 이유는 없었다. "그렇지만 우리가 그리로 가려면, 아무도 몰래 슬쩍 빠져나가야 하잖아요. 안나 박사님의 연구물을 훔쳐 간 사람은 저희들이 안나 박사님을 찾아내는 걸 원하지 않을 거예요. 뭔가 그들의 관심을 돌릴 만한 게 있어야 해요."

"노래 경연 대회 시간을 이용하면 될 거다. 골딩이 관중들을 끌어모을 테니까."

"그걸로는 충분치 않아요."

레보킨의 아름다운 목소리가 내 머릿속에 둥둥 떠다니고 있었다. "만약 우리가 말이야, 그 노래 경연 대회를 러시아 출신의 예브게니 레보킨과 골딩의 대결로 홍보를 한다면 어떻게 될까요?"

그들은 내가 제안한 아이디어를 잠시 생각하는가 싶더니 아바가 답을 내놓았다. "지난번 우리가 대피소에서 잤던 날 밤, 레보킨이 하는 말을 들었잖아요. 본인은 노래 경연 대회 같은 것은 절대 안 나간다고 했잖아요. 그리고 저는 이 일에 레보킨이 연류가 되어 있을 가능성은 여전히 있다고 봐요…. 클러터벅 상을 받기 위해 본인이 정확히 출품하는 게 무엇인지도 밝히지 않았거든요."

"확실히 의심스럽기는 해." 행크 박사가 말했다.

"아바랑 제가 레보킨이 대회에 나가도록 설득을 해 볼게요."

"우리가? 어떻게?"

"나한테 생각이 있어."

"알겠어." 매트가 말했다. "네 생각이 그렇다면이야. 음, 그럼 난 뭘 하면 좋을까?"

"매트, 너는 나랑 함께 가자." 행크 박사가 매트에게 말했다. "우리가 기지 밖으로 나가기 전에 몇 가지 시험해 볼 게 있거든."

우리는 그렇게 팀을 나누었고, 저녁 식사 시간쯤 되자 모두가 결선 노래 경연 대회 이야기로 떠들썩했다. 아바와 나는 한쪽에는 골딩의 얼굴을, 다른 한쪽에는 레보킨의 얼굴을 넣어서 권투 시합 포스터처럼 만들었다. 그리고 마치 세기의 대결인 양 홍보를 했다. 러시아 출신 천사의 목소리 대 황금 소년의 대결. 기지국장의 관심을 딴 데로 돌리기 위해, 우리는 또한 큰 글씨로 '바게트 무료 제공'이라고도 적었다. 그래서 소피의 도움이 전적으로 필요했다. 우리는 약 두 시간 동안 맥머도 기지 전체에 우리가 만든 포스터를 붙였다. 한창 바쁘게 움직이며 국장의 사무실 밖에 포스터를 막 붙이려고 하는데, 행복한 야영객 프로그램에서 강사를 맡았던 안젤로가 나를 멈추어 세웠다. 그러더니 자진해서 더 많은 포스터를 붙이도록 도와주겠다고 했다.

아바와 내가 농구장 출입구 쪽에 있는데, 누군가 우리 뒤에서 기침을 하는 소리가 들렸다. 그렇게 요란하게 콜록거리는 기침을 할 사람은 딱 한 사람뿐이었다. 천천히 나는 뒤를 돌아보았다. 레보킨이 두툼한 눈썹을 바짝 추켜세웠다. "너희들이 한 거지, 맞지?"

"네." 아바가 답을 했다.

"나는 노래 경연 대회 안 나가."

"골딩 씨가 레보킨 씨를 완전히 묵사발을 만들어 놓겠다고 하셨는데요." 나는 거짓말을 했다. "골딩 씨 말이, 레보킨 씨의 목소리는 죽어 가는 곰이 내는 소리 같다던데요."

레보킨은 코웃음을 쳤다.

"네, 맞아요." 아바가 말했다. "그분 말이 레보킨 씨의 노래를 듣고 있으면 마치 물개가 테일러 스위프트(미국 출신 팝 가수*)의 흉내를 내고 있는 것 같대요."

그 정도면 레보킨을 자극하기에는 충분한 것 같았다. 그는 다시 한번 코웃음을 치더니 짜증스럽게 말했다. "내 목소리는 절대 물개 같지 않아! 나는 물개 같은 동물들이 제일 싫어! 대체 그 연예인 병에 걸린 인간은 지금 어디 있는 거야? 멍청이 같으니라고! 당장 찍소리도 못하게 눌러 버리겠어. 그 노랑머리를 양 갈래로 땋아서…."

"잠깐만요, 안 돼요!" 아바가 말했다. "지금 가서 싸움이라도 하실 건가요? 그건 아니…."

레보킨은 두 손을 들어 공중에 흔들었다. "아니, 아니, 아니야. 내 말은… 일종의 은유랄까? 그래, 맞다. 은유법. 내 목소리로 그를 눌러 버리겠다는 거야." 그는 목을 가볍게 문지르면서 눈을 감았다.

목을 가다듬으며 몇 개의 음을 내더니 놀라울 만큼 높은 음까지 올렸다. 그러고는 기침을 했다. 그는 고개를 저었다. "아니, 안 되겠어. 이 목소리로는 오늘 밤은 노래를 못 하겠다. 나 감기에 걸렸거든."

갑자기 나는 머릿속이 텅 빈 듯 하얘지는 느낌이었다. 만약 저 러시아 남자가 남극 감기 크르드에 걸렸다면, 그렇다면, 그를 경연에 나가게 할 유일한 방법이 떠오르기는 했다. 그러나 그것은 나의 엄청난 희생이 요구되는 일이다. 그럼에도 감행해야만 하는 상황이었다. 나는 주머니에 손을 넣었고, 우리 행크 박사님이 인류 발전에 기여한 위대한 발명품을 꺼내서 그에게 내밀었다. "이게 도움이 될 거예요." 내가 말했다.

레보킨에게 따로 사용법 따위는 필요 없었다. 그는 바로 금속 뚜껑을 열더니 진공 코 세척기를 코에 갖다 댔다. 곧이어 들린 후루룩 빨려 나가는 소리는 진짜 역겨웠다. 아바는 곧 구토라도 일으킬 것 같은 표정이었다. 그러더니 그는 몇 개의 음을 노래했다. 와, 그의 목소리는 정말 마법 같았다.

그는 진공 코 세척기를 내게 다시 돌려주려 했다. "아니요." 행크 박사가 별로 문제 삼지 않을 거란 생각을 하며 내가 말했다. "가지세요. 이제 레보킨 씨 거예요. 진짜로."

레보킨은 그 세척기를 들어 올리더니 고개를 저었다. "이건 정말 절대, 절대 안 잃어버릴게, 나의 어린 친구. 자, 이제 나는 오늘 밤을 위한 준비가 된 것 같아. 노래방 기계에 빌리 조엘(미국의 싱어송라이터이자 피아니스트*) 노래 들어 있는지 꼭 확인해 줘."

노래 경연 대회가 열리기 약 한 시간 전부터, 대회가 열리는 갤러거 주점에 관객들이 속속 모여들기 시작했다. 식당

밖에서 다노가 기지 설비 기사에게 그가 레보킨이나 골딩보다 더 노래를 잘한다며 독려하고 있는 소리가 들렸다. 우리는 브리트니가 있는 쪽으로 얼른 다가갔는데, 그녀를 보는 아바의 눈빛에는 우리 계획을 알리고 싶어 근질근질한 게 역력했다. 그러나 설사 브리트니가 이 일과는 아무 관련이 없다 해도, 이 폭풍 속에서 우리를 기지 밖으로 나가도록 눈감아 줄 리는 만무했다. 나는 부드럽게, 아바의 발끝을 지그시 밟아서 조용히 하고 있으라는 신호를 보냈다.

그때 마침, 빅터 바렌사가 우리의 대화에 끼어들어서 아바가 입을 다물 수 있었다. 그는 노래자랑 대회를 위해 연습을 하려는 참이었다. 어이없게도 우리를 붙잡고는 자신의 랩을 들어 보라고 했다. 여러분 귀의 오염 방지를 위해 나는 전곡을 다시 반복할 수는 없고, 대신 일부만 여기에 적어 보겠다.

나는 좋아해 심해 다이비잉
얼음물 다이비잉
아무리 추워도옹
나는 언제나 살아남는 다이비잉.

그리고, 맞다. 가사만큼이나 그의 목소리도 형편없었다.
그 다이버가 랩을 하는 동안 모든 일은 천천히 진행되고 있었다. 아바와 나는 밖에 나갔다가 허비에 갇히게 되는 만약의 경우를 대비해서 이미 비상시 대비용 꾸러미들도 다 챙겨 두었다. 수십 개의 초콜릿 바, 며칠은 버틸 수 있는 양의 건조식품, 그리고 먹다 남은 페퍼로니 피자 열두 조각도 넣었다. 우리는 여기저기서 침낭이며 텐트나 삽, 그리고 여러분이 상상할 수 있는 거의 모든 종류의 생존 장비들을 끌어 모았다. 게다가 우리는 잠수함 쉘리와 드론 프레드도 모두 준비시켜 두었다. 그러나 유일한 문제는 몇 시간째 행크 박사와 매트가 안 보인다는 것이었다. 그래서 우리는 우리가 타고 갈 차량이 준비되어 있는지도 알 수 없었다.

13
눈밭을
가르는
특수 썰매

아홉 시가 되기 직전에 저녁 식사는 끝이 났다. 동시에 노래 경연 대회를 위한 준비가 시작되었다. 아바와 나는 사람들이 식당을 다 빠져나갈 때까지 자리를 지키고 테이블에 앉아 있었다.

주방으로 연결된 문이 열리고 소피가 문밖으로 몸을 내밀었다. "꼬망송 누 멩트낭?(Commençons nous maintenant, 이제 시작해 볼까*)" 그녀가 물었다.

"위.(Oui, 네*)" 아바가 답을 했다. 그리고 소피는 나를 쳐다보았다. "다음은 라 바게트(La Baguette, 바게트*) 작전이네."

우리가 그걸 그렇게 명명하기로 동의한 적은 없었다. 그리고 나는 그걸 프랑스어 작전으로 생각하고 있지도 않았다.

255

그렇지만 그렇게 불러도 무방하다 싶었다. 왜냐면 그때 마침 행크 박사와 매트가 돌아왔기 때문이다. 매트는 창백한 얼굴로 엉덩이 있는 쪽을 자꾸 긁으면서 엉거주춤한 자세로 서 있었다. 행크 박사는 초조한 표정을 짓고 있었다.

"이제 모든 준비가 끝난 건가요?" 내가 물었다. "우리가 타고 갈 차량도 물색하셨어요?"

"차량, 그 이상이다." 행크 박사가 한쪽 눈을 찡긋해 보이며 말했다.

"그러니까… 구하셨다는?"

행크 박사는 잠시 머뭇거리다가 답을 했다. "그래그래. 이제 준비가 다 된 것 같다."

우리 네 사람은 거기에 그렇게 서 있었다. 웃음기가 사라진 우리들 사이에는 무거운 침묵이 흘렀다. 만약 그것이 영화의 한 장면이라면, 배경 음악이라도 깔렸을 것이다. 조용하면서도 일정한 박자로 점점 강렬해지는 소리였을 것이다. 대체 우리가 무엇을 하고 있는 거지? 우리 네 사람의 정체는 정확히 무엇일까? 좀 이상하기는 했지만 우리는 일종의 가족애 같은 것을 느끼기 시작했다. 진짜 색다르고 다채로운 사람들이 섞여서 하나의 집단을 만들었지만 여느 가족과 다를 게 없었다.

누군가 무슨 말이라도 꺼내기를 바랐다.

그러다 내가 나서서 팔을 쳐들고 마치 시계를 차고 있는 듯 팔목을 톡톡 두드렸다. "오케이." 내가 말했다. "이제 시간이 다 됐어요."

우리는 임무를 마치기 위해 서로 갈라졌고, 아바와 나는 노래 경연 대회의 열전이 펼쳐지는 갤러거 주점의 입구에 도착했다. 이미 많은 사람들로 붐벼서 안으로 밀고 들어가기가 어려웠다. 그 실내에서 피어나는 열기가 실로 대단해서 땀 냄새까지 풍겼다. 아바가 바로 안쪽에서 의자를 하나 가져다가 딛고 올라서서 관객들을 유심히 바라보았다. "골딩 씨가 보여?" 내가 물었다.

"응, 보여. 저기 있어." 그녀가 말했다. "레보킨 씨도 있어."

"그럼, 기지국장은?"

"잠시 후면 나타날 거다. 바게트가 구워지고 있어."

나는 미소를 지었다. 아바가 방금 한 말은 마치 암호 메시지처럼 들렸다. 예를 들면, 독수리가 착륙했다, 기차가 역을 빠져나갔다, 바게트가 구워진다… 같은 느낌 말이다.

우리는 그야말로 단지 빵 몇 덩어리가 구워지고 있다는 말을 하고 있었을 뿐인데, 잠시 후 황금색의 바삭한 껍질이 내뿜는 환상적인 빵 냄새가 내 코를 자극했다. 복도 끝에서 소피가 직접 만든 바게트를 카트에 싣고 걸어오는 게 보였다. 카트 안에는 전부 사오십 개는 족히 넘는 바게트 빵이 수북

이 실려 있었다. 빵 덩어리마다 어찌나 맛있는 냄새를 풍기
는지 마치 방금 핫도그 먹기 대회에서 우승을 차지한 사람
이라도 좀 더 먹고 싶게 만들 지경이었다. 그냥 자연스레 빵
냄새가 나는 쪽으로 머리가 돌아갔고, 맛있는 냄새에 취해서
콧구멍은 옆으로 벌어지고 여기저기서 사람들이 '우와' 하고
내뱉는 감탄사가 들렸다. 그리고 가장 중요한 포인트는, 은
발의 기지국장이 정신 나간 사람처럼 손수레 뒤를 따라오고
있었다.

"빙고, 우리의 예상이 적중했어." 아바가 말했다. "국장은
눈도 안 뜨고 빵 냄새에 푹 빠져 있어."

소피가 출입문 쪽에서 잠시 머뭇거렸다. "지금 들어가면
돼?" 그녀가 속삭였다.

"네, 가세요. 국장을 안으로 유인하세요."

소피가 카트를 밀며 들어서자 출입구 쪽에 있던 관객들이
공간을 만들며 옆으로 비켜 주어 소피는 주점의 중앙까지 죽
죽 밀고 들어갔다. 엔지니어 한 사람이 빵을 집으려 손을 내
뻗자, 소피가 그의 손을 가볍게 걷어 냈다. 다른 쪽에서도 한
해양학자가 빵을 집어 가려고 했다. 소피의 초록색 눈에서
나오는 강렬한 눈총을 못 이기고 그는 다시 얌전히 자신의
테이블로 돌아갔다. 그리고 국장은 여전히 소피 뒤에 바짝
붙어 있었다. 소피는 고개를 돌려 관객들 뒤편에 있는 내게

시선을 주었다. 나는 고개를 끄덕여 보였다. 소피가 느린 동작으로 국장에게 빵 한 덩이를 건네주었다.

무대 위에는 건장한 체구의 러시아 공학자가 키보드 앞에 앉아 있었고, 다른 한쪽에서는 골딩과 바렌사, 그리고 또 다른 참가자들이 대기하고 있었다. 레보킨은 눈을 감고 있었다. 무아지경에 빠진 사람마냥 그는 고개를 앞으로 축 늘어뜨리고 있었다. 연주가 시작되었다.

러시아 공학자가 전문가처럼 섬세하게 건반을 치기 시작했다. 객석이 조용해졌다. 국장은 바게트를 소중히 다루며 고꾸라지듯 의자에 앉았다.

그리고 우리는 달렸다.

부리나케 방한복을 입고, 부츠를 신고 장갑을 착용한 채, 신기하리만치 밝고 환한 밤 속으로 문을 밀고 나아갔다. 낮보다 확실히 바람이 더 강해져서 마치 수천 개의 작은 바늘이 내 뺨을 찌르는 것처럼 매서웠다. 멀리 보이는 산꼭대기 주변으로 눈보라가 거대한 소용돌이를 일으키고 있었다.

언덕 아래쪽에서 매트와 행크 박사가 우리를 기다리고 있었다. 나의 형, 매트가 엉거주춤한 자세로 몸을 좌우로 까딱까딱 움직이고 있었다. 우리가 챙겨 둔 꾸러미들도 보였다. 텐트며, 삽이랑 그리고 밧줄과 식량들―일주일 또는 그 이상도 버티기에 충분한 생존 물품들이었다―그리고 매트와 행크 박사가 서 있는 그 사이로… 썰매가 하나 눈에 들어왔다. 아니, 형이랑 박사님이 지금 장난하는 줄 아는 건가? 저게 말씀하셨던 그렇게 깜짝 놀랄 만한 차량이었다고? 나는 아무리 못해도, 박사님께서 최소한 설상차 몇 대쯤은 섭외를 해 놓았을 거라 기대를 하고 있었다. "이게 박사님의 계획이셨어요? 썰매 한 대요?"

"이건 단순 썰매가 아니야." 행크 박사가 말했다.

한껏 기대에 차 있던 아바의 표정이 의구심 가득한 조롱으로 변했다. "이게 저희가 타고 갈 차량이라고요?"

"너, 이거 작동하는 거는 아직 본 적이 없잖니." 박사가 말했다. 그는 그 썰매로 가더니 몇 개의 스위치들을 조작하기 시작했다. 초록색 불이 들어왔다.

"안나 박사의 지도를 보신 거 맞지요?" 내가 물었다. "지금 저희는 80킬로미터나 가야 되잖아요!" 나는 양손을 펼쳐서 우리 앞에 펼쳐진 끝없는 눈 벌판을 가리켰다. "80킬로미터도 넘는 거리라고요! 가는 길에는 폭풍우도 있고요! 이런 물건이 어떻게 도움이 되겠어요?"

아바는 기지가 있는 쪽으로 발걸음을 돌렸다. "저는 어딘지도 모르는 장소 한가운데서 꼼짝도 못하고 발이 묶여서 억지로 귀여운 펭귄 고기를 먹어 가며 견디고 싶지는 않아요."

갑작스러운 엔진의 굉음이 아바를 다시 우리에게 돌아서

게 할 만큼 컸어야 했는데, 바람이 그 소리를 삼켜 버리고 말 았다. 내가 소리쳤다. "아바!"

"내가 말했잖아. 나는 안 가."

"아바!" 내가 다시 불렀다. "어떤 물건인지 한번 보고 싶을 수도 있을 텐데."

너무도 조잡해 보이는 썰매라고? 글쎄, 그건 전혀 단순한 썰매가 아니었다. 바닥면이 단단해 보였다. 그러나 행크 박 사가 작동을 시키자 그 딱딱하게 보였던 외벽이 자동으로 몇 차례 펴지고 또다시 찰칵찰칵 서로 연결되어서 차체의 길이 와 너비가 두 배로 커졌다. 그러고는 가운데 있던 은색의 탄 성 물질이 펼쳐지더니 팽창하기 시작했다. "이거 그때….."

"그래, 네가 내 건물 외벽에서 미끄러질 때 추락을 막아 주 었던 그것과 같은 물질이야." 행크 박사가 미소를 지으며 말 했다. 비누 거품처럼 생긴 그 물체는 사방에 창이 생기고 후 방에는 벨크로가 붙은 덮개가 장착이 되어 우리 눈앞에서 서 서히 그 모양을 갖추어 갔다.

매트가 기계 장치 주변을 천천히 걷기 시작했다. 그런데 왠지 한쪽 다리를 좀 저는 것같이 보였다. "와, 이거 정말 굉 장하다." 매트가 말했다.

아바는 놀라서 거의 마비가 된 것 같았다.

"어서 직접 봐." 행크 박사가 말했다. "확인해 봐야지."

차량 내부의 뒤쪽에는 우리간 가져간 장비를 실을 수 있는 공간과 함께 공기 주입식의 좌석이 두 줄로 되어 있었다. 앞 줄의 두 좌석 사이에는 아이패드 크기의 계기판이 있었다.

행크 박사는 바닥 쪽에 있는 커다랗고 넓은 타원형의 구멍을 가리키며 터빈 장치와 관련한 뭔가를 얘기했다.

"이건 마치 거대한 입처럼 보이네요." 내가 말했다.

"맞아, 일종의 입이라고 할 수 있어." 행크 박사가 말했다. "우리 연구실에서 봤던 제설기 생각나니?"

"저는 그 물건으로 뭘 어떻게 하실지 궁금한데요." 아바가 말했다.

"그 낡은 기계에서 내가 영감을 얻었지. 여기 구멍을 통해서 눈을 빨아들이고 뒤쪽으로 배출시키는 거야. 바로 그것이 이 기계가 스스로 추진하는 원리야."

"이거 '설상 염소'라고 이름 지으시면 되겠어요, 그렇죠?" 내가 물었다.

박사의 얼굴에 실망한 표정이 투명한 물잔 속을 들여다보듯 너무 역력하게 드러났다. "흠, 그래… 그러니까, 마음에 안 든다는 의미니?"

"저는 너무 마음에 들어요." 아바가 말했다. "이제 정말 작동이 되는지 확인해 봐요."

차 안으로 들어가면서 우리는 바로 자리다툼을 벌였다. 아바의 승리였다. 아바가 바닥으로 손을 뻗더니 내가 잃어버렸던 엑스 박스 조종 장치를 집어 들었다.

"자, 내가 뭘 찾았는지 봐!"

"야, 와우!" 내가 말했다. "아니, 저게 어떻게 여기에 있을 수 있어?"

"오, 내가 말한다는 걸 깜빡 잊고 있었네." 행크 박사가 말했다. "내가 그걸 좀 빌려서 썼다. 이 작은 기계들이 아주 놀라운 원격 장치더라고. 자, 이제 모두 방한복 단단히 채우고. 이 내부에는 히터가 없단다. 그리고 모두 안전벨트를 착용해라."

매트는 내 옆 좌석에 앉아서 자꾸 무릎을 긁고 있었다.

"왜 그래? 다리가 불편해?" 내가 물었다.

"아무것도 아니야."

나는 안전벨트를 착용했는데, 그건 마치 다섯 개의 서로 다른 방향에서 연결되는 좌석 벨트 같았다. 안전벨트의 줄들과 방한복으로 인해 내 몸이 불편하게 꽉 끼는 느낌이 들었다. "전, 거의 움직일 수가 없어요." 끙끙대는 목소리로 내가 투덜거렸다.

"완벽해!" 행크 박사가 말했다.

박사는 계기판에서 몇 개의 스위치들을 작동시켰다. 우리 발밑에서 뭔가가 웅웅거리자 우리의 특수 썰매가 아주 약간

진동을 일으키기 시작했다. 그 작은 진동이 일정한 굉음으로 점차 바뀌었다.

"이게 원래 이런 건가요?" 내가 소리쳤다.

행크 박사는 모자에 달려 있던 귀마개를 얼른 끌어당겼다. "그래, 원래 그런 거야. 물론 아직도 디자인 면에서 부분적으로 미세하게 손을 봐야 할 곳이 있기는 하지만, 지금 제대로 작동하고 있는 거 맞아. 이 소음은 그저 시작일 뿐이야. 점점 커질 거야!" 박사가 소리쳤다. "자, 이제 모두 귀마개를 착용해라!" 우리 셋은 서로 시선을 주고받으며 어깨를 으쓱했다. 우리 모두 귀마개는 갖고 있지 않았다. "준비됐니?" 박사가 외쳤다.

이 특수 썰매는 우리 앞에 있는 하얀 눈가루를 다 빨아들였다. 썰매는 잠시 휘청하는가 싶더니 한입 가득 눈을 쓸어 담은 게 분명했다. 속도가 올라가더니 마치 언덕을 굴러 내려 가듯이 얼음 벌판을 가로질러 부드럽게 달려 나갔다.

처음엔 천천히 가다가 점차 자전거 정도로 속도를 올리더니 지하철의 속도까지 올라갔다. 행크 박사는 기쁨의 함성을 질렀다. 아바도 신나서 소리를 질렀다. 두려움으로 바짝 얼어 있던 매트의 얼굴에도 미소가 번졌다. 흥분된 분위기에 나의 맥박도 점차 빨라지며 차가웠던 공기도 따뜻해졌다.

특수 썰매는 그냥 굴러가는 게 아니었다. 우리는 마치 세상에서 가장 큰 새총에서 발사된 것 같은 속도로 그 얼어붙은 땅 위를 질주했다. 나는 잠시 긴장을 풀고 놀이 기구를 타듯이 즐겼다.

약 30분 정도를 그렇게 순항하다가 나는 작은 문제를 하나 발견했다. 멀리 앞쪽에 지평선 위로 드러난 하얀색 덩어리 같은 것이 우리가 다가갈수록 점점 더 커지고 있었다. 나는 앞으로 몸을 숙여 그 물체를 가리키며 소리쳤다. "저건 뭐죠?"

행크 박사가 엑스 박스 조종 장치를 들어 올려 보이며 어깨 너머로 외쳤다. "걱정 마! 저 물체를 돌아서 가도록 조종할 거야!"

특수 썰매가 왼쪽으로 방향을 확 틀었지만, 그 하얀 물체는 양옆으로 너무 넓게 뻗쳐 있었다. 나는 보지 않고도 그것이 무엇인지 알 수 있었다. 여름에는 얼음 층이 얇아지면서 곳곳에 틈이 나타난다. 그러면 틈이 생긴 양쪽의 얼음 층은 서로 밀쳐내기도 하고 서로 맞부딪쳐 마모되기도 하다가 위쪽이 바스라지면서 얼음과 눈이 뭉쳐져서 몇 마일씩 뻗어 나가는 둔덕을 형성하게 된다.

그 뾰족뾰족한 덩어리들이 만들어 놓은 산마루에 부딪히지 않을 가능성은 조금도 없어 보였다. 그 물체는 농구대 정도의 높이로 보였다.

"브레이크를 밟으면 어떨까요?" 내가 물었다.

"그렇지만, 그게 내가 좀 더 다듬어야 하는 부분 중 하나야." 행크 박사가 답을 했다.

"무슨 말씀이세요?"

"이 썰매에는 정확히 말하자면 브레이크 장치가 없어!"

우리 왼쪽으로 매끄러워 보이는 지점이 보였는데, 부드러운 얼음 표면이 바닥에서부터 완만한 경사를 형성하고 있었다. 나는 그 지점을 손으로 가리켰다.

"저쪽이요!" 내가 외쳤다.

과연 내 조언이 옳은 판단이었을까? 꼭 옳고 그르고를 따질 필요는 없었다. 어떤 제안이든 내보라고 한 사람은 바로 행크 박사였으니까. 박사는 제어할 수 없는 우리 기기의 목표 지점을 내가 말한 경사로 쪽으로 삼았다.

마지막 순간, 우리가 바닥에 부딪히기 바로 직전에 나는 두 눈을 꼭 감았다. 썰매의 앞부분이 솟아오르자 내 몸이 의자 뒤로 쏠렸다. 창자가 뒤집어지는 느낌이었다. 누군가 소리를 질렀다. 엔진이 굉음을 내자 그 외침은 더욱 커졌고 우리는 무중력 상태를 느꼈다. 나는 눈을 떴다. 한없이 부드러운 눈과 선명한 얼음이 우리들의 아래쪽으로 펼쳐졌다.

우리는 날아오르고 있었다.

14
눈과 얼음 사막

인간이 하늘로 날아오른다는 것은 실로 멋진 일
이다. 단 계획된 일일 때, 가령 최초로 비행에 성
공했던 라이트 형제나 달에 착륙한 아폴로호 또는 덩크 슛
을 위해 날아오르는 마이클 조던의 경우 말이다. 그러나 우
리의 특수 썰매는 애초에 하늘로 날아오를 계획 자체가 없
었다. 행크 박사가 고안한 그 차량은 땅 위로만 이동하게 만
들어진 것이기 때문에 차체의 앞부분이 점점 왼쪽 아래로
기울어질 때 나는 깨달았다. 저기가 바로 우리가 곧 충돌할
지점이라는 것을 말이다.

차체 전면의 플라스틱 재질로 된 방풍창이 얼음에 먼저
세게 부딪혔다.

부푼 차벽이 휘어지면서 충격을 흡수했다. 우리 몸이 홱 뒤집어지자 안전벨트가 답답한 방한복 속으로 보다 더 단단하게 조여 왔다.

우리를 태운 썰매가 부딪혀서 굴렀다. 나의 뇌가 물구나무를 섰고 나의 위장은 공중 돌기를 했다. 눈 덩어리들이 차량 안으로 날아들었다. 그러나 안전벨트가 어찌나 단단하게 묶여 있는지 방한복에 파묻힌 내 몸은 여전히 의자에 붙어 있었다.

어쨌든 우리는 차체가 뒤집힌 채로 착지했다. 나는 입술에 묻은 눈을 뱉어 냈다.

"모두 괜찮니?" 행크 박사가 물었다. 그의 목소리에는 공포로 당황한 기색은 거의 없었다. "어디 부러진 데는 없니?"

"썰매 부서진 거 말고는 없어요."

행크 박사는 깊은 안도의 숨을 몰아쉬었다. 박사는 흥분해서 알 수 없는 이상한 탄성을 몇 차례 내질러 댔다. "와우! 맞지? 그런 거지?" 그는 마치 턱에 이상이 없는지 확인이라도 하려는 듯 턱을 이리저리 움직였다. "너희들이 지금 관성을 경험한 거야. 내 말은, 움직이는 물체는 외부에서 다른 힘이 가해지지 않는다면 그 상태를 계속 유지한다는 건 알고 있잖아." 박사는 팽창하는 특성을 가진 썰매 측면을 손으로 쓰다듬었다. "그렇지만 내가 그 움직이는 물체 안에 있었던 건 처음이야."

매트가 웃었다. 나는 박사의 농담을 알아듣지 못했다.

"근데 왜 이렇게 조용하죠?" 아바가 물었다. "모터가 멈춘 건가요?"

뭔가 철커덕 소리를 내며 썰매 차량의 전면을 덮었다.

"저건 흡입 밸브인데," 행크 박사가 말했다. 박사는 특별히 나를 위해 추가 설명을 했다. "네가 '입'이라고 했던 부분 있잖아. 그게 일종의 충돌 안전장치거든. 차량이 자동적으로 그 입을 닫고 차단시키는 거지."

"그럼, 썰매를 다시 작동시켜 보죠." 아바가 말했다.

"지금은 못 한다." 행크 박사가 말했다. 그는 왼쪽 장갑을 벗어서 소매를 걷어 크기가 큰 손목시계를 확인했다. "또 다른 안전장치야. 충돌이 일어나면 컴퓨터가 전 시스템을 점검하지. 오래 걸리지는 않아. 점검이 끝나면 우리는 예정대로 수색을 떠나는 거야. 뭐, 조금 천천히 가는 거지."

차량 밖에서 들려오는 소음이 더욱 거세졌다. 눈과 바람이 차창을 마구 때렸다. 그때 우리 발밑으로 희미하지만 뭔가 후드득후드득하는 소리가 들렸다. 내 장화의 밑창이 두껍고, 썰매 바닥이 단단했지만 뭔가 움직이는 걸 느낄 수 있었다. 그리고 차창 밖을 제대로 볼 수는 없었어도, 얼핏얼핏 보이는 하얀색의 소용돌이로 뭔가 새로운 문제가 발생했음을 알아챘다. "다시 움직이는 건가요?"

행크 박사가 웃었다. "아니, 우리는 지금은 안 움직이지. 잭, 내가 방금 말했잖니, 모터가 꺼져 있다고."

아바가 자신의 의자를 꼭 잡았다. "아닌데요, 지금 저희가 분명히 움직이고 있는 거 맞아요."

"우리는 움직이지 않고 있어." 행크 박사가 주장을 굽히지 않았다.

아바가 손을 쭉 뻗어서 장갑의 한쪽 면으로 방풍창을 쓱쓱 닦아 냈다.

행크 박사가 고개를 앞으로 쑥 내밀었다. 박사는 마치 얼음 벌판 위로 내려온 외계인이라도 본 것 같은 표정을 지었다. "아니, 얘들아." 박사가 외쳤다. "지금, 우리가 왜 움직이고 있는 거지?" 그는 한 손에서 장갑을 벗겨 내고는 손가락으로 턱을 톡톡 두드렸다. "우리가 너무 가벼운가 보다." 그가 말했다. "여기 바깥의 바람이 너무 강해. 그래서 흡입 밸브를 닫아 두면, 이 썰매의 바닥면이 아주 부드러워지거든. 그리고 외벽은 범선처럼 바람을 받게 되지." 박사는 활짝 미소를 지으며 의자 등에 깊숙이 기대어 앉았다. "와, 완전히 환상적이다. 끝내준다! 나는 이 정도까지는 기대하지 않았었거든!"

우리의 훌륭하신 박사님께 그 모든 현상은 너무도 흥미로운 일이었기 때문에, 사고를 당한 범선 같은 이 썰매 안에 사람들이 타고 있다는 사실은 미처 생각할 틈이 없으셨다. 그래서 자신이 사고를 만난 사람들 중 한 사람임을, 그리고 모터를 다시 작동시킬 때까지 우리에게는 이 썰매를 조종할 방법이 없다는 사실도 잊고 계셨다. 나는 내가 있는 쪽의 방풍창을 다시 닦아서 멀리 보이는 산들을 쳐다보았다. 우리들의 왼쪽으로 남극횡단산지가 있었다. 우리는 보이지 않지만 해안선을 따라 북쪽으로 움직이고 있었다. 나는 주머니 속에서 소형 나침반을 꺼냈다.

나침반의 바늘이 흔들리다가 이내 멈추었다. 다행히 우리는 제대로 된 방향으로 움직이고 있었다. 만족스러운 미소가 내 얼굴에 피어올랐다.

내 옆에 앉아 있던 매트는 안전벨트를 손에 꼭 쥐고 있었다. 마치 그렇게 하고 있으면 안전하게 보호받을 수 있다고 믿는 것처럼 말이다. "너는 뭐가 그렇게 기분이 좋아?" 그는 이를 앙다물고 내게 물었다. "지금 우리는 얼어붙은 황폐한 땅 한가운데서 제어도 안 되는 썰매 안에 갇힌 상황이잖아!"

나는 다시 등을 기대고 나침반의 표면을 톡톡 건드렸다. "그렇기는 해. 근데 지금 제대로 된 방향으로 잘 가고 있는 거야."

그렇게 바람을 타고 미끄러지듯 얼음 위를 스치며 약 15

분 정도를 달리다 보니 계기판에서 초록색 불이 다시 깜빡거리기 시작했다. 행크 박사가 손뼉을 쳤다. "좋아, 아주 좋아. 자, 이제 썰매를 다시 작동시킬 수 있겠다."

나는 다시 창밖으로 산과 눈이 만들어 놓은 아주 멋진 형상들을 보았다. 우리는 바람을 타고 가면서 마치 모터를 켜고 가는 것만큼이나 아주 빠른 속도로 움직이고 있었다.

"모터를 작동시키지 않으면 배터리도 아낄 수 있고. 이렇게 계속 바람을 타고 가면 되잖아요." 내가 제안을 했다.

우리들 발밑으로 모터 돌아가는 소리가 들렸다. 행크 박사가 이미 스위치를 작동시킨 모양이다. 이어서 철컥하는 소리가 들렸다. 그러고는 아무런 경고 메시지도 없이 차량의 전면이 눈에 닿아 꼼짝 않더니 차체가 뒤집어지며 부풀었던 지붕이 바닥에 그대로 내려앉았다.

잠시 후 내 몸이 거꾸로 뒤집어져 있다는 사실을 깨달았다. 우리 모두가 다 같은 상황이었다. 그리고 모두가 어서 안전벨트를 푸는 게 좋겠다는 멋진 생각을 했다. 그것도 동시에 말이다. 자리에서 굴러떨어지면서 우리의 몸이 포개졌고 한 무더기로 쌓였다. 나의 몸이 제일 아래에 있었다. 뭔가 무겁고 강한 압박이 내 몸에 느껴졌다. 정말 숨을 쉴 수가 없었다. 얼음이 박힌 부츠의 밑창이 나의 볼을 사정없이 짓누르고 있었다. 소리를 질러 보려 했지만 누군가의 팔꿈치가 내

272

입을 막고 있었다. 다행히 바로 그때 우리가 쌓았던 무더기가 움직였다. 무더기가 옆으로 무너졌다. 그제서야 나는 비로소 다시 숨을 쉴 수가 있었고 작지만 아주 힘 있는 괴성이 귀에 들렸다. 아바가 매트에게 자기 몸에서 내려오라고 소리치고 있었다. 행크 박사는 우리에게 사과를 했다. 나는 팔꿈치로 딛고 일어나 앉았다. 의자들이 우리 머리 위에 위치해 있었다. 그런데 의자들이 점점 가까워지는 느낌이 들었다. 바깥에서 바람이 불고 있었기 때문에 소리를 분간하기는 쉽지 않았지만, 작은 공간 안에서 서로 뒤엉켜서 자기 주장을 펼치는 중에도 나는 분명히 쉬익 하는 소리를 들었다. 그건 비치 볼에 바람이 빠지는 것 같은 그런 소리였다.

나는 주저앉은 지붕을 가리켰다. "저거 상태가 안 좋은데요, 그치요?"

"밖으로 나가." 행크 박사가 말했다. "모두 어서 밖으로 나가라!"

우리는 한데 뒤엉켜서 썰매의 뒷문으로 빠져나와서는 팽팽했던 그 썰매가 바람 빠진 껍데기처럼 무너져 내리는 것을 지켜보고 서 있었다.

"이제, 어쩌죠?" 아바가 물었다.

아무도 답이 없었다. 매트도, 행크 박사도 말이 없었고 나조차도 할 말을 잃었다. 우리들의 유일한 운송 수단이었던 특수 썰매가 한순간에 맥없이 고물차가 되어 버렸다. 이 눈을 뚫고 기지까지는 걸어서 30킬로미터나 걸리는 거리였다. 탐 크린이라는 한 탐험가는 우리와 비슷한 길을 가려 하다가 거의 얼어 죽을 뻔했었다. 그리고 그는 전설에 가까울 만치 강인한 사람이었다.

내 생각이 맞다면, 아마도 안나 박사는 반대 방향으로 50킬로미터 쯤 떨어진 곳에 숨어 있을 것이다. 그러니까 우리가 있는 곳은 기지와 안나 박사가 있을 것으로 추정 되는 곳의 거의 중간 정도 되는 지점이다. 우리는 기지로 돌아가거나 아니면 계속 전진하거나 둘 중 하나를 택해야 하는 상황이었다.

우리들 앞쪽에 보이는 풍경은 눈부시게 밝지만 엄청나게 무서운 얼음과 눈 사막이었다. 왼쪽으로는 희뿌연 산이 보였는데 마치 성난 사자가 잠을 자고 있는 모양이었다. 그리고 우리가 있는 지점과 각종 편의 시설을 갖춘 맥머도 기지 사이에는 밝고 하얀 추위뿐이었다. 바람이 내 얼굴을 할퀴었다. 우리는 다시 기지로 돌아가는 선택을 할 수도 있고, 가다가 도중에 대피소를 만들어서 하룻밤을 나고, 아침이 오면 우리의 여정을 마무리 지을 수도 있다.

어쩌면 그것만이 유일하게 이성적인 선택일 수 있었다.

그렇게 되면, 우리는 안나 박사를 두고 가 버리게 되는 것이다. 우리는 포기를 하게 되는 것이다. 나는 무슨 일을 하다가 포기하는 건 정말 싫다.

"돌아가야겠다." 행크 박사가 말했다.

나는 이의를 제기했다. "그렇지만, 이런 식으로 그냥…."

"나는 뛰어서 갈 수 있어요." 매트가 말했다.

"대체 무슨 뚱딴지 같은 소리를 하는 거야?"

"나, 지금 그 다리를 착용하고 있거든." 매트가 말했다.

행크 박사와 아바 그리고 나, 우리 모두는 놀라서 물었다. "뭐라고?"

"그 로봇 다리 말이야." 매트가 말했다. 그는 장갑을 낀 주먹으로 방한 바지의 옆쪽을 통통 쳤다. 아주 묵직한 소리가 났다. 왜 매트가 그렇게 엉거주춤한 자세로 어기적거리며 걸었는지 그제서야 이해가 갔다. 매트는 발치에 있는 눈을 걷어찼다. "이걸 착용하면 나는 단숨에 기지로 달려가서 도움을 청할 수도 있어."

"잠깐." 아바가 말했다, "아까 얘기로 다시 돌아가 봐. 왜, 대체 무슨 이유로, 오빠가 그 로봇 다리를 착용하고 있는 거지?"

매트는 궁색한 답을 찾느라 쩔쩔맸다. 그는 행크 박사의 얼굴을 똑바로 쳐다보지도 못했다. "아까 박사님과 제가 특수 썰매 시운전을 했었잖아요. 그때 그 장소가 기계 설비 센터였고요. 시험 중에 박사님이 뭔가를 가지러 간다고 급히 나가셨고, 옆에 보니까 로봇 다리가 있더라고요. 그래서 어떻게 작동하는지 보려고 한번 착용을 해 봤거든요. 그때 행크 박사님이 돌아오셨던 거예요. 저는 말씀드리고 싶지 않았어요. 왜냐면, 저한테 계속 좀, 인내심을 가져 보라고 말씀하시기도 했고, 그리고 무엇보다 로봇 다리를 벗을 기회가 없었어요." 매트는 아주 천천히 고개를 들어 본인의 우상인 행크 박사를 쳐다보았다.

행크 박사가 잠시 무표정한 얼굴을 보였다. 그러더니 매트가 착용하고 있는 로봇 다리를 가리켰다. "줄곧 그걸 착용하고 있었다고?"

"네? 무슨 말씀인지?"

"이 난리를 겪으면서도 너는 그 로봇 다리를 계속 착용하고 있었고, 그런데 그 다리는 여전히 정상으로 작동하고, 게다가 이 추운 날씨 속에서도 멀쩡하단 말이지?"

매트가 잠시 머뭇거렸다. 정확히 말하면, 그는 무슨 말을 할지 몰랐다. "네에, 네! 맞아요. 틀림없어요! 로봇 다리는 아주 작동이 잘 돼요." 그는 원을 돌며 눈 속을 뚫고 짧은 거리를 뛰어갔다 왔다. "로봇 다리가 작동을 아주 잘해요. 그리고 솔직히 말씀드리면, 죄송….."

"걱정 마," 행크 박사가 말했다. "진심이야. 설사, 이게 내가 꼭 염두에 두었던 실험이 아니라 해도, 내가 이걸 여기로 가져온 데는 다 그만한 이유가 있었거든."

"그럼, 박사님, 저한테 실망하신 건 아니죠?"매트가 거의 기어드는 목소리로 묻는 바람에 나도 잘 알아듣기 어려웠다.

"실망이라고? 너한테? 매튜, 그건 말도 안 돼. 나는 지금껏 너에게 단 한 번도 실망한 적 없단다. 너는 날마다 나를 감동시키고 있잖니."

나의 형, 매트는 박사님의 그 한마디 칭찬에 힘입어서 마치 두둥실 하늘로 떠오를 기세로 신이 났다.

"진심이에요. 제가 기지로 뛰어갈게요."매트가 말했다. "제가 뛰어가면 대략 거기에…"

"아니야,"행크 박사가 고집했다. "너의 그 용기는 높이 살게. 그렇지만 나는 너의 안전을 책임지고 있잖니. 너를 혼자 가게 할 수는 없기 때문에…."

"왜요? 왜 못 가게 하세요?"박사가 갑자기 말을 중단하자, 아바가 박사를 재촉했다.

그러나 박사는 우리들의 얼굴을 죽 보더니 맥머도 기지가 있는 쪽으로 시선을 돌렸다. 박사를 따라 우리도 기지 쪽으로 시선을 돌렸다. 멀리 지평선 너머로 희미한 형체가 나타났다.

"저거 설상차인가요?"아바가 물었다.

"내 생각에는, 그런 거 같기도 하고…."

"아까 박사님이 책임을 진다고 말씀하셨잖아요, 그렇죠?" 매트가 물었다.

"뭐라고? 내가 그랬니?" 행크 박사가 물었다. "그래그래, 내가 그렇게 말했었지, 맞지? 그래, 내가 책임질 거야."

잠시 후, 설상차가 멈추기 위해 속도를 줄이며 우리들의 찌그러진 특수 썰매가 있는 곳에서 약 1미터 정도 떨어진 곳까지 미끄러졌다. 운전자가 내리더니 모자를 벗고는 오렌지색의 고글을 이마 위로 올리며 미소를 지었다. 그는 귀에 익은 호주식 억양으로 말했다.

"네 명 모두 여기서 뭘 하고 계신 겁니까?"

15
바다표범들이
부르는 소리

우리가 기쁨의 환호성을 지르고 박수를 치고 거듭 감사의 말을 건네고 나자, 다노가 행크 박사의 어깨를 지그시 잡았다.

"저는 클러터벅 대회의 심사 위원님을 잘 돌봐 드려야 하거든요!" 그가 말했다. "박사님, 내일 우승자를 발표하실 때 저를 잊지 마세요."

매트가 얼음 등성이를 가리키며 물었다. "그런데 저길 어떻게…."

다노가 입술을 동그랗게 오므리고는 천천히 숨을 들이마시며 우쭐함이 배어나는 미소를 지었다. "내가 저길 뛰어 넘었지! 나는 우연히 너희들이 기지를 나서는 걸 보게 됐거든.

279

그래서 속도를 내서 너희들을 뒤쫓아 온 거야. 너희가 그 경사로를 뛰어넘을 때 거의 너희들 바로 뒤까지 쫓아왔었거든. 내 생각에 너희가 탄 그 작은 비누 거품 같은 차가 거길 넘어간다면, 나도 너끈히 넘을 수 있겠다는 생각을 했지. 아주 잠시 잠깐, 혹시 잘못되면 어쩌나 하는 생각이 들었던 것도 사실이지만, 어쨌든 안전하게 잘 착지했어."

"그 거품같이 작은 차는 특수 썰매라네." 행크 박사가 말했다.

"뭐라고요?" 다노가 물었다.

"저건 거품 차가 아니라네."

"오, 이제 이해했어요. 무례했다면 사과할게요." 다노가 말했다. "어쨌든, 그 썰매가 바람을 타고 이동했잖아요. 아마 그 지점에서부터 내가 여러분을 놓쳤던 것 같아요!"

그는 행크 박사의 등을 슬쩍 치면서 바람 빠져 쭈그러든 우리의 특수 썰매를 쳐다보았다. 잠시 논의 끝에, 다노는 그 썰매를 다시 뒤집어서 썰매처럼 끌고 가자는 제안을 했다. 우리 중 한 사람은 다노와 함께 그의 설상차에 올라타고 나머지 세 사람은 썰매를 타고 가자는 것이었다. 행크 박사는 그의 제안을 받아들였고, 그래서 우리는 돌아갈 수 있도록 준비했다. 매트는 쭈그러든 외벽을 접고 다시 묶었다. 행크 박사는 다노를 도와 우리의 썰매를 튼튼한 밧줄로 설상차 뒤쪽에 연결했다. 아바는 매듭을 묶는 일을 맡았다. 그리고 매트와 나는 필요한 비상용 꾸러미들을 챙겼다.

찬바람이 매섭게 몰아쳤다. 나는 발이 자꾸 시려서 동상을 막기 위해 눈 속에서 발을 굴렸다. 그러고는 두 눈을 감고 타히티의 뜨거운 모래사장에 등을 대고 누워 있고 내 앞가슴 위로 태양이 부서져 내리는 장면을 머릿속에 그렸다.

매트는 발로 눈가루를 차서 내 얼굴 쪽으로 뿌리는 장난을 쳤다. "지금 나를 돕는 거야, 아님, 방해를 하는 거야?"

다노와 행크 박사는 특수 썰매의 앞부분을 붙잡고는 끌어다가 다른 방향으로 끌고 갔다.

"저희는 저쪽 방향으로 가야하는 거 아닌가요?" 기지가 있는 반대 방향을 가리키며 내가 물었다.

"어이, 친구, 아니란다, 기지는 우리 뒤쪽에 있잖니." 다노가 말했다.

"지금 이렇게 기지로 돌아갈 수는 없어요. 안나 박사님을 찾아야 해요." 내가 고집을 피웠다.

"친구, 지금 안나를 찾아 나서는 건 정신 나간 짓이야. 나는 너희 모두를 맥머도 기지로 데려갈 거야."

자, 생각 좀 해 보자. 내 진심을 말하자면, 따뜻하고 안락한 맥머도 기지가 끌리는 것은 말할 것도 없이 당연하다. 기지로 돌아가면 갓 구운 피자를 주문해서 먹을 수도 있을 것이다. 그러나 온갖 어려움을 뚫고 여기까지 왔고, 게다가 이제는 다노가 몰고 온 설상차까지 우리 손에 있다. 뒤로 물러설 이유가 없질 않은가 말이다. "저희가 가서 안나 박사님을 찾아야 해요."

"친구, 그건 안전을 보장할 수가 없어." 다노가 말했다.

"여기서 그렇게 멀지도 않단 말이에요." 아바가 가세했다. "지금 안나 박사님이 계신 곳을 저희가 알아요."

그 말을 들은 다노가 동작을 멈추었다. "너희들이 알고 있다고?"

"여기 있는 잭이 모두 알아냈답니다." 행크 박사가 말했다. 그 순간 불어온 바람이 행크 박사의 말소리를 삼키기는 했지만, 나는 들었다. 분명히 박사의 억양에는 나를 대견스럽게 생각하는 듯한 느낌이 실려 있었다.

나는 아바를, 매트를, 그리고 박사님을 차례로 쳐다보았다. "다들 안나 박사님의 위치를 알고 있다고 생각하는 거 맞지요?" 나는 비상용 꾸러미들을 가리켰다. "안나 박사님이 계신 장소는 여기서 50킬로미터 정도 떨어져 있어요. 혹시 문제가 생기더라도, 저 정도 물품이면 한 일주일은 충분히 버틸 수 있어요."

"저희가 찾아 나서야 해요." 아바가 말했다.

"네, 그렇게 하는 게 낫겠어요." 매트가 어깨를 움츠리며 말했다.

행크 박사는 설상차의 덮개를 툭툭 두드렸다. "안나를 생각하면 우리가 나서야겠어."

다노는 머리를 흔들었다. "안 돼요! 아시겠어요? 안 될 일입니다. 그게 정답입니다. 자, 우리 모두 기지로 돌아가는 거예요."

호주 출신의 우리 친구가 행크 박사님의 등을 살짝 쳤다. "박사님, 어서요, 터무니없는 일은 하지 않기입니다. 저는 박사님을 기지로 안전하게 모셔서 내일 대회 심사를 보실 수 있게 해야 한단 말입니다, 박사님."

다시 클러터벅 상 이야기로 돌아갔다. 우리가 이렇게 간절히 안나 박사님을 찾아 헤매는 사이, 나는 애초에 우리가 왜 남극에 왔었는지 그 이유를 살짝 잊어버리고 있었다. 그러나 다니엘 퍼킨스에게 그 상은 전부를 의미할 수도 있는 것이다. 그의 눈은 열망의 빛을 강하게 내뿜고 있었고, 그의 미소는 기묘하게 일그러져 있었다. 그 두 가지 요소의 조합은 플라스틱으로 만든 선인장처럼 어딘지 모르게 가식적으로 보였다. 뭔가 희미하지만 볼수록 이상한 빛을 내뿜는 그의 두 눈 뒤에 더 많은 것이 숨어 있다고 느껴졌다.

지금까지 우리는 줄곧 프랭클린 골딩이나 예브게니 레보킨이 안나 박사에 관련된 음모에 연루되어 있을 거라 생각했다. 그러나 우리의 생각이 틀렸다. 안나 박사의 획기적인 발견은 그 어느 누구보다도 다노에게 큰 위협이 되었을 것이다. 안나 박사가 발견한 생명체가 바닷물에서 소금을 흡수하는 방식은 다노의 연구, DP-1000보다도 훨씬 효율적이다.

다노가 수백만 달러의 상금을 향해 나아가는 길에 안나 박사는 분명히 커다란 걸림돌이었던 것이다. 그래서 그는 안나 박사를 자신이 나아가는 길에서 제거해야만 했을 것이다.

"잭, 뭐야? 왜 그래? 무슨 일이야?" 아바가 물었다.

나는 다노에게서 시선을 거두지 않았다. 다노는 갈라진 입술을 다물었다.

그의 가짜 미소도 사라졌다.

"우리는 계속 가야 해요." 내가 말했다.

"안 될 소리야, 친구, 우리는 모두 기지로 돌아가는 거야." 다노가 말했다. 그가 보다 깊은 숨을 쉬자 입김이 더 두텁게 생겼다.

"만약 저희가 안 가면요? 저희들을 여기다 두고 가실 건가요?" 나는 강력한 한방이 될 수 있는 다음 말을 꺼내기 전에 잠시 시간을 끌었다. "…안나 박사를 내버려 두고 가셨던 것처럼 말인가요?"

행크 박사가 얼른 내 말을 가로막았다. "잭, 대체 무슨 소리를 하고 있는 거니?"

"다노 씨가 바로 안나 박사님을 얼음 벌판까지 뒤쫓아 나가셨죠, 아닌가요?" 내가 물었다.

"오, 이제 좀 그만….'

"그거 아주 타당성 있게 들리는데." 매트가 한마디 거들었다. 그는 내가 그렇게 좋은 생각을 해 냈다는 것에 매우 충격을 받은 것 같은 목소리였다.

다노는 아무런 말이 없었다.

"더 이상 거짓말은 하실 수 없어요. 저희가 다 알고 있단 말이에요."

다소 긴 침묵이 이어졌다. 바람이 우리 주위를 세차게 쓸고 지나갔다. 분 단위로 바람이 점점 거세지고 있었다. 다노의 얼굴은 우리 부츠 밑바닥의 얼음만큼 얼어붙었다. 그러더니 표정 없이 굳어졌던 다노의 얼굴에 미소가 피어올랐다. "안나 박사를 뒤쫓아 간 사람은 아무도 없어. 그녀는 혼자서 간 거야."

"왜냐면 누군가가 안나 박사님의 연구를 망쳐 버리고 있었죠." 내가 말했다. "다노 씨가 안나 박사의 컴퓨터를 훔치고 그녀가 발견한 생명체들도 빼돌린 거죠?"

"들어 봐."

아바는 장갑을 낀 손가락으로 공중을 찔렀다. "꿀 냄새!"

"뭐라고?" 행크 박사가 물었다.

"오호?" 내가 한마디 더했다.

"주방 조리대와 선반 위에 있던 끈적거리는 물질이 안나 박사의 방에도 역시 있었거든요." 그녀가 말했다. "그것도 역시 당신이 한 짓이죠, 맞지요? 다노 씨는 처음 만났을 때, 손가락에 묻어 있던 그 물질을 핥아 먹었잖아요."

행크 박사가 얼굴을 찌푸렸다. "그건 좀, 비위에 거슬린다."

"정말이지…." 다노가 말했다. "이건 너무 말이 안 됩니다. 어서 기지로 같이 돌아가요."

아바가 썰매 끝에 달린 그녀의 짐 꾸러미를 가리켰다. "제가 만든 소형 로봇에 다노 씨가 안나 박사님의 방으로 들어가는 장면이 아주 선명하게 찍혔어요." 아바가 말했다. "그 로봇이 기지의 모든 사람들을 지켜보고 있었거든요."

아바는 허세를 부리고 있었다. 아바는 실내에서는, 프레드를 띄운 적이 없었다. 나는 아바의 짐 꾸러미를 흘깃 쳐다보았다. 드론이 꾸러미 밖에 묶여 있었다. 모두가 가만히 있었다. 세차게 불던 바람조차도 다노의 다음 행동을 기다리는 듯 잠시 잦아들었다. 다음 순간 다노는 눈밭을 건너 드론을 향해 돌진했다. 그는 드론을 잡아 뺐고, 드론은 그의 손에서 미끄러져 눈밭으로 굴렀다.

다노는 드론을 잡으려 손을 내뻗었다. 그 순간 드론의 날개가 돌아가기 시작했다. 아바가 주머니 속에 들어 있는 낡은 스마트폰을 더듬으며 조작을 하고 있었다. 작은 눈보라를 뚫고 프레드가 이륙을 했다. "작동을 멈춰!" 다노가 소리쳤다. 그는 드론을 잡으려 펄쩍 뛰어올랐다. 그러나 드론은 이내 그의 손이 닿을 수 있는 범위를 벗어났다. "빨리 이리로 내려오게 해!" 아바에게 소리를 질렀다.

"할 수가 없어요." 아바가 거짓말을 했다. "아마 고장이 난 것 같아요." 아바는 다시 거짓말을 했다.

다노는 필사적으로 프레드를 향해 얼음 덩어리를 던졌지만, 적중하지는 못했다. "너희들은 이 모든 사태를 그냥 내버려 뒀어야 해." 그는 빡빡 고함을 질러 댔다.

"그 이유는?" 행크 박사가 물었다. "왜 다른 과학자의 연구물을 훔치려고 했지요?"

"클러터벅 상 때문이겠지요." 아바가 말했다. "안나 박사가 발견한 그 생명체들이 다노 씨의 발명을 무의미한 것으로 만들어 버릴 수도 있어서겠죠."

"그럼, 이 모든 일이 당신이 만든 DS-1000 때문에 벌어졌단 말인가요?"

"DP라고요, DP!" 다노가 외쳤다. "DP-1000이라고요! 제가 대체 몇 번을 얘기해야 제대로 알아들으시겠어요? 그리고 그건 단순한 발명이 아니란 말입니다. 위더스푼 박사님. 박사님 같은 분은 3개월에 한 번씩 새로운 기기들을 만들어 낼 수 있겠지만, 저같이 평범한 과학자는 평생에 단 한 번일 수도 있다고요. 단 하나의 좋은 아이디어 말입니다! 그리고 그 아이디어를 못 뽑아 쓴다면, 그뿐입니다. 그걸로 끝이란 말입니다. 저는 열 번의 겨울을 이 어둡고, 추운 불모의 땅에서 보냈습니다. 가능한 모든 방법을 다 시험하면서 오직 연구에만 몰두했어요. 이번이 저에게는 기회입니다. 제가 드디어 더 좋은 담수 처리 공정을 구축했거든요."

"10퍼센트 향상되었죠." 매트가 말했다. 그는 행크 박사를 보며 어깨를 한번 으쓱였다. "그게 제가 들은 거였어요. 맞지요? 제 말은, 그러니까… 오직 10퍼센트뿐이란 말이죠."

"그렇지만 훨씬 개선이 많이 된 겁니다! 10퍼센트는 큰 차이입니다. 잘 모르시겠어요? 저는 모든 디자인을 하나하나 다 개선시켰는데, 박사님 친구인 안나 박사는 저의 모든 연구를 망쳐 놓을 수도 있는 그 작은 생명체를 발견했단 말이죠! 저는 안나가 그 생명체들을 영원히 숨겨 두길 바랐던 건 아니에요. 전, 단지 올해 클러터벅 상을 받고 싶었을 뿐이라고요."

그때 때마침 남극 대륙 전체가 다노의 말에 귀를 기울이기라도 하듯이 바람도 잠잠해졌다. "그리고 백만 달러의 상금도 탐이 나셨겠죠." 내가 한마디 보탰다.

"네, 맞아요. 저는 상금을 받고 싶었어요. 그러기 위해서는 저에게 방해가 되는 안나 박사도, 또 그녀가 발견한 생명체도 해결을 해야 할 필요가 있었어요. 안나가 몰래 빠져나가려고 했던 그날 밤, 저는 그녀가 설상차를 훔치려 한다는 걸 알고 있었어요. 저는 전용 설상차가 있거든요." 그는 자신이 몰고 온 차량을 향해 고갯짓을 했다. "그래서 제가 저의 개인 설상차로 그녀를 데려다주겠다고 제안했어요. 저는 그녀가 어디서 그 생명체들을 발견했는지 알고 싶었어요. 적어도 당분간은 막을 수 있을 거라 생각했어요. 그런데 현장으로 가는 도중에 안나가 제 생각을 읽은 게 분명해요. 우리가 멈췄는데, 그녀가 더 이상은 멀리 안 가려 하더라고요. 저는 논리적으로 어떻게 해서든 그녀를 설득하려 했어요. 그녀가 발견한 게 무엇인지 알려 준다면, 제가 상금의 일부를 떼어 주겠다는 제안까지도 했었어요."

그 순간 행크 박사와 매트는 재빨리 내게 눈짓을 해 얼마를 제안했는지를 물어보는 일은 적절치 않다는 신호를 보냈다. "그렇지만 안나 박사님이 거절을 하셨겠죠." 내가 말했다.

"그래, 맞아."

"그래서 안나 박사님을 그 추운 데서 죽도록 내버려 두고 떠났나요?"

"아니, 아니, 절대 아니야, 그건 너희들이 뭔가 오해를 하고 있는 거야." 다노가 말했다. 그는 자신의 설상차 옆으로 다가가더니 총을 꺼내 들었다.

나는 몇 걸음 뒤로 물러섰다. 행크 박사가 얼른 우리들 앞을 가로막고 서서는 팔을 벌렸다. "제발, 퍼킨스 씨," 행크 박사가 말했다. "분명히 다른 해결책이 있을 겁니다."

"심사 위원을 죽이면 상을 받을 수 없게 되잖아요." 매트가 언급했다.

다노는 어깨를 들썩였다. "이제는 내가 자신의 친구 일을 고의로 방해했다는 사실을 심사 위원이 알아 버렸으니 나의 수상은 물 건너 간 거지, 안 그래? 그리고 주최 측에서 곧 다른 심사 위원을 위촉할 거야. 아니면, 이제는 내 장치를 제대로 작동시켜 볼 수 있게 됐으니, 나는 높은 값을 주겠다는 사람한테 팔아넘기면 그뿐이야."

나는 다노의 손에 들린 무기를 유심히 쳐다보면서, 책에서 읽었던 사항을 하나 기억해 냈다. "남극에서는 총을 소지할 수 없는 걸로 아는데요." 내가 말했다. "저건 가짜 총이에요."

다노가 눈밭을 향해 총을 발사했다.

아바와 나는 잽싼 동작으로 얼른 뒤로 물러섰다. "진짜 총소리잖아." 아바가 말했다. 우리 발밑의 얼음이 우지직 소리를 냈다. 다노는 행크 박사의 가슴에 총을 겨눈 채 조금씩 가까이 다가섰다. "잘 들어. 나는 안나 박사를 여기서 죽으라고 버려두고 간 게 아니란 말이야." 다노가 말을 이어 갔다. "나는 그녀가 여기서 서서히 얼어 버리라고 두고 간 거야. 그리고 나는 너희들에게도 똑같은 방법을 쓸 거야. 그렇지만, 먼저 우리가 해야 할 일이 있어. 기지에서 좀 더 멀리 떨어진 곳으로 갈 거야. 나는 말이야, 너희들이 살아서 활기차게 내일 아침을 맞이하는 걸 바라지 않아. 안 그렇겠어? 그러니까 이제 행군을 시작해. 말을 안 들으면, 아무나 한 사람을 쏴 버릴 거야."

지금까지 열두 살, 나의 인생에서 나는 참 많은 적들을 만들며 살아왔다. 놀이터에서 놀면서 그랬고, 입양되었던 두 가정의 양부모들과 그러했다. 그리고 시인 협회는 우리 형제들을 얕보고 대놓고 싫어했다. 왜냐면, 우리 형제들이 냈던 그 시집 한 권의 판매 부수가 그들의 시집들을 모두 더한 판매 부수보다 더 높았기 때문이다. 그들은 우리를 깎아내리고 욕을 했다. 심지어 누군가는 내게 침을 뱉기도 했다.

그렇지만 나에게 총을 쏘겠다고 위협을 했던 사람은 아무도 없었다. 우리가 북쪽을 향해 걸음을 옮기기 시작하자 다노는 자신의 설상차 꽁무니에 우리의 특수 썰매를 매단 채 거의 기어가는 속도로 우리의 뒤를 따라왔다. 아무리 생각해도 나는 그 순간을 잘 참고 넘긴 것 같다. 아마도 새클턴, 스콧, 아문센 그리고 다른 유명한 남극 탐험가들이 어깨 너머로 내게 속삭였을지도 모른다. 혹은 어쩌면, 그 상황에서 눈물을 짜고 무서워서 벌벌 떠는 것이 소용없다는 것을 진작 깨달았기 때문일 수도 있다. 그런 행동이 우리가 목숨을 부지하는 데 도움을 주지는 않을 테니까 말이다.

다노의 계획은 상당히 전략적이었다. 내 예상으로 그의 계획은 우리를 가능한 최대한 멀리 가게 만들고 나서 우리를 버려두고 혼자 기지로 돌아갈 거라는 거였다. 눈보라가 불어와 우리가 지나온 흔적을 덮어 버릴 것이고, 그는 우리가 챙겨 온 장비들을 기지에서 가까운 어딘가에 떨어뜨려 놓을 것이다. 그걸 발견한 사람들은 우리가 따로 모험을 나섰다고 생각할 것이다. 그리고 우리가 발견되고 나면, 구조대는 우리가 길을 잃고 헤매다가 사고를 당했다고 생각하겠지. 그러면 완벽하게 맞아떨어지는 비극이 될 것이다.

아바가 자신의 낡은 스마트폰을 꺼내더니 배 쪽에다 바싹 갖다 댔다.

"뭘 하는 거야?" 내가 물었다.

"프레드가 우리를 따라오도록 설정을 하고 있어." 그녀가 말했다. "프레드가 저 뒤에 보이지 않는 곳에서 아직도 계속 허공을 맴돌고 있거든."

"왜?"

설상차의 엔진이 잠잠해졌다. "조용히 해!" 다노가 소리를 질렀다. "거기, 무슨 이야기를 하고 있는 거야?"

거세게 몰아치던 바람이 잦아들자 물 밑에서 바다표범들이 서로를 부를 때 내는 핑핑거리는 소리가 희미하게 들려왔다. 내 심장의 박동수가 빨라졌다. 얼지 않은 바다가 몇 마일 바깥에 있었다. 이 얼음 사막은 저 산악 지대의 해안을 타고 뻗어나가 있다. 그런데 우리 발밑에 바다표범들이 있었다. 그리고 바다표범들은 숨을 쉬어야 했다. 그것은 얼음 어딘가에 바다표범들이 숨을 쉴 구멍이 있다는 의미다. 그럼, 구멍은 어디에 있단 말인가? 나는 걸음을 멈추고 눈밭에 쭈그려 앉았다. 우리 앞에 펼쳐진 얼음은 부드럽고 사방은 온통 하얀색이었다.

다노가 설상차에서 내리더니 총을 옆에 찬 채 발을 쿵쿵 구르며 걸어왔다. "뭘 하고 있는 거지?" 다노가 사나운 목소리로 말했다.

"좀 쉬어야 할 것 같아요." 나는 거짓말을 했다. "지금 너무 지쳤어요."

그가 발을 내 등에 대고 나를 앞으로 밀었다. 나는 바닥에 얼굴을 묻고 넘어질까 봐 얼른 양손을 짚고 균형을 잡았다. "너희들, 아직 얼마 안 걸었잖아."

매트가 다노 앞으로 한 걸음 다가갔다. 그러자 다노가 총을 뽑아 들었다.

"어이, 친구. 제자리에 서." 다노가 말했다. "그리고 너," 다노가 나를 살짝 차면서 말을 이어 갔다. "일어서, 그리고 계속 움직여."

"오, 퍼킨스 씨, 제발." 행크 박사가 말했다. "뭔가 다른 방법이 있을 거예요. 이런 식은…."

"계속 움직여. 안 그러면 총을 쏘겠어." 다노가 소리쳤다.

그는 자신의 설상차로 돌아갔다. 다시 거세지는 바람은 소용돌이를 일으키며 눈보라를 만들어 내고 있었다. 가시거리는 5미터 정도밖에 되지 않았다. 그러나 그 정도면 충분했다. 나는 앞쪽에서 얼음물 속으로 미끄러져 내려가는 번드르르한 바다표범의 등을 발견했다.

아바가 팔을 들어 가리켰다. "저기…."

나는 기침을 하며 팔꿈치로 아바를 툭 쳤다. "구멍 주위로 돌아서 걸어가. 그렇지만 걸음을 멈추지는 마. 절대 멈추지 마. 계속 걸어."

"뭘, 어쩔 셈인데?" 매트가 물었다.

"형이 그 로봇 다리를 좀 이용해야 할 것 같아."

"무슨 말이니?" 행크 박사가 물었다.

"저만 믿으시면 돼요." 내가 설득을 했다.

"나보고 달려가란 말이야?" 매트가 물었다.

"아니, 저 얼음에 난 숨구멍을 깨 버리라고."

"그렇지만…."

"좀 더 가까이 와 봐." 내가 말했다.

눈보라가 거세게 일고 있었기 때문에 우리가 가까이 갈 때쯤 그 구멍의 가장자리가 거의 덮여 있었다. 질펀한 눈가루가 이미 얼어붙기 시작했다. 만약 그 자리에 바다표범의 구멍이 있다는 걸 알고 있지 못했다면, 나도 완전히 놓치고 갈 수도 있었겠다. 나는 다노가 눈치채지 않기를 바라며, 구멍의 한쪽 가장자리를 따라 발끝을 세우고 걷다가 무릎을 짚으며 다른 쪽 가장자리로 넘어졌다. 내 몸 아래로 얼음이 살짝 우지끈하고 흔들렸다. "자, 빨리 나를 도와주는 시늉을 해." 내가 매트에게 중얼거렸다.

설상차가 다시 멈추어 섰다. 쿵쿵 얼음을 구르며 걸어오는 다노의 발자국 소리가 들렸다. "뭘 하고 있는 거야?" 다노가 소리를 질렀다.

"더는 계속 갈 수 없어요." 나는 바람 속에서 소리쳤다.

"야, 우리는 2킬로미터도 안 걸었단 말이야! 일어서."

"잭은 너무 지친 상태예요." 매트가 말했다.

그 시점에서 거짓 눈물 따위는 흘릴 필요도 없었다. 눈물이 나는 즉시 얼굴 위로 얼어붙고 말 테니 말이다. 그래서 나

295

는 그냥 솔직하게 애원을 했다.

"제발요! 제발이요! 저희들을 여기서 죽게 내버려 두지 마세요!"

"내가 움직이라고 말했지!" 다노가 다시 한번 고함을 질렀다.

"못 하겠어요." 내가 거짓말을 했다. "제발 저를 좀, 도와주세요."

그 미치광이 공학자는 불만과 화가 잔뜩 난 표정으로 씩씩거리며 다가왔다. 그는 나의 방한복 등판을 붙잡아 들어 올려 마치 안나 박사가 원정 나간 50킬로미터 밖까지 집어던질 기세였다. 그러나 다행히도, 그는 그렇게 할 만큼 내게 가까이 오지 못했다.

그는 어린 녀석이 건방지게 몸을 웅크리고 자신이 세운 살해 계획을 따르지 않겠다고 버티는 사실에 너무 격분해서 미처 바닥을 쳐다볼 겨를이 없었다.

"지금이야!!" 내가 매트를 향해 소리치자, 매트는 로봇 다리를 착용한 발로 바닥을 세차게 굴렀다. 그는 오른쪽 부츠로 얼음을 깨고는 필사적으로 뒤로 기어 나왔기 때문에 깨진 얼음 틈으로 물속에 빠지지는 않았다.

다노는 그다지 운이 좋지 않았다. 그의 발이 막 깨진 구멍을 디디자 그는 균형을 잃고 앞으로 넘어졌다. 순간 그의 두 눈에 공포와 혼란의 빛이 어렸고 그는 질펀한 눈밭에 거꾸러지며 허리까지 얼음물 속에 잠겼다. 그는 빠지지 않으려 기를 쓰며 양팔을 허우적거리다가 손에 쥐고 있던 권총을 놓쳤다. 그의 손을 벗어난 무기는 얼음 바닥 위로 죽 미끄러져 나갔다.

나는 벌떡 일어섰다. 아주 눈 깜짝할 사이에 우리가 자유의 몸이 되었다고 믿었다. 그때 다노가 장갑을 낀 커다란 손으로 나의 발목을 거칠게 잡아 쥐었다. 어찌나 세게 잡았는지 마치 보아 뱀이 힘없는 새끼 쥐를 잡아 숨통을 조르는 것 같았다. 그가 나를 끌어당기는 바람에 내 발이 땅에서 떨어졌다. 내 등이 꽁꽁 얼어붙은 눈 위로 쿵 하고 부딪혔다. 바닥의 얼음에 금이 갔다. 구멍 밖으로 뚫고 올라오는 물이 눈 위로 스며들며 내 바지를 적셨다. 그가 나를 더욱 가까이 끌어당겼다. 살을 에는 추위가 나의 다리를 휘감았다.

물이 내 무릎까지 차오른다 싶었을 때 뭔가 단단한 것이 내 팔과 가슴을 묶고 나를 끌어당겼다. 나는 아래쪽을 쳐다보았다. 등산용 로프가 내 몸에 둘러져 있었고, 다른 사람들이 나를 그들이 있는 쪽으로 끌어당기고 있었다. 행크 박사는 올가미 밧줄 묶는 법을 좀 알고 있었고 그렇게 몇 차례 더 시도한 끝에 내 몸은 거의 구멍에서 떨어진 곳까지 끌어당겨졌다. 그러나 다노는 내 발목을 꽉 잡은 손을 여전히 풀지 않

왔다.

내 양쪽 발에는 이미 감각이 없었지만, 나는 오른쪽 무릎을 세워서 찼다. 나의 부츠가 다노의 장갑을 스치고 지나갔다. 내 몸이 다시 뒤로 끌어당겨졌고 나는 다시 한번 발길질을 했다. 이번에는 내 부츠의 발목이 그의 손마디 관절을 제대로 가격했다. 그가 고통스러운 비명을 지르며 내 발목을 잡고 있던 손을 풀었다.

그 미치광이 발명가는 어깨까지 물에 잠겼다. 그는 몸을 받쳐 보려 했지만, 바다표범 구멍의 옆쪽이 눈과 질편해진 얼음으로 너무 미끄러웠다. 그 혼돈 속에서 그가 도와 달라고 소리를 쳤는지 나는 기억이 나지 않는다. 행크 박사와 아바가 내가 발을 디딜 수 있도록 돕는 사이, 매트는 다른 밧줄 하나를 구멍 속으로 던졌다. 다노는 그 밧줄을 잡았고, 매트는 눈 위에 단단히 버티고 선 채, 우리를 공격했던 그 사람을 물 밖으로 꺼내 주기 위해 줄을 끌어당겼다.

행크 박사는 얼른 달려가 바닥에 있던 총을 집어서 바다표범 구멍 안으로 던져 버렸다. "나는 저런 물건들은 정말 싫어." 박사가 말했다.

아바는 내 가슴에 묶여 있던 줄을 풀어 주었다. 다노는 심하게 몸을 떨고 있었다. 그는 천천히 앉으면서 무릎을 가슴 쪽으로 끌어당겼다. 그의 몸은 쫄딱 젖어 있었고, 얼굴은 파랗게 질렸다. 그는 더듬더듬 무슨 말인가를 하려 했다.

"얼른 따뜻하게 해 주지 않으면, 저 사람 저러다 얼어 죽겠다." 행크 박사가 말했다. 박사는 매트를 툭 쳤다. "우리 장비를 가져와라."

나는 젖은 다리를 아주 커다란 방한복 안으로 끌어당겼다. 아바도 내 어깨를 감싸 주면서 내 옆에 웅크리고 앉았다.

행크 박사는 급히 담요들을 챙겨 왔고, 매트는 자신의 코트 안에서 설비 도구를 꺼내서 특수 썰매의 부푼 지붕과 외벽을 잘라 냈다.

"훌륭해!" 행크 박사가 말했다. 박사는 내가 있는 쪽으로 몸을 기울였다. "체온을 유지하기에는 안성맞춤이다. 좀 더 부드러웠다면, 아마 끝내주는 담요가 되었겠구나."

매트는 좀 크게 잘린 광이 흐르는 그 물건을 아바에게 먼저 건넸고, 아바는 그걸로 내 몸을 감싸 주었다. 그리고 매트는 다노에게도 역시 한 장을 건네주었다. 내 몸이 바로 따뜻해졌다고는 말할 수 없지만, 그 물건이 추위를 막아 주었던 것은 분명하다.

행크 박사와 아바가 난로를 설치하는 동안, 매트는 마른 옷을 찾으려 우리의 꾸러미를 뒤지고 있었다. 그때 얼음이 흔들리기 시작했다. 얼어 있던 하얀 땅이 마치 지진이라도 난 것처럼 우르릉 소리를 냈다. 이 밤, 정말 더 나쁜 사태가 벌어지고 마는 걸까?

눈부시게 하얀 눈 위로 두 개의 흐릿한 노란 불빛이 나타났다. 여전히 내 발에 감각이 없었기 때문에 나는 혼자서 일어설 수도 없었다. 특수 썰매 지붕에서 떼어 낸 잔해로 몸을 감싼 채, 아바에게 몸을 기대고 앉아 나는 그 불빛이 점차 밝아지는 것을 바라보았다. 우르릉 소리도 점차 크게 들려왔고 눈 속에서 차량의 모습이 드러났다. 아주 크고, 아주 아름다운, 그리고 아주 따뜻하게 보이는 파란색 트럭이었다.

"이게 그 램블러인가요?" 아바가 물었다.

행크 박사는 바다표범 구멍에서 떨어지라고 그들에게 손짓을 해 보였다. 트럭의 양옆으로 문이 활짝 열렸다. 승객 통로 쪽에서 브리트니가 뛰어내리더니 담요를 들고 나를 향해 달려왔다. 그 뒤를 따라온 레보킨이 코트로 다노를 감싸 주었다. 운전자가 가장 마지막으로 내렸는데, 그녀가 램블러의 주인임을 알고는 있었지만 그래도 국장이 직접 몰고 온 것을 보니 매우 놀라웠다. 그녀는 모자를 살짝 올리더니 내가 있는 쪽을 노려보았다. "자, 모두 기지로 귀환." 그녀가 모두에게 명령했다.

차량의 내부는 크고, 색도 화려했고, 엄청나게 따뜻했다. 우리는 엔진을 켠 채 잠시 머물러 있었다. 히터가 어찌나 세게 돌아가던지 마치 서너 사람이 한꺼번에 나의 얼굴을 향해

서 헤어드라이어를 쏘는 것 같았다. 다노와 나는 즉시 마른 옷으로 갈아입었다(여자들은 잠시 눈을 가리고 있었다). 매트는 바지를 내리고 착용하고 있던 로봇 다리를 풀었다. 처음에는 몸을 따뜻하게 만드는 것이 얼음물에 빠지는 것보다 더 고통스럽게 느껴졌다. 그때 불현듯 내가 자동 건조 사각 팬티를 입고 있다는 사실이 떠올랐다. 허리춤에 있는 버튼을 누르자 기분 좋게 따뜻한 공기가 천 사이로 흘러나왔다. 다리 아래쪽 피부가 너무 얼얼해서 나는 사각팬티에서 따뜻한 바람이 계속 불어 나오도록 했다. 그런 종류의 기능성 옷 전체 라인을 생산하는 것과 관련해서 행크 박사에게 상의해야겠다고 결심했다. 예를 들어 바지를 그렇게 만들면 정말 환상적일 것 같다.

내가 여벌 옷을 챙기는 걸 깜빡 잊었기에 아바가 자신의 꾸러미에서 그렇게 싫어하던 키티 그림의 추리닝을 내게 건네주었다. 그 추리닝은 분홍색에 작은 고양이 얼굴들로 온통 뒤덮여 있었다. 그렇지만 나는 조금도 신경 쓰이지 않았다.

아직 차량이 출발하지 않았고, 앞쪽에 앉아 있던 국장과 행크 박사는 뒤쪽 의자에 앉아 있는 우리들의 얼굴을 마주보도록 의자를 돌려 앉았다. 다노, 레보킨 그리고 매트가 같은 쪽에 앉았고, 아바와 브리트니 그리고 내가 다른 한쪽에 앉았다. 브리트니가 팔로 내 몸을 감싸고 있었는데, 나는 너무 추웠기 때문에 매트가 내게 질투를 느끼는지 확인할 생각조차도 안 들었다.

레보킨은 보온병에서 핫초코를 여러 잔 따랐고, 아바와 매트는 연신 우리 이야기를 하고 있었다. 온몸을 덜덜 떨면서 조용히 앉아 있는 호주 공학자 다노에게 레보킨은 억지로라도 핫초코를 마셔야 한다고 권했고, 국장은 날카로운 눈빛으로 다노를 노려봤다. 다노는 애써 그 눈빛을 피하고 있었다.

국장은 다노를 한 대 칠 기세로 주먹을 불끈 들어 올리더니, 잠시 머뭇거리다 자신이 그토록 아끼는 램블러의 지붕을 쳤다. "어휴, 열 번의 겨울. 10년을 여기서 썩었으면 제정신이 아니라는 사실을 내가 미리 알았어야 했는데!!" 국장이 우리를 향해 얼굴을 돌리며 자신의 머리를 툭툭 두드렸다. "10년 동안 연속해서 이곳에서 겨울을 난다면, 그 어느 누구도 정상일 수 없지. 그 어두운 그림자는 너희들에게도 영향을 줄 수 있어. 햇볕은 찾아볼 수 없는 어둠만이 가득한 그 추운 몇 개월. 저 사람이 열 번의 겨울을 이곳에서 나도록 허락해 줘서는 안 되는 일이었어."

"저는… 저어는… 죄에에소옹해요." 다노가 말했다.

"너무 늦었어." 국장이 대꾸했다. "나는 지금 당신을 대체 어떻게 해야 할지도 모르겠어. 여기는 사법 체계 같은 게 따로 없잖아."

긴 침묵이 지나고, 내가 손을 들어 올렸다. 나는 핫초코 잔을 입술 바로 아래쪽에 든 채, 덜덜 떨리는 입으로 어렵사리 질문을 했다. "어, 어떻게 알고, 저희를 따라오셨어요?"

"소피. 대회 1차전이 끝나고 소피가 너희들의 계획을 내게 말해 줬어." 브리트니가 말했다. "소피가 걱정을 많이 했어. 그리고 나도 그랬고. 행복한 야영객 프로그램에서 고작 이틀 정도 받았던 훈련으로는 어니스트 섀클턴이 절대 못 된단 말이야. 너희들이 계획하고 있던 일을 왜 나에게는 말해 주지 않았니? 나를 못 믿었던 거니?"

"아셨다면 저희들을 말리셨을 거잖아요." 아바가 말했다.

브리트니는 어깨를 으쓱였다. "좋은 지적이네. 그래, 너희들 말이 맞아."

"그래서 브리트니 씨가 저희들을 데리러 오기로 결정하신 건가요?" 매트가 물었다.

브리트니는 국장을 향해 고갯짓을 했다. "먼저 국장님에게 알려야 했어. 여기로 빨리 오려면 램블러가 필요했거든."

국장이 행크 박사를 흘겨보았다. "저 얼음 등성이를 뚫고 지나오느라 엄청나게 고생을 했어요. 만약 내가 아끼는 이 차량에 어디 흠집이라도 났다면, 배상은 박사님이 하시는 겁니다."

"그리고 나서 레보킨에게 부탁을 했지." 브리트니가 말을 이어 갔다. "그런데 참 묘하게도, 그때가 레보킨이 골딩을 이기는 게 확실시되는 시점이었거든."

"정말요?" 아바가 물었다. "그래서 이기셨어요?"

"아니, 그냥 일찍 나왔어." 러시가 공학자가 말했다. "빌리 조엘 노래 덕분에 내가 이미 최고라는 게 다 증명이 됐는데, 뭐. 매번 노래 경연 때마다 그랬어. 우리 고향에서 사람들이 나를 '노래방의 카렐린'이라고 불렀는걸."

"허, 그 정도예요?" 내가 말했다.

"카렐린이라고 하면, 올림픽에 출전했던 정말 대단한 레슬링 선수잖아요." 아바가 말했다.

세상에 모르는 게 없는 아바에게 그런 것까지 어떻게 알았는지는 물어보고 싶지도 않았다.

행크 박사는 턱을 앞으로 쭉 내밀면서 목을 이리저리 만졌다. "다음번 대회에는 내가 좀 나가서 도전을 해야겠어요, 레보킨 씨. 나도 왕년에는 시나트라(미국 출신의 유명한 가수이자 배우*)만큼 노래를 잘한다는 얘기를 자주 들었거든요."

행크 박사의 그 말은 사실과는 매우 동떨어진 얘기다. 매트가 나를 향해 고갯짓을 하며, 나더러 박사의 허풍을 좀 차단하라는 신호를 보냈다. "그런데 저희가 여기 있는 건 어떻게 아셨어요?" 매트가 물었다. "저희들을 지나쳐서 가실 수도 있었을 테고 혹은 다른 방향으로 가실 수도 있었잖아요."

"그건 여기 있는 아바 덕분이지." 브리트니가 말했다.

"아바가 뭘 어떻게 했는데요?" 내가 물었다.

아바가 혀를 차는 소리를 냈다. "만약의 경우를 대비해서 저분들이 우리의 위치를 아셔야 한다고 생각했어. 그래서 어젯밤에 노트북에 프레드의 위치를 알 수 있는 작은 프로그램을 하나 설치해 두었지. 그리고 소피 주방장님께 사용법을 알려 드렸어."

"그랬구나."

"바로 그래서 프레드를 가지고 왔었구나." 아주 대견하다는 미소를 지으며 행크 박사가 말했다.

"아, 그래서 프레드가 공중으로 뜨고 나서 우리를 따라오게 만들어 놓은 거였구나." 나도 한마디를 보탰다.

"빌어먹을 놈의 로봇." 다노가 말했다.

"입 닥쳐, 자네는 말할 자격 없어!" 레보킨이 다노를 향해 소리를 질렀다.

"퍼킨스 씨, 말하는 소리를 들으니 이제 살아나신 것 같군요." 국장이 말했다. "몸이나 마저 녹이고 잠자코 있어요!"

다노는 코웃음을 칠 뿐, 아무 말도 하지 않았다.

국장은 아바에게 시선을 돌렸다. "야, 어린 숙녀께서 정말 대단해, 아주 인상적이야." 국장이 말했다. "그런 장치를 해 두지 않았다면 여기를 못 찾아왔을 거야."

아바는 행크 박사의 얼굴을 살폈다. "어, 그런 프로그램을 설치했던 건 말이죠… 박사님께서 우리를 다시 기지로 안전하게 돌아가게 해 주실 거라는 걸 못 믿어서가 아니라요…."

행크 박사는 고개를 흔들며 크게 웃었다. "뭐? 아니, 아니야. 나는 그렇게 생각하지 않고 있었는걸. 그런 거라면 전혀 마음 쓰지 마. 나도 나를 못 믿는걸." 박사는 창밖으로 멀리 있는 산을 내다보더니 몸을 감싸고 떨고 있는 다노를 쳐다보았다. "나는 이런 모험에 최적화된 사람은 아니야. 이건 강도가 세도 지나치게 세단 말이지."

브리트니는 웃었지만, 국장의 얼굴에서는 표정이 가셨다.

"국장님은 어떻게 생각하세요?" 내가 국장에게 질문했다. "저희들이 없어져서 아주 속이 시원하셨을 거 같은데요."

국장이 발끈 화를 내며 말을 했다. "어린 친구들, 잘 들어. 내 말을 믿어도 돼. 내가 바라는 건 너희들이 맥머도 기지에서 사라지는 거야. 그렇다고 이 추운 얼음 벌판에서 너희들이 사고를 당해서 사라지기를 바라는 건 아니야. 그런 일이 발생하면, 내 일자리도 다 날아가 버리겠지. 내가 바라는 건, 너희들이 제발 안전하게 무사히, 고향으로 돌아가는 비행기에 오르는 걸 보는 거라고." 그녀의 시선은 우리에게 번갈아 오가더니 행크 박사에게 머물렀다.

"뭐요? 제가 뭐, 좀 더 따뜻하게 에둘러서 표현해 주기를 기대하셨던 건가요? 박사님께서 이해를 하셔야 해요. 저를 이해하라는 말이 아니라, 여기 상황을 아셔야 해요. 여기 맥머도 기지는 과학 연구를 위한 곳입니다. 지식인들의 관광이나 양말 제조업자가 주최하는 바보 같은 상을 위한 그런 장소가 아니란 말이에요." 국장은 다시 다노를 쳐다보았다.

"그리고 여기는 도둑들이나 다른 사람 연구를 방해하는 그런 사람들이 있는 곳이 절대 아닙니다."

"클러터벅 씨에 관해서는 그렇게 형편없이 말하지 마세요." 레보킨이 말했다. 그는 손을 내려 자신의 양말목을 툭 건드렸다. 이틀 전에 그가 신고 있던, 같은 양말이다.

"이거 거의 17일째 신고 있거든요. 클러터벅 씨는 정말 천재예요."

"퍼킨스 씨는 어떻게 처리할 건가요?" 브리트니가 국장에게 물었다.

"기지로 돌아가서 생각을 좀 해야겠어요." 국장이 말했다. "레보킨 씨, 지금 상태로 보아서 퍼킨스를 옮기는 게 가능하겠어요? 저체온증 증상은 없나요?"

레보킨은 자신의 손등을 다노의 이마에 가져다 대 보고는 맥박을 확인하고 팔꿈치로 어깨를 쳐 보았다. "괜찮은 것 같아요. 차가운 물에 잠깐 빠진 거 갖고 지나치게 걱정을 많이 하시네요. 러시아에서는 건강을 위해서 가끔 찬물에 사람들이 일부러 들어가거든요."

"좋아요." 국장이 반응을 했다. "그럼 당신이 다노 씨를 설상차 뒤로 좀 데려가 주시겠어요? 뒷좌석에 그를 짐처럼 꽁꽁 묶어 두셔야 해요. 그리고 저 우스꽝스런 썰매도 설상차 뒤에 안전하게 묶어 주세요. 저런 물건을 여기다가 두고 가면 안 되거든요. 쓰레기는 아무 데나 버리면 안 되잖아요."

"제가 기꺼이 하겠어요." 러시아 공학자 레보킨이 다노를 붙잡고 의자에서 일으켜 세우며 말했다.

"저건 우스꽝스러운 물건이 아닌데." 행크 박사가 들릴 듯 말 듯한 목소리로 말했다.

국장도 밖으로 나가려는지 레보킨과 다노를 따라 일어섰다. "여기 남은 사람들 모두, 행운을 빌어요."

"잠깐만요," 아바가 말했다. "무슨 말씀이세요? 저희 모두 기지로 돌아가는 거 아니었어요?"

"맥머도 기지로? 당연히 아니지." 국장이 답을 했다. "나는 저 설상차를 타고 퍼킨스 씨를 다시 기지로 데려갈 거야. 거기 가서 저 사람을 어떻게 처리할지 결정을 할 거야. 레보킨 씨가 설상차를 다 준비시켜 주고 난 다음에 너희들을 도와줄 거야. 레보킨 씨는 분명히 너희들을 안전하게 잘 지켜 줄 거란다."

"저희를 뭐로부터 안전하게 지켜 주신다는 말씀이죠?" 내가 물었다.

"너희들에게는 아직 긴 여정이 남아 있잖니." 국장이 말했다.

"여기까지 잘 왔으니까 이제 안전하게 친구를 구해 와야지."

16
신비의
세계

나의 형, 매트는 지난 며칠간, 과학의 낙원과도 같은 이곳에서 세계적인 석학들을 만나면서 지냈다. 형은 행크 박사를 난처하게 만들었던, 안나 박사가 찾아낸 생명체의 중요성을 알아내면서 생물학적 퍼즐을 풀기도 했다. 로봇 다리를 착용하고 나가서 성능 시험도 했고(물론 그 기기의 발명가에게 직접 허락 받아서 한 일은 아니었지만) 그 덕에 우리의 생명을 구할 수도 있었다. 그러나 남극에서 형이 보낸 시간 중 최고의 하이라이트는 램블러를 운전했던 순간일 것 같다. 국장이 다노를 데리고 떠나자 행크 박사는 그 차량의 운전을 못하겠다고 선언했고, 매트가 나서서 운전을 하게 해 달라고 다른 사람들을 졸랐다. 그래서 우리는 매트가 운전하는 램블러를 타고 눈길을 뚫고 나갔다. 매트는 몸을 운전대 쪽으로 바싹 기울여서 거의 앞이마가 전면 창에 닿을 것 같은 자세로 운전했지만 얼굴에는 연신 미소가 떠나지 않았다.

다노와 국장이 작은 눈보라를 일으키며 떠난 지 한 시간이 지나고 나서 최악의 눈보라가 몰아쳤다. 남극횡단산지에서 불어닥친 바람은 램블러의 측면을 사정없이 때려서 마치 화가 난 산의 정령이 우리를 얼음 벌판 위로 전복시키기라도 할 것 같은 기세였다. 그러나 램블러는 천천히 눈길을 가르며 계속 나아갔고 내부는 따뜻하고 크고 아주 쾌적했다. 아무리 사나운 날씨라도 우리가 가는 길을 막을 수는 없었다. 우리는 특수 썰매에 실어 두었던 보급품과 장비 꾸러미들을 집어다가 램블러 뒤쪽에 숨겨 두었기 때문에 어떤 일이 닥쳐도 대비할 수 있을 것 같았다.

따뜻한 기운이 천천히 몸 전체로 스며들었다. 발과 발목에는 여전히 냉기가 느껴졌지만 그래도 램블러의 장갑차용 바퀴가 얼음을 바스러뜨리면서 잘 굴러가고 있다는 것을 아바가 빌려준 두꺼운 털양말을 통해서도 느낄 수 있었다. 아바도 레보킨도 둘 다 고개까지 꾸벅이며 잠에 빠져들었다. 행크 박사는 우리의 젊은 운전자 매트 옆에 앉아 있었고, 브리트니는 뒤에 앉아 몸을 앞으로 숙인 채 매트가 운전하는 것을 유심히 지켜보고 있었다. 램블러가 얼음 위를 굴러가는 동안 나는 그 얼음 아래에 존재하는 또 다른 세계에 대한 생각을 떨칠 수가 없었다. 우리들 바로 아래에 물이 흐른다고 생각하니 참으로 이상했다. 게다가 그냥 단순한 물도 아니고 생명력이 넘치고 기이한 야생의 생명체를 품고 있는 물이라니 더더욱 그러했다. 게나 불가사리 그리고 지방이 잔뜩 낀 미끄덩거리는 커다란 바다표범들도 저 숨겨진 세계에서 쏜살같이 내달리고 걷어차며 놀고 있을 것이다. 물론 엄청난 수의 작은 크릴새우들도 있을 것이다. 안나 도나텔리 박사는 꽁꽁 얼어붙고 어두운 저 세계에 내려가 놀라운 생명체를 발견해 낸 것이다. 저 물 밑 세계에는 과연 알려지지 않은 또 다른 어떤 생명체들이 숨어 있을까?

몇 시간이 지났을까, 램블러의 흔들거림이나 덜컹거리는 소리가 멈추었다. 그 소리에 하도 오래 익숙해진 터여서 소리가 멈추고 나서도 몇 분이 지나서야 그 사실을 깨달았다. 최악의 폭풍은 사라졌고, 하늘은 천천히 밝고 푸른빛을 더해 가기 시작했다. 아마 그게 바로 남극의 새벽이 오는 모습이었고, 그야말로 시간이 기가 막히게 맞아떨어졌다. 뒤쪽에 있던 사람들은 여전히 잠에 취해 있었지만, 나는 반쯤 성에가 낀 창밖을 응시하고 있었다. 매트가 멀리 한 곳을 가리켰다. 한 여성이 혼자 열심히 팔을 흔들며 서 있었다. 그녀는 붉은색 방한복을 입고 있었는데 모자는 쓰고 있지 않았다. 공기는 영하의 날씨가 분명한데도, 우뚝 솟아 있는 산을 배경으로 홀로 서 있는 그녀의 짧은 금발 머리가 햇빛을 받아서 밝게 빛나고 있었다. 그녀는 여러 차례 흔들던 손을 허리께에 붙이고 기다리고 서 있었다. 행크 박사는 장갑 낀 손으로 눈을 비비더니 손뼉을 쳤다. 나는 팔꿈치로 아바를 쳐서 깨웠다.

"저기, 안나 박사님 맞죠?" 매트가 행크 박사에게 물었다.

"그래, 안나야!"

레보킨은 안전벨트를 풀고 기는 자세로 좀 더 가까이 보러 창가로 다가갔다. "별 이상 없는 건가?"

"안나 말씀인가요? 멀쩡해 보이잖아요!" 행크 박사가 기뻐서 큰 소리로 외쳤다.

"아니요, 안나 박사가 아니라," 레보킨이 말했다. "내가 만든 잠수복 말입니다. 잠수복이 보이나요?"

안나 박사가 있는 야영지가 점점 시야에 들어왔다. 그녀 뒤로 보이는 대피소는 그 가운데로 미니밴도 들어갈 만큼 충분히 크고 넓었다. 그 뒤편으로 얼마만큼 더 뻗어 있는지 보이지 않았지만, 꽤 규모가 큰 것 같았다. 행복한 야영객 프로그램 훈련을 받을 때 우리 다섯 명이서도 겨우 작은 대피소를 하나 만들었는데, 어떻게 안나 박사가 혼자서 저렇게 크

고 훌륭한 대피소를 만들 수 있었을까?

"오, 나의 집!" 행크 박사가 외쳤다.

"박사님 집이라니요?"

"내가 만든 자가 팽창 간이 주택 말이야. 남극에 도착하기 전에 내가 미리 부쳤던 물품 중에 하나야." 행크 박사는 어리둥절해하는 레보킨의 표정을 알아채고는 설명을 이어 갔다. "그건 우주 비행을 위해서 고안된 거야. 달이나 화성에 착륙했을 때 쓰는 건데 기본 원리는 차량이라는 점 빼고는 특수 썰매랑 똑같아. 저것도 팽창해서 벽과 천장을 만들고 거실만한 커다란 공간을 갖추지. 그래서 나는 여기 남극이 저걸 시험하는 데 최적의 장소가 될 거라고 생각했었거든. 안나가 저걸 빌려 간 게 틀림없네."

"네, 그런가 보네요. 바로 저의 잠수복을 '빌려 간' 것처럼 말이죠." 레보킨이 불만을 늘어놓았다. "제가 살던 곳에서는 말이죠, 이런 건 엄연히 '훔쳐 갔다'고 표현하죠."

램블러가 드디어 안나 박사의 대피소 앞에 멈추어 섰다. 차에서 뛰어나간 행크 박사는 황급히 안나 박사에게 달려갔다. 그러나 안나 박사는 포옹을 하려는 행크 박사를 피하며 우리가 미처 내리기도 전에 재빨리 램블러 뒤로 올라탔다. "먹을 만한 게 뭐가 있니?" 안나 박사가 다그치듯 물었다.

매트가 꾸러미 중 하나를 가리켰다.

안나 박사가 엉뚱한 꾸러미를 뒤지기 시작하자 아바가 에너지 바를 건넸다. 안나 박사는 얼른 그걸 집어 들더니 한 덩어리를 이로 깨물어 어기적어기적 씹어 먹었다.

안나 박사는 눈을 감고 씹는 데만 열중했다. 그녀의 표정이 한결 여유로워졌다. "고맙다." 안나 박사는 초콜릿 바를 하나 집어 들며 의자에 털썩 주저앉았다. 행크 박사도 우리가 있는 뒤쪽으로 왔다. "어제 먹을 게 바닥났어." 안나 박사가 말했다. "날 찾으러 오는 데 대체, 왜 이렇게 오래 걸린 거야?"

행크 박사는 다정하게 안나 박사의 어깨를 톡톡 두드렸다. "내가 만든 자가 팽창 주택은 어땠어?"

우리의 멘토이신 행크 박사께서 어찌나 신이 나셨는지 안나 박사가 입안 가득 음식을 씹으며 입을 벌리고 말을 하는데도 별로 개의치 않아 하셨다. "포보스?" 내가 입 모양으로 아바에게 신호를 보냈다. 아바가 웃었다.

"이 주택? 공간도 넉넉하고, 따뜻하고 전체적으로 아주 쾌적해." 안나 박사가 말했다. 그녀의 볼살은 붉고 통통했으며 내가 예상했던 것보다 덩치는 훨씬 컸다. 그녀는 여전사에 최적화된 몸을 갖고 있었고, 목소리는 약간 허스키했고, 강한 억양을 갖고 있었다. "그런데 내가 이걸 사용하는 게 싫은 건 아니지, 그렇지, 헨리?"

"물론 아니지." 행크 박사가 말했다. "모두 과학을 위한 건데. 그리고 새로운 발견, 축하해. 그 생명체들은 그야말로 경이로워."

안나 박사는 몸을 숙여 행크 박사 주위를 살피더니 러시아 출신의 공학자를 향해 손을 내밀었다. "예브게니, 당신이 만든 잠수복은 아주 완벽하게 작동했어요. 그리고 맹세할게요." 안나 박사는 손을 가슴에 대고는 말했다. "두 번 다시, 절대 당신에게 말 안 하고 잠수복을 빌려 가는 일은 없을 거예요."

"지난번에도 이번이 마지막이라고 했었잖아요."

머쓱해진 안나 박사는 손을 툭 떨어뜨리고 인상을 쓰며 하늘을 올려다보았다. "그래요, 맞아요. 내가 그랬었죠. 그런데 당신도 알다시피 나의 맹세는 좀 효력이 떨어지잖아요. 그래서 내가 잠수복을 잘 지키라고 미리 조언도 했었잖아요. 그건 너에게도 해당하는 조언이란다, 어린 숙녀분." 안나 박사가 아바를 가리키며 말했다. "내가 듣자 하니 네가 아주 장래가 기대되는 학생이라고 하더라. 그런데 말이지, 남자들이 가끔은 똑똑한 여자들 때문에 위협을 느낀단다. 물론 그들이 좀 위협을 느껴 봐야 하는 면도 있어. 내가 장담컨대 그 남자들이 무슨 수를 써서라도 너의 성공을 막으려 들 거야. 그래도 너는 계속 밀고 나가야 해. 앞으로, 그냥 앞으로 가는 거야!" 안나 박사가 주위를 죽 둘러보았다. "내 연구를 고의로 방해한 사람이 그 호주 출신의 공학자라는 사실을 너는 알지, 그치?"

아바의 입이 약간 벌어졌고 매트도 깜짝 놀란 표정이 되었다. 안나 박사는 마치 텔레비전 채널을 돌리듯 대화의 주제를 마구 넘나들었다.

"그래요. 그건 이야기하자면 아주 길어요." 브리트니가 말했다. "사실은 국장과 다노가 저희랑 같이 있었는데, 국장이 그를 데리고 기지로 돌아갔어요."

"다노 씨가 우리를 얼어 죽게 버리고 가려고 한 다음의 일이죠." 아바가 말을 보탰다.

"맞아요, 그분이 정말 우리 모두를 확실하게 놀랬켰지요. 아마 추운 겨울을 여기서 여러 해 나면서 그의 머리가 어떻게 됐나 봐요. 그래서 대부분의 사람들이 1년에 최소한 몇 달이라도 고향으로 돌아가나 봐요. 맥머도 기지에서 그를 어떻게 처리할지 참 궁금해요." 안나 박사는 답을 기다리지는 않았다. 알 수 없는 미소가 그녀의 얼굴에 피어났다.

"자, 가만있어 보자… 너희 셋이, 그러니까 네 이름이 아바, 딱 봐도 알겠네. 너는 잭이고," 안나 박사가 나를 가리키며 말했다. "네가 행크 박사의 이메일을 대신 보내던 애구나. 그럼, 네 이름은 매튜겠구나."

형이 나에게 어떻게 했든지, 나는 형에게 좀 미안한 마음이 들었다. "저희 형이 가끔은 매트라는 이름을 더 좋아하기도 해요." 내가 말했다.

　"매튜라는 이름도 전 좋아요." 나의 형이 말했다. 안나 박사의 얼굴을 빤히 쳐다보며 형이 중얼거렸다. "저기요, 참, 머, 멋지세요." 그렇게 말을 하고는 눈을 꼭 감은 채 어금니에 힘을 주더니 다시 시도했다. "그러니까 제 말은, 박사님의 연구요. 박사님의 연구가 멋지다고요."

　"잠깐만요, 그런데 제가 행크 박사님의 이메일을 대신 썼던 걸 어떻게 아세요?" 내가 물었다.

　"구두점 때문에 알았지." 안나 박사가 말했다. "행크는 완벽하거든, 문법에 아주 강하단 말이야. 그런데 최근 그의 메시지를 보면 아이폰 중독에 걸린 십 대의 주의 깊지 못한 감정 같은 게 보였거든. 답을 달 때는 세심하게 해야 한단다. 글쓰기의 규칙을 잘 따라서 쓰면 두뇌 발달에도 도움이 되지. 그리고 너는 유행을 따르는 방식도 좀 고려하면서 글을 써야 할 것 같아."

　아, 바지. 나는 아바가 건네준 헬로 키티 바지를 입고 있다는 사실을 잊고 있었다. 내가 그렇게 당황한 건 다 그 바지 탓이었을 거다. 어찌나 온몸이 화끈거리는지 바지 한쪽이 타지 않았을까 싶다. "느낀 부분에 대해서는 그냥 좀 관대하게 넘어가 주시면, 제가 이 옷부터 먼저 좀 해결할 텐데요."

"에고, 내가 졌다, 졌어!" 안나 박사가 응수를 했다. 그녀는 벌떡 일어서더니 서둘러 차량 밖으로 나갔다. "간이 주택 안으로 한번 들어가 보시죠. 볼 만한 게 아주 많아요."

레보킨이 먼저 그 간이 주택 안으로 급히 들어갔고, 행크 박사와 안나 박사가 그 뒤를 따르며 마치 경쟁이라도 벌이듯이 질문들을 마구 쏟아 냈다. 매트는 반 발자국 정도 거리를 두고 한마디라도 놓치지 않을 기세로 그 두 사람 뒤를 바싹 따라서 갔다.

그 내부에 대해서는 그러니까 말문이 막혀서 내가 할 수 있는 말은 그냥 "와우"였다.

"정말 대단하네요." 아바가 말했다.

부푼 벽과 천장은 우뚝 솟은 공간을 만들고 있었고 태양열을 이용한 전구들이 달려 있었다. 안나 박사는 눈을 이용해서 침대, 소파 그리고 심지어 아늑한 식사 공간도 만들어 두었다.

중앙의 둔덕을 납작하게 다듬어서 식탁으로 꾸미고 그 주위로 반원 형태의 얼음 벤치도 만들어 놓았다. 눈 위로 포도 덩굴과 나무 모양을 새겨 넣기도 했다. 안나 박사가 내가 본인의 작품을 쳐다보는 걸 봤나 보다. "지난번에 여기에 왔을 때, 이 팽창 간이 주택이랑 설비들을 설치했었어. 여기 이런

데 나와서 혼자 있으면 시간이 정말 남아돌거든. 그래서 약간의 솜씨를 발휘한 것뿐이야." 그녀가 말했다. "그리고 나는 결국 여러분이 모두 여기에 오게 될 거라 생각했거든. 그래서 이 장소를 좀 더 멋지게 보이고 싶었어. 내가 두고 왔던 베른 소설, 그거 헨리 당신이 갖고 있지?"

"오, 아니에요. 그걸 발견한 건 저 애예요." 아바가 나를 가리켰다.

안나 박사의 눈썹이 아래로 쳐졌다. "어떻게 알아냈어?"

나는 잡지에 실린 그녀의 인터뷰를 발견한 이야기를 했다. 만약 안나 박사가 나의 탐정 실력에 깊은 인상을 받았다면, 그런 표정을 짓지는 않을 것이다. 그녀는, 단지 행크 박사가 본인의 추종자라고 부르는 우리들이 정작 박사보다 먼저 퍼즐을 풀어냈다는 사실을 매우 기쁘게 생각하는 것 같았다. "내가 의미했던 첫사랑이 뭐였다고 생각했어?" 안나 박사가 행크 박사에게 물었다.

행크 박사의 얼굴이 붉어졌다. 우리 중 한 사람이 유독 크게 웃었다. 그렇다. 그 한 사람은 바로 나였고, 행크 박사의 눈에서 강한 레이저가 뿜어져 나왔다. 나는 정말 혼신의 힘을 다해서 입을 다물고 터져 나오는 웃음을 참았다. "아무 생각도 없었는데. 아무것도." 행크 박사가 말했다. 그는 몇 걸음을 옮기다가 안나 박사가 얼음 바닥에 파 놓은 커다란 구멍 앞에서 무릎을 구부렸다. "바로 여기가 당신이 바다로 접근하는 곳이야?"

"맞아, 바로 거기야." 안나 박사가 말했다. "잠수를 하려면 구멍이 얼어서 막히지 않게 관리를 계속해야 하는데, 그게 아주 힘든 작업이야. 특히, 여기는 곡괭이랑 눈 써는 톱밖에 없었으니 아주 애먹었어. 글쎄 어느 날은 저 구멍으로 바다표범이 쑥 올라와서는 내 침낭 안으로 들어오려 했잖아. 당신들이 오늘 여기에 도착하지 않았다면, 어쩌면, 내가 저녁 끼니 해결을 위해 그 아이를 다시 불러들여야 했을지도 몰라."

멀찍이 한쪽 구석에 서서 그토록 소중히 여기는 자신의 잠수복 솔기를 찬찬히 들여다보던 레보킨이 러시아 말로 뭔가를 중얼거렸다. "으흐, 바다표범! 가끔 악몽도 꿔요. 우리 어머니 집 지하실에서 카드놀이를 하는데 바다표범들이 나타나서 막 짖어 대기도 해요. 항상 나타날 때마다 짖어요."

아무도 반응을 보이지 않았다. 가끔씩 어떤 이야기들은 그냥 무시하는 게 더 나을 때도 있다.

"저 아래에 내려가서 수영을 하셨다는 게 저는 아직도 믿기지 않아요." 아바가 말했다.

"너도 한번 해 보기를 내가 제안할게. 그렇지만, 아직 네 나이라면, 아마도 충격을 받게 될 거야." 안나 박사가 말했

323

다. "그건 좀 안타깝다."

"그 생명체들을 좀 더 발견하셨어요?" 매트가 물었다.

"무슨 질문이 그러니?" 안나 박사가 맞받아쳤다.

매트는 마치 아랫배에 안나 박사가 날리는 강편치라도 한 대 맞은 것마냥 얼굴이 하얗게 질렸다. 안나 박사는 한쪽 벽 속에서 플라스틱 통을 하나 꺼내더니 물과 꿈틀거리는 점 액질의 생명체가 담긴 여섯 개의 투명한 용기를 보여 주었 다. "난, 말이야, 이 멋진 간이 주택 덕분에 여기다가 제대로 된 연구실을 갖출 수 있었다니까. 여기에 지금 이런 생명체 가 서른일곱 마리가 있는데, 저기 물 밑에는 엄청난 수가 존 재하고 있단 말이야. 여기 있는 요 녀석들만으로도 상당한 양의 깨끗한 물을 만들어 내는데, 나 혼자 쓰고도 남는 양이 야." 안나 박사는 조용히 그 생명체들을 물끄러미 지켜보다 가 몸을 돌려 구멍 앞으로 가서 쭈그리고 앉았다. "나는 여 러분 모두에게 저 물 밑 세상이 어떻게 생겼는지 정말 보여 줄 수 있으면 좋겠어." 안나 박사가 말했다. "저긴 말이야, 그 야말로 불가사의한 경이로움 그 자체야."

나는 아바를 쿡 찔렀다. "누나가 해 봐."

"싫어." 아바가 작은 목소리로 말했다.

매트도 거들었다. "좋은 기회잖아. 어서."

"싫어." 아바가 방금 전보다는 조금 큰 목소리로 대답을 했다.

"뭐가 싫다는 거야?" 안나 박사가 물었다. "나한테 말해 봐."

아바가 턱을 한쪽으로 삐죽 내밀었다. 그녀는 천장을 올려다보며 천천히 대답을 했다. "음, 그러니까, 제가… 제가 뭔가를 만들어서, 그걸 시험해 보려고 여기로 가져왔는데요. 그런데, 그게 아마… 그게 아니라…."

"아바가 잠수함을 가져왔어요." 내가 말했다.

안나 박사의 얼굴에 화색이 돌았다. "오, 완벽해! 그럼 당장 그 잠수함을 시험해 보자, 그러자. 그런데 그 잠수함에 카메라 기능도 있지?"

아바는 잔뜩 긴장을 한 표정으로 고개를 끄덕였다.

"그 잠수함이 어떤 걸 발견할 수 있는지 한번 보자."

아바가 밖으로 나가 램블러에서 가져온 잠수함의 입수 준비를 마치는 사이, 레보킨은 자신이 제작한 잠수복을 바닥에 내려놓고는 아바를 지켜보았다. "와, 이거 아주 멋진 작품인데! 네가 이걸 만들었니?"

"네, 우리 아바가 만들었지요." 행크 박사가 자랑스럽게 말을 했다. "그리고 몇 년 후엔 저 아이가 또 어떤 능력을 갖추게 될까를 생각하면 정말 놀라워서 전율이 일 정도입니다."

아바는 노트북 컴퓨터를 열어서 담요 위에 펼쳤다. 그녀는 엑스 박스 조종 장치를 컴퓨터에 연결시켰다.

"어, 이게 뭐야?" 내가 물었다 "다른 것도 가져갔던 거야?"

아바는 사과를 하며 어깨를 한번 으쓱이더니 또 다른 케이블들을 노트북에서 잠수함으로 연결시켰다. 잠수함의 한쪽 판을 고정시켜서 덮고는 선미 프로펠러를 돌아가게 했다. "이 잠수함은 케이블 없이도 운행이 가능하기는 해요. 그렇지만, 제 생각에는 이런 방식으로 하는 게 더 나을 것 같아요. 그래야 저희가 잠수함을 조종해서 실시간으로 생생하게 관찰할 수 있으니까요."

"저 잠수함이 내려갈 수 있는 최고 수심이 몇 미터인데?" 안나 박사가 물었다.

"약 50미터 정도예요."

"완벽해. 여기는 수심이 20미터가 채 안 돼. 그럼 잠수함도 문제없을 거야."

레보킨은 손마디로 잠수함의 알루미늄 선체를 쿵쿵 두드려 보았다. "이 잠수함에 여자 이름을 붙였니?" 그가 물었다.

"네, 쉘리예요." 내가 말했다.

"야, 멋지다. 아름다워."

안나 박사의 도움을 받아서 아바는 잠수함을 물 아래로 내려보냈다. 잠시 후, 쉘리에 장착된 카메라가 보내는 장면이 아바의 컴퓨터 화면에 생생하게 드러났다. 그 장면은 농구장 장비 보관소에서 찾았던 메모리 카드의 영상과 비슷했지만, 해상도는 훨씬 선명했다. 뾰족한 돌기 모양의 푸르스름한 빛이 도는 하얀색 얼음들이 바다에서부터 올라왔다. 물속은 반투명의 플랑크톤과 크릴새우들이 가득했다. 바다표범의 그림자가 잠수함을 지나쳐 갔다.

"잠수함을 좀 더 아래로 내려가게 해 봐." 안나 박사가 제안했다.

아바는 주저 없이 잠수함을 조종해서 물 아래 바닥 가까이로 내려보냈다. 곧 회색빛 바닥을 기어 다니는 누르스름한 생명체와 맑은 담수의 작은 얼음 결정체가 표면 위로 둥둥 떠오르는 것이 눈에 들어왔다. 그 광경에 놀란 행크 박사는 숨이 멎은 듯했다. 매트는 갑자기 영국 신사라도 된 것처럼 "경이롭습니다."라고 말했다. 그리고 나는, 음, 나도 이 시간이 정말 진지한 순간임을 이해하고 있었다.

그 이상하게 생긴 작은 생명체들이 수백만 명의 생명을 구할 수 있는 잠재력을 갖고 있다는 것이다. 나도 안단 말이다. 완전히 상황을 파악하고 있었단 말이다. 그런데 가만히 지켜보고 있자니, 그 생명체들이 어디서 왔는지 궁금함을 떨칠 수가 없었다.

"이렇게 진지한 순간에…." 매트가 말했다. "너, 지금 웃고 있는 거니?"

나는 어깨를 으쓱했다. 웃긴 건 웃긴 거지. 웃음이 나오는
데 어쩌란 말인가.

"굉장하지. 그렇지?" 안나 박사가 말했다. 그녀는 행크 박
사의 어깨를 살며시 잡았다. "그래서, 당신 생각은 어때? 이
발견이 백만 달러의 가치가 있겠어?"

"음, 글쎄. 출품된 다른 기획안들도 검토를 했는데, 그렇게
깊은 인상을 받지는 못했어. 그런데 당신은 공식적으로 대회
에 참가한 게 아니라서, 그래서 나는…."

"나 참가 신청 했어."

"아니야, 당신은 참가 신청 안 했어."

"분명히, 나는 했어." 안나 박사가 레보킨을 가리키며 말했
다. "저 사람 이름으로 신청했지."

"네? 내 이름으로요?" 레보킨이 물었다.

"그건 제가 할 수 있는 최소한의 것이었어요." 안나 박사
가 말을 이어 갔다. "당신이 만든 저 특수 잠수복이 없었다
면, 여기 있는 이런 생명체들을 절대 발견할 수 없었을 겁니
다. 그러니 누군가 상금을 받아야 한다면, 그건 바로 당신이
에요. 레보킨 씨! 행크, 당신 생각은 어때?"

"흠, 글쎄, 만약 심사 위원이 완전히 정신 나간 사람이 아
니라면 가능하겠지?" 행크 박사가 말했다. "아무래도 승리의
여신이 당신들의 팔을 들어 줄 것 같은 느낌이 마구 밀려오

는데."

레보킨은 안나 박사를 얼싸안고는 번쩍 들어 두 바퀴를 빙글빙글 돌다 제자리에 내려놓았다. 안나 박사는 마치 장승처럼 뻣뻣하게 서 있었다. 그러더니 방한복 재킷의 먼지를 마구 털어 냈다. 아마도 레보킨이 그녀를 얼싸안을 때 그녀의 옷에 더러운 게 좀 묻은 모양이었다. 레보킨의 웃음소리가 어찌나 크던지 그 간이 주택이 무너질까 걱정이 될 정도였다.

불과 며칠 전이었다면, 나는 노래하고 바이올린도 켜고 잠수복도 발명하는 그 러시아 출신의 공학자, 레보킨을 이 남극에서 가장 특이한 사람이라고 말했을 수도 있었다. 어쩌면 나는 기지의 설비 기사나 빅터 바렌사 씨에게도 특이한 사람이라는 낙인을 찍어 주었을 수도 있었다. 그러나 한 점의 애착도 남기지 않고 미련 없이 툭툭 털어 버리는 이 강인하고 명석한 안나 박사가 그 누구보다 가장 특이한 사람이었다. 그녀는 과학의 발전을 위해 자신이 발견한 것을 지켜 내려고, 목숨을 걸고 꽁꽁 얼어붙은 이 황량한 얼음 벌판으로 뛰쳐나왔다. 그러나 임시로 만든 이 실험실에서 그녀가 어렵사리 이루어 냈던 그 모든 연구가 이제 그녀를 완전히 말도 안 되는 새로운 차원으로 쏘아 올렸다. 그녀가 백만 달러의 상금을 거저 내어 준다는 것이었다.

부디 아무에게도 말하지 말기를. 사실, 나는 그녀에게서 정말 큰 감동을 먹었다. 이제 나는 그녀를 더더욱 존경하게 되었다.

17
미래의
에너지

그사이 몇 가지 새로운 소식들이 있기는 하다. 그러나 남극에서 있었던 일들을 먼저 좀 이야기하겠다. 안나 박사가 마련했던 놀랍도록 안락한 임시 간이 주택에서 잠시 머물다가 우리 모두는 무사히 여정을 마치고 돌아왔다. 도착하니 맥머도 기지는 이미 클러터벅 상의 열기로 가득했다. 그때, 다노는 이미 가 버리고 없었다. 기지국장이 한 달가량 버틸 수 있는 물품을 실어 다노를 남극 대륙 한가운데에 있는 예전 기지로 보내 버린 것이다. 그 장소는 아주 멀리 떨어져 있어서 사람은 물론이고 이야기를 나눌 펭귄조차도 찾아보기 힘든 곳이었다. 아마도 국장은 그의 신변과 관련한 최종 결정이 내려질 때까지 그곳에 두는 것이 다노에게 가장 적절한 징벌이라고 판단한 모양이다. 클러터벅 상수상의 영광은 예상대로 안나 도나텔리 박사와 예브게니 레보킨에게 돌아갔고, 수십 명의 과학자들이 그 담수 한 잔을 맛보겠다고 생명체가 가득 담긴 수조 주변으로 몰려들었다. 그 물을 맛보고 누군가 한마디씩 논평을 할 때마다 나는 웃음을 터뜨렸다. 나를 유치하다고 비난해도 좋다. 그런데 웃겨서 못 참겠는 걸 어쩌겠는가.

진짜 재미난 일은 J.F. 클러터벅이 우승자들을 축하하기 위해서 위성을 통해 대형 화면에 모습을 보였을 때 발생했다. 너무나 흥분한 레보킨은 카메라 앞에서 부츠를 내리고 양말을 벗어 들고는 그 억만장자 갑부에게 냄새를 맡아 보라며 흔들어 댔다. 물론 화면 속에 있는 클러터벅에게는 불가능한 일이었지만, 그 자리에 모인 다른 사람들은 그 냄새를 맡았다. 너무 오래 신어서 그 양말에 삽입된 악취 방지 기능 물질이 사라진 것이 너무도 분명했다. 빅터 바렌사는 거의 졸도를 했다. 다른 사람들도 기침을 하고 털모자로 코를 막았다. 그리고 무슨 일이 벌어졌는지를 알게 된 클러터벅 씨가 완전히 크게 실망을 했다. 그는 행크 박사에게 레보킨의 양말들을 수거해서 본사 연구소로 보내 분석하도록 요청했다. 그리고 레보킨에게는 양말을 신고 직접 본사로 와서 발을 한번 검사받아 보라고 권했다. 그 말이 떨어지자 사람들이 여기저

기서 배꼽을 잡고 데굴데굴 구르느라 그날 밤은 거의 아수라
장이었다.

맥머도 기지에서 며칠을 더 지내고 나서, 우리는 여러 번
비행기를 갈아타고 드디어 브루클린에 있는 우리들의 집에
도착했다. 집으로 돌아온다는 건 과연 좋은 일일까? 나는 잘
모르겠다. 내 방은 남극에서 형제들과 함께 사용했던 방보다
는 좀 더 넓기는 했지만, 왠지 더 답답한 느낌이 들었다. 방
뿐만 아니라, 그냥 온 세상이 좀 낯설게 느껴졌다. 마치 포토
샵을 통해 도시 전체가 다시 덧칠된 것처럼 모든 것이 조금
씩 흐릿하게 느껴졌다. 하늘도 예전처럼 그렇게 크고 광활하
게 보이지 않았다. 나는 지금 나의 책상에 앉아서 그동안 우
리가 겪었던 모든 일들을 잊어버리지 않기 위해 글로 적고
있다. 아마 글로 쓰는 것이 그 경험을 잘 풀어낼 뿐 아니라,
남극에서의 기억을 내 머릿속에 오래도록 생생하게 남길 수
있는 좋은 방법이라고 생각한다.

그러나 나는 인정을 할 수밖에 없다. 자꾸 이상하게 집중
을 할 수가 없다. 왜일까? 그나저나 우리가 짐을 풀자, 행크
박사와 민은 갔고, 그리고 우리에게 신나는 일이 전개가 되
었다.

며칠 전으로 다시 돌아가 보겠다. 그러니까 3일 전 우리가
아파트로 돌아왔을 때, 민 선생님이 이미 와서 문 앞에서 우

리를 기다리고 있었다. 그녀의 발 옆에는 식료품과 포장 음식이 가득 담긴 비닐 봉투들이 있었다. 우리가 까만색 세단에서 내리자 민은 그야말로 우리를 향해 막 달려왔는데, 전에는 본 적이 없는 것 같은 밝은 미소를 짓고 있었다. 우리는 그녀가 가져다준 모든 음식을 긁다시피 다 먹어 치우고는 밤새 꿀잠을 잤다. 다음 날 일어나서 보니 민 선생님이 더 많은 음식들을 챙겨다 놓았다. 수프와 쿠키도 가져다주었고, 빵은 오븐에서 갓 나온 것처럼 여전히 따끈해서 마치 케이크처럼 맛있었다. 민 선생님이 그렇게 우리에게 음식을 가져다주러 하루에 다섯 번은 족히 왔고, 첫날 이후에는 예닐곱 번은 왔다. 오늘 아침에도 와서 다시 한번 우리 냉장고를 음식으로 가득 채워 놓았고, 선반에다 비타민제를 막 채우는데, 행크 박사가 문을 밀고 들어왔다. 우리는 집으로 돌아오고 나서 며칠간 행크 박사 얼굴을 보지 못했었다. 박사의 얼굴이 불그스름했다. 눈 밑에는 깊고 두툼한 다크서클이 올라와 있었고 턱에는 거뭇거뭇한 점들이 보였다. 손가락 사이에는 잉크 자국이 묻어 있었다. 박사는 민 선생님을 보자, 잠시 멈추었다. "당신은," 박사가 말했다.

"저요?" 그녀가 반응을 보였다. "뭐가 문제인데요?"

"문제라고요?" 박사가 물었다. 박사의 시선이 바닥을 한번 훑고는 천장에 머물렀다. 민 선생님의 시선을 애써 피하는 이유가 뭘까 궁금해졌다. "문제… 없지요. 뭐 문제랄 거는 없어요."

박사는 비타민 병을 하나 집어 들어 다시 민에게 건넸다. "제발, 부탁인데요," 박사가 말했다. "이런 것들은 불필요해요. 이런 게 체내에 들어가서 만들어 내는 거는 그저 비싸고 화려한… 아, 됐어요. 신경 쓰지 마세요."

아바와 매트가 각자 방에서 나왔다. 나는 벽에 기대서 그들을 지켜보았다. "어, 무슨 일이세요? 박사님." 매트가 물었다. 행크 박사가 민 선생님을 유심히 쳐다보았다.

"뭐요?" 민 선생님이 물었다.

"그러니까, 저, 어, 지금 제가 많은 말을 할 수는 없어요… 좀 비밀리에 진행시켜야 하는, 뭐 그런 일이라서… 그렇지만 제가 함께 일하는 동료 중 한 사람이 사업을 하다가 작은 문제가 생겼어요. 사실은 큰 문제예요. 아주 엄청난 일이 생겼어요. 인류의 미래 에너지가 걸린 문제예요."

"그래서요?" 아바가 물었다.

"그래서 말이야. 너희 셋이 남극, 맥머도 기지에서 정말 여러모로 너무 도움이 됐다는 게 분명히 증명이 됐잖아. 아바, 나 정말 놀랐었거든. 매트, 너도 나를 아주 깜짝 놀라게 했었지." 나의 형, 매트는 그 칭찬 한마디에 거의 울음이라도 터뜨릴 것처럼 기뻐했다. "잭, 너도 도움이 됐어." 박사가 잠시 말을 멈추었다. 아마 나의 반응을 살폈던 것 같다. 실제 내 기분을 반영한지 어쩐지는 모르겠다. 그런데 다시 말을 바꾸었다. "아니, 특별히, 잭, 네가 도움이 됐었다. 그래서 말인데, 너희 세 명이 하와이로 가서… 음, 나를 좀 도와주면 어떻겠니?"

민 선생님이 박사에게 그건 아주 무책임한 일이며 방금 남극 여행에서 돌아온 우리가 다시 하와이로 날아간다는 것은 말도 안 된다고 설명을 하는 사이, 나의 가슴은 자랑스러움으로 가득 찼다. 매트와 아바, 그리고 나는 침묵 속에서 서로를 쳐다보면서 눈빛으로 모든 이야기를 다 주고받았다. 우리는 하와이에 한 번도 가 본 적이 없었지만 무엇보다 아파트에 덩그러니 앉아 있는 것보다 행크 박사와 함께 다시 여행을 가는 것이 훨씬 흥미롭게 느껴졌다. 우리는 흩어져서 각자의 방으로 돌아갔다. 그리고 짐을 싸기 시작했다.

진짜
현실에도
있나요?

'빌 아저씨의 과학 이야기'로 알려진, 빌 나이의 주요한 규칙 중 하나는 그의 프로그램이 실제 과학과 기술에 초점을 맞춰야 한다는 것이다. 〈잭과 천재들〉시리즈에서도 그걸 확인할 수 있다. 일부 발명품이나 기기들이 다소 이상하고 터무니없어 보일 수도 있지만, 그래도 그것들은 사실에 기반을 두고 만들어진 것이다.

우리들이 좋아하는 몇 가지를 여기에 소개하겠다.

미끄러지는 유리창 : 잭이 발코니로 기어오르다 손에서 힘이 빠졌을 때를 기억할 것이다. 잭을 떨어지게 만든 것은 하버드 대학의 화학자, 조안나 아이젠버그가 발명한 '슬립스(SLIPS)'

라고 불리는 물질을 근거로 한 것이다. 그녀의 영감은 낭상엽(囊狀葉, 벌레잡이통풀*) 식물이 파리들을 미끄러뜨려 덫에 걸리게 할 때 사용하는 미끈거리는 물질에서 착안한 것이었다. 그녀는 이 물질을 상용화할 수 있는 범위를 넓혀 가고 있는데, 그중에는 영구적으로 들러붙지 않는 표면 기술이나 비행기 날개 위에 얼음이 얼어 달라붙는 것을 방지해 주는 코팅제들이 있다.

프레드(FRED) : 주변에서 한두 번 이상 드론을 본 적이 있을 것이다. 여러분 중에는 운이 좋게도 자신만의 드론을 갖고 있는 사람들도 있을 것이다. 프레드에 영감을 준 것은 영상을 촬영하는 공중 감시견 로봇인 에어독으로, 이 드론은 스마트폰을 착용하고 최대 속도로 달리는 산악자전거의 와이파이 신호를 추적해 따라갈 수도 있다. 아마 이 기능은 여러분이 책에서 읽었던 어떤 장면을 떠오르게 할 것이다. 그러나 여기서는 말을 아끼겠다. 왜냐면, 혹시라도 여러분이 이 설명 부분을 먼저 읽게 되어, 그 장면만 슬쩍 미리 보면 재미가 없을 수도 있으니까 말이다.

셸리(SHELLY) : 어린이가 자신의 잠수함을 만든다? 불가능하게 들릴 것이다. 그러나 꼭 그렇지는 않다. 저스틴 배커맨이라는 열일곱 살 소년이 자기 집 지하실에서 남는 부품들을 주로 이용해서 실제 자신만의 잠수함을 만들었다. 그리고 그 소년의 부모들은 집 뒤에 있는 호수에서 그 잠수함을 시험할 수 있도록 해 주었는데―그 소년이 직접 잠수함에 탑승을 했었다!―그는 30미터 가량 잠수했고, 호수 바닥을 약 30분 정도 운항했다. 그리고 전혀 새는 곳도 없었다.

인간 투석기 : 천재적인 기발함은 일부 이상한 방식으로 적용이 되기도 하는데 이것이 바로 그런 예 중의 하나이다. 우선, 인간 투석기는 실제 존재한다. 그러나 그건 전적으로 스릴을 즐기기 위한 용도. 우리가 가장 좋아하는 버전은 기계 공학자에 의해서 개발된 것으로, 사람을 호수나 많은 양의 물이 있는 곳으로 발사시키는 것이다. 건물 위로 발사하는 것은 어떨까? 아직 거기까지 개발되지는 않았다. 그러나 행크 박사가 그 일도 결국 가능하게 만들지도 모른다.

자율 주행 자동차 : 여러분이 더 나이가 들면 아마도 이런 차량을 타고 다니게 될 것이다. 이 차량들은 기본적으로 로봇이며 카메라, 전파 탐지기, 그리고 다른 센서들이 장착되어 주변의 여러 정보를 모은다. 보다 발달된 컴퓨터 프로그램들이 이 모든 자료와 다른 정보들 사이를 오가며 차량을 지속적으

로 안전하게 주행을 할지, 혹은 충돌 방지를 위해 정지시킬지 결정한다. 우리 모두는 이러한 차량이 상용화되기를 기대하고 있다.

로봇 다리 : 기술적으로 로봇 다리는 외골격으로 알려져 있다. 모터가 장착된 슈트를 떠올리면 된다. 어떤 것들은 전신을 감싸지만, 또 어떤 것들은 다리나 팔만 감쌀 수도 있다. 각각의 경우에, 모터가 달린 금속 물질의 로봇 갑옷은 우리의 근육이나 뼈와 같은 역할을 한다. 요즘, 공학자들이 로봇 다리를 개발해서 군인들이 지치지 않고, 무거운 짐을 지고 장거리를 이동하는 데 도움을 주고 있으며, 또한 휠체어를 타야 하는 사람들의 수직 보행을 가능하게도 해 준다. 가장 유명한 외골격은 아이언 맨의 슈트일 것이다. 그러나 그렇게 높이 날면서 레이저를 발사하는 모델은 아마 불가능할 것이다.

특수 썰매 : 설상 차량이 행크 박사가 만들었던 특수 썰매와 같은 속도를 낼 수 없을지라도, 팽창하는 성질을 가진 물질은 현실에서 영감을 얻은 것이다. 10년 이상에 걸쳐서 과학자들은 팽창하는 우주용 간이 주택을 만들 수 있는 물질을 개발하고 있다. 지구 주변을 도는 파편들에 부딪혀도 견뎌낼 수 있을 만큼 아주 강도가 뛰어나야 한다. 파손된 인공위

성과 버려진 우주 기지에서 나오는 우주 쓰레기라고 알려진 작은 조각들이 너무 빨리 이동을 하기 때문에 아주 작은 조약돌 크기의 파편들일지라도 우주선 외벽에 구멍을 뚫을 수 있다.

남극에 대한
주요 궁금증

남극은 단지 얼음으로 뒤덮인 땅이 아니라 참 이상하고도 환상적인 장소다. 지구의 끝에 있는 이 대륙에는 특별한 몇 가지 규칙들이 있다.

사람들은 새로운 영토를 찾으면 그것을 서로 차지하려 싸움을 벌이는 경향이 있다. 남극 땅은 지구상에서 가장 춥고, 건조하고, 강풍이 불어닥치는 지역임에도 불구하고, 지구 최남단인 이런 곳에서도 우리 인간들은 영토 다툼을 벌이기 시작했다. 그래서 1959년 여러 국가들이 남극 조약을 체결해서 남극을 과학적 보존 지역으로 지정했다. 기본적으로 남극에서는 모두가 어떤 사업을 진행시키거나 군사적 행동을 하지 않기로 동의했고 엄격하게 과학 연구에만 초점을 맞추기로 했다. 바로 그런 이유에서 행크 박사가 남극을 '과학의 낙원'이라고 부르는 것이다. 그 이후로 남극에 관련한 더 많은 조약들이 만들어지기는 했는데, 좀 느슨한 방식으로 체결이 되다 보니 서로 다른 국가들이 특정 영토에 기지를 세워서 그에 대한 권리를 주장하고 있다. 미국은 맥머도에 기지를 세웠고, 그곳은 이 소설이 전개되고 있는 배경이 되는 곳이기도 한데, 바로 앞서 언급한 영유권 주장의 한 예다.

우리는 이 책이 여러분들에게 지구상에 존재하는 그 멋진 땅에 관해 직접 탐구해 볼 수 있는 영감을 불어넣을 수 있길 희망한다. 일단, 여러분이 남극 땅에 관해 배우기 시작하면, 아마 천 가지도 넘는 궁금증을 갖게 될 것이다. 우리는 가장 주요한 질문들을 골라서 여기에 실었다.

1. 남극에도 피자가 있을까?

그렇다! 과거에는 맥머도 기지의 주방에서 하루 4회 정도 식사를 제공했다. 그러나 과학자들의 시계는 좀 이상하게 굴러간다. 가끔씩 그들은 현장에 나가서 24시간 일을 하기도 하고, 새벽 네 시에 주린 배를 안고 기지로 돌아오기도 한다. 그래서 그런 과학자들을 돕기 위해서, 규정을 변경해 24시간 주문 가능한 피자를 도입했다. 그들은 과학자들이 얼음벌판으로 연구를 하러 가는 동안에 따뜻하게 피자의 온도를 유지할 수 있도록 단열 처리가 된 가방도 갖고 있다.

2. 겨울에, 어떻게 하루 24시간 어둠이 지속될 수 있을까?

그건 약간 까다로운 질문이다. 만약 여러분이 북극과 남극 사이에 지구 중심을 관통하는 선을 긋는다면, 그 선은 지구의 중심축이 될 것이다. 지구는 매일 그 축을 중심으로 꼬박한 바퀴를 돈다. 이런 회전의 결과로 밤과 낮이 생긴다. 1년 중 남극이 어둠에 잠겨 있는 때가 있는데 그것은 지구가 약간 기울어져 있기 때문이다. 여름 동안엔, 중심축의 바로 끝이 되는 지구의 바닥 부분이 지속적으로 태양을 향하게 된다. 그래서 지구가 한 바퀴를 다 돌았을 때, 태양 빛은 남극에서 지지 않는다. 반면 겨울 동안엔 지구가 1년을 주기로 태양 주위를 따라 움직이면서, 지구의 바닥에 해당하는 세상은 빛으로부터 기울어지게 된다. 그래서 그 몇 개월 동안 남극은 어둠 속에 갇히게 되는 것이다. 겨울에는 매우 춥고 바람도 강하고 완전히 혹독한 날씨다.

3. 남극에서 나침반은 어떻게 작동할까?

우선, 두 개의 극이 존재한다. 하나는 지리적인 극(geographic pole)이고 다른 하나는 자극(magnetic pole)이다. 지리적인 남극점은 앞서 언급한 중심축의 바닥에 있는 것이다. 만약 이

가상의 중심축이 커다란 지구 중심을 관통하는 빗자루 손잡이라면, 그 끝이 뚫고 나오는 바닥 부분이 지리적인 남극점이다. 위쪽 부분에 또 다른 끝이 뚫고 나오는 지점이 북극인 것이다. 그리고 지구는 그 빗자루 손잡이를 중심으로 돌아간다. 그러나 여기에 좀 복잡한 점이 있다.

지구 내부, 혹은 중심부는 대부분 철로 구성되었는데, 그 철이 지구가 돌아갈 때 그 내부를 휘젓고 돌아다니며 자기장을 생성한다. 바로 이것이 나침반이 작동하는 원리다. 나침반의 바늘은 자기장과 일렬로 서게 된다. 철이 돌면서 지구 내부에서 조금씩 철벅거린다. 이렇게 느리게 철벅거리며 움직이는 철로 인해 자기장은 지구 중심축과 일직선이 되지 않기 때문에 자극은 지리적 극과 다른 지점에서 끝이 난다.

또한 남극의 자극에서 자기장은 완전히 북쪽을 향해 흐르지 않는다. 여러분은 자기장이 북쪽으로 흐르는 대신 지구 밖으로 튀어 올라오는 것을 상상할 수도 있다.

자기장은 곡선을 그리며 북쪽으로 향한다. 그러므로, 정확히 자극에서는 표준 나침반이 효과적으로 작동을 할 수가 없다. 그러나 지리적인 남극점이나 혹은 남극 내에 다른 어느 지역에서든, 나침반은 여전히 동서남북의 방향을 알려 준다. 그렇기 때문에 잭이 14장에서 얼음 벌판으로 나선 여정에서 나침반을 사용할 수 있는 것이고, 그 전새들이 있던 지점은

정확한 남극의 자극으로부터는 여전히 멀리 떨어져 있는 것
이다.

4. 진짜로 남극에서 사탕 같은 달콤한 간식을 챙기고 다녀야 할까?

음, 그렇다. 다시 중요한 문제로 돌아가 보자. 실제로 남극
에서는 연구원들이 현장으로 나갈 때는 사탕을 가지고 가도
록 권고하고 있다. 과학자들은 얼음으로 둘러싸인 현장에서
일을 하는 동안 많은 양의 칼로리를 소모하기 때문에 사탕
혹은 설탕을 먹는 것은 비축 에너지를 빨리 회복하는 방법
중 하나이다. 그러나 사탕을 들고 나가는 게 언제나 좋다고
는 할 수 없겠다. 왜냐면, 가끔씩 유통 기한이 지나서 아무도
안 먹는 먹거리가 담긴 수송품이 맥머도 기지로 들어오는 경
우가 있기도 하다.

5. 주변에 온통 눈이 있는데도 어떻게 탈수증에 걸릴까?

맞다. 조금 이해가 안 가기도 한다. 과학자들이 얼음에 둘
러싸여 있기는 하지만, 남극의 대부분은 실제로 사막이다.
공기가 매우 건조하기 때문에 여러분의 몸에서 나오는 수분
을 모두 빨아들여서 남극을 찾는 사람들은 살갗이 트고 갈라
진다는 불만을 자주 토로한다.

6. 초기 남극 탐험대는 정말로 펭귄 고기를 먹었을까?

개, 펭귄 그리고 바다표범…. 초기 탐험대들은 생존을 위해서는 어떤 것이든 먹었다. 그 시절에는 24시간 주문 가능한 피자는 상상할 수도 없었다.

7. 남극이 녹아내리고 있을까?

남극 대륙을 둘러싸고 있는 수많은 얼음 층은 해마다 녹았다 얼었다를 반복한다. 어떤 과학자들은 기후 변화가 이 얼음 층을 보다 빨리 녹게 만들어 큰 문제를 일으킨다고 걱정을 하기도 한다. 남극 대륙 서쪽의 얼음 층은 멕시코보다 더 넓은데, 만약 그 얼음덩어리가 남쪽 해안으로 녹아내린다면, 전 세계의 해수면이 상승하여 해안가의 도시들에는 엄청난 피해를 가져올 것이다.

8. 과학자들이 실제로 남극의 언 땅 밑에서 생명체들을 찾고 있는가?

맞다. 찾고 있다. 이 책 속에 나오는 생명체처럼 바닷물을 담수로 바꿀 수 있는 어떤 해양 생명체가 있는지 알 수 없기에, 과학자들은 언제나 얼음 밑의 어둡고 차가운 물속에서 새로운 종들을 발견하기 위해 연구를 하고 있다. 우리가 가장 좋아하는 것이 '바다 돼지'라는 심해 생물인데 길이는 4에서 6인치 정도로 스무 개의 발이 달려서 퉁퉁하게 부어오

른 앰파나다(중남미의 스페인식 파이 요리*)같이 생겼다. 신기하
게도, 그 생명체는 해삼류의 일종으로 분류된다.

9. 남극이 다른 행성들과 무슨 관련이 있을까?

맥머도 기지 근처, 산에 있는 드라이 벨리는 매우 건조하
고 눈 대신 자갈로 덮여 있다. 그곳의 조건은 화성과 유사하
여 많은 과학자들이 언젠가 화성에서 사용하기를 희망하는
장비들을 드라이 벨리에서 시험을 하고 있다. 목성을 연구하
는 과학자들도 연구를 위해 남극으로 간다. 거대한 얼음 층이
목성을 뒤덮고 있는데, 그 얼음 층 아래에는 생명체가 우글거
릴 가능성이 있는 깊은 바다가 있다. 과학자들은 남극을 둘러
싼 얼음 층을 연구함으로써 멀리 있는 행성에 관해서 더 많은
것을 알아낼 수도 있다. 게다가 남극까지의 비행은 그 행성까
지 가는 거리에 비하면 너무도 짧기 때문이다.

10. 남극의 물속에서 사람들이 수영을 하기도 할까?

그렇다. 그러나 오직 용감한 자들만이 한다.

밀도 차이
STEAM 실험

우리 이야기에 나오는 중요한 것 중 하나는 밀도 혹은 일정한 공간 안에 들어 있는 물질의 분자 수에 관한 것이다. 이 이야기는 얼음물과 그냥 물, 그리고 바닷물과 담수의 밀도 차이에 전적으로 달려 있다. 얼음물과 그냥 물 사이의 밀도 차이는, 여러분이 물이 든 잔 속에 얼음을 넣을 때마다 경험하게 된다. 얼음이 물잔 속에 들어가면 물에 뜬다. 이런 일이 일어나는 이유는 물보다 얼음 속에 들어가 있는 분자 수가 더 적기 때문이다. 이것이 의미하는 바는 얼음이 밀도가 낮고 그래서 물에 뜬다는 것이다.

바닷물과 담수 사이의 밀도 차이에 관해 잘 알려진 실험이 여기 있다. 그 어느 누구도 위험에 빠뜨리지 않고 얼마든지 집에서 해 볼 수 있다.

준비물
오븐용 유리그릇
수돗물
계량 스푼
소금 한 큰술
수돗물 한 잔
식용 색소

실험 순서
1. 오븐용 유리그릇에 담수를 반쯤 채운다. 수돗물도 된다.
2. 소금 한 큰술을 수돗물 한 잔에 넣고 잘 젓는다.
   실험이 잘될 것 같으면 소금을 추가해도 된다.
3. 소량의 식용 색소를 소금이 든 물잔에 첨가한다. 나는
   파란색을 추천한다.
4. 이제 천천히 그 소금물을 오븐용 유리그릇에 붓는다. 아
   주 천천히 해야 한다.

파란색의 소금물이 물이 담긴 유리그릇의 바닥으로 가라
앉는다. 여러분은 직접 그 밀도 차이를 확인할 수 있다. 그러
니까 소금물은 담수보다 밀도가 높다. 이것은 단순히 재미난
사실이 아니다. 이것은 지구의 해양 환경에 아주 중요한 영

향을 미치는데, 지구의 물은 담수와 소금물로 구성이 되어 있다. 가라앉는 소금물은 바닷물의 순환을 돕고 물 밑의 해류를 작동시키기도 한다. 어떤 과학자들은 바닷속에서의 이러한 소금물과 담수의 움직임을 '해양의 컨베이어 벨트'라고 부르는데, 그 이유는 그 컨베이어 벨트가 매우 많은 열기와 물질들을 이동시키기 때문이다.

옮긴이 **남길영**

숙명여대 영문과 및 동 대학원을 졸업했습니다. 대학에서 강의도 하고 몇 권의 어학 교재도 집
필했으며 현재는 전문 번역가의 길을 가고 있습니다. 옮긴 책으로는 《교황연대기》《내 이름은
버터》《남자의 고전》《캐릭터의 탄생》《토니 스피어스》 시리즈 등이 있습니다.

잭과 천재들 1
지구의 끝, 남극에 가다

1판 1쇄 발행 2018년 5월 10일
1판 2쇄 발행 2019년 10월 25일

빌 나이 · 그레고리 몬 지음 | 남길영 옮김

발행처 와이즈만 BOOKs **발행인** 임국진 **편집인** 염만숙
출판사업본부장 김현정 **편집** 오성임
디자인 이인희 **일러스트** 일오군(15kun)
제작 김한석 **마케팅** 김혜원 연주민 김유진

제조국 대한민국 **출판등록** 1998년 7월 23일 제1998-000170 **사용 연령** 8세 이상

주소 서울특별시 서초구 남부순환로 2219 방배나노빌딩 3층
전화 마케팅 02-2033-8987 **편집** 02-2033-8933 **팩스** 02-3474-1411
전자우편 books@askwhy.co.kr **홈페이지** books.askwhy.co.kr
ISBN 979-11-87513-39-1 44840
　　　 979-11-87513-38-4 (세트)

KC마크는 이 제품이 공통안전기준에 적합하였음을 의미합니다.

※ 이 도서의 국립중앙도서관 출판시도서목록(CIP)은 서지정보유통지원시스템 홈페이지
　(http://seoji.ni.go.kr)와 국가자료공동목록시스템(http://www.ni.go.kr/kolisnet)
　에서 이용하실 수 있습니다.(CIP제어번호 : CIP2018007783)